草花たちの静かな誓い

宮本　輝

JN019882

集英社文庫

目次

主な登場人物

菊枝・オルコット
ロサンゼルス在住。富豪の夫がガンで他界し、邸宅でひとり暮らし。六十三歳で急逝。

レイラ・ヨーコ・オルコット
菊枝の娘。一九八六年四月、六歳のときに自宅近くのスーパーで行方不明になる。

小畑弦矢
菊枝の甥。南カリフォルニア大学の大学院でMBAを取得後、日本に帰国。

ニコライ・ベロセルスキー
ベロセルスキー調査会社を経営。私立探偵。ウクライナ系アメリカ人。

草花たちの静かな誓い

第一章

伊豆の修善寺《しゅぜんじ》温泉の近くにある病院を出ると、小畑弦矢《おばたげんや》は制服を着た五十過ぎの警官が運転する車で警察署へと向かった。

パトカーではなく、個人が使うような濃い灰色の普通車だったが、高性能な無線機がついていた。

菊枝《きくえ》おばさんの所持品は、三日間宿泊した旅館から警察署へと移されていて、弦矢はそれを警官立ち会いのもとで引き取らなければならなかったのだ。

「遺体はどうするんです？」

病院を出てからずっと無言だった警官は、車を署の裏側にある駐車場に停《と》めると訊《き》いた。
四、五日前は花の盛りだったであろう桜の枝からは若葉が伸びていて、四月半ばの日の光は優しかった。

「ぼくもずっとそのことを考えてたんです。叔母はアメリカ人と結婚してアメリカ国籍を取得しましたから、アメリカ人が外国を旅行中に急病で死んだ場合はどうすればいいのかをアメリカ大使館に訊いてみなければいけないでしょうね。ご主人は一年前に亡くなりましたし、娘も六歳のときに死んでます。二十七、八年くらい前ですね。遺体をロサンゼルスに空輸しても引き取り手がないんです」

「遺体を飛行機でアメリカに運ぶとなると大変ですな」

弦矢は、大変という意味が費用のことなのか手続きなどの諸々《もろもろ》の煩雑な作業のことなのかわからなかった。どちらも大変だよと弦矢は胸のなかで言った。

署では若い女性警官が待っていて、菊枝おばさんの所持品を置いてある小部屋に連れて行ってくれた。少しは英語がわかるらしく、大きなショルダーバッグと小型のキャリーバッグを机の上に載せ、キクエ・オルコットさんは今回の日本旅行にあたって、アメリカの保険会社で海外旅行保険に入っていたのだと言った。

その旅行保険契約証の「緊急連絡先」の項に、甥《おい》である小畑弦矢さんの氏名と住所と電話番号が記載されていたが、もうひとつ、「モーリー&スタントン法律事務所」の住所と電話番号もあると女性警官は説明して、菊枝おばさんのショルダーバッグの中身をひとつずつ丁寧に出した。

バッグのなかには海外旅行保険に入っていることを証する小さな冊子があった。モーリー&スタントン法律事務所の住所はロサンゼルスのトーランス市だった。

いま日本は四月十五日の午前十一時。日本とロサンゼルスの時差は十六時間だから、向こうは四月十四日の午後七時か。

弦矢は腕時計を見ながら計算し、いまならこのモーリー&スタントン法律事務所の誰かがオフィスにいる可能性は高いなと思った。

だが、弦矢はこの法律事務所に電話をかけるのはあとまわしにして、とにかく所持品の引き取り手続きを先に済ませることにした。

何枚かの書類に署名していると、さっきの初老の警官が、こんなものしかないのだがと言って段ボール箱を持って来てくれた。菊枝おばさんのショルダーバッグを入れるにはちょうどいい大きさだった。

弦矢は礼を言って、菊枝おばさんのパスポートと財布を自分のジャケットの内ポケットにしまい、ショルダーバッグを段ボール箱に入れた。キャリーバッグは転がしていくしかなかった。

「病院でもお聞きになったでしょうけど、オルコットさんの肺には少ししか水が入っていませんでした。オルコットさんがつかってた温泉です。大きな檜《ひのき》のお風呂につかってて狭心症の発作に襲われて、少し前のめりになって顔の半分くらいを湯に沈めてましたけど、あまり苦しまなかったと思いますよ。体は檜風呂の縁に凭《もた》れかかってました」

と女性警官は言い、書類を持って小部屋から出て行ったが、弦矢が署の玄関の近くに貼ってあるタクシー会社の電話番号を見て、ジャケットの胸ポケットから携帯電話を出したとき、少し笑みを浮かべてやって来て、学生時代にロサンゼルスに行った際、トーランス市のステーキハウスで食事したと言った。

だから、キクエ・オルコットさんが住んでいるランチョ・パロス・ヴァーデスにも行ったので、あそこがどれほどの高級住宅地であるかも知っている、と。

弦矢は、自分よりも七つ八つ歳下《としした》かなと推測しながら、

「へえ、ランチョ・パロス・ヴァーデスへ行ったんですか？　いつごろ？」

と女性警官に訊いた。この子は歯並びが良かったらかなり美人なのになと思った。

「就職が決まってすぐのときでしたから五年前ですね。二〇〇八年の秋です。友だちがUSCに語学留学してたんです」

USCは南カリフォルニア大学の略称だった。

「大学を卒業して五年近くもたつようには見えないですね。ぼくは、あなたを二十五、六歳かと思ってました」

あっ、警官にセクハラっぽいことを言っちゃったぞと弦矢は慌てたが、

「私、短大卒なの」

と女性警官は屈託のない笑顔で言った。

タクシーが来たら警察署から出て行けるという思いが、弦矢の口を軽くしていた。

「ランチョ・パロス・ヴァーデスってのは、高級住宅地なんてなまやさしいところじゃないですよねぇ。いったいどんな職業の人が住んでるんだろうってあきれかえるほどの豪邸が海辺から丘陵一帯を占めてて……。でもぼくも、友だちと西海岸沿いをドライブ旅行したときに通り過ぎただけなんです。ロサンゼルスで四年間暮らしたのに。あのサウス・ベイって呼ばれてる半島には一回しか行く機会がなかったんですよ。叔母夫婦がランチョ・パロス・ヴァーデスに家を買ったのは二年前で、ぼくが日本に帰国したのは三年前なんです。入れ違いってやつですね」

「ロサンゼルスで四年も暮らしてたんですか？　仕事で？」

と女性警官は訊いた。

警察署に用事があるらしい男が乗ったタクシーが入口のところに停まったので、弦矢は携帯電話をポケットにしまい、段ボール箱をかかえてキャリーバッグを引っ張りながら、

「留学してたんです。南カリフォルニア大学の大学院に」

と言って、タクシーへと走った。タクシーに乗ってから、菊枝おばさんが泊まっていた旅館の名を訊くと、女性警官は五、六歩近づいて来て教えてくれた。

病院でも旅館の名は教えられていたのだが、弦矢はもう少し女性警官と話をしたかっ

たのだ。

「じゃあ、あなたのお友だちが語学留学をしていたとき、ぼくも同じ大学のキャンパスをうろついてたことになりますね」

と弦矢は言った。

そして後部座席に坐《すわ》ったまま、なんだか冗談で警官の制服を着て遊んでいる女子大生のような警官に、お世話になったことへの礼を述べて、小畑弦矢は菊枝おばさんのいわば終焉《しゅうえん》の地となってしまった修善寺温泉の高級旅館へ行った。

迷惑をかけたことへの謝罪と、宿泊代の精算のために旅館を訪ねたのだが、菊枝おばさんはすでにチェックインの際にクレジットカードで支払いを済ませていた。

旅館のオーナーや支配人はみな丁寧なお悔やみの言葉をかけてくれた。

小畑弦矢は再び病院に戻り、事務局で医師の所見を記した署名捺《なつ》印《いん》入りの死体検案書を二通貰《もら》い、待っていてくれた葬儀社の人にとりあえず都内の実家に近い葬儀場を紹介してもらって、遺体をそこに運んでくれるように頼むと新幹線の三島駅へと急いだ。

やらなければならないことがたくさんあった。日本で火葬する場合の法的手続きをアメリカ大使館と杉並区役所の両方で教えてもらわなければならないし、できるだけ早くモーリー&スタントン法律事務所に連絡したかった。

菊枝おばさんが、なぜこの法律事務所を緊急連絡先のひとつとしたのか、弦矢にはまったくわからなかった。

夫のイアン・オルコットが去年膵臓《すいぞう》ガンで死んだとき、遺産相続の法的手続きなどをすべてモーリー&スタントン法律事務所に託したのかもしれない。

ロサンゼルスのランチョ・パロス・ヴァーデスに居を移してからは親しい友人もいなくなって、この法律事務所しか緊急連絡先に指定できなかったのだろうか。

モーリー氏、もしくはスタントン氏と個人的に親しいのなら、どちらかの住所と電話番号が記載されているはずで、法律事務所のは必要がないはずだった。

弦矢は、杉並区の葬儀場との交渉が長びいて昼の一時半に三島駅に着いたので、ロサンゼルスは四月十四日の午後九時半になってしまったなと思った。

三島駅の構内のあまり人の通らないところで弦矢はモーリー&スタントン法律事務所に電話をかけてみた。誰かが遅くまで仕事をしているかもしれないと思ったのだ。中年らしい女が、面倒臭そうな声で応対した。

自分はキクエ・オルコットの甥で、いま日本から電話をかけている。キクエは海外旅行保険契約証に旅先での緊急連絡先としてふたつを記していた。

キクエは日本時間の四月十四日午後十一時ごろに修善寺という温泉地の旅館で急死した。ひとりで温泉を楽しんでいるときに狭心症の発作を起こしたのだ。部屋のなかの浴槽だったので誰も気づかなかった。旅館の人が発見したのは朝の六時で、警察から私に連絡があったのは七時ごろだ。キクエは六時に起こしてくれと頼んでいたのだ。

そこまで話すと、女はすぐにスーザンに連絡すると言って弦矢の電話番号を訊いた。

小畑弦矢はいったん電話を切り、菊枝おばさんのキャリーバッグを椅子代わりにして腰かけて、修善寺の葬儀社の車が杉並区の葬儀場に着くのは何時ごろだろうかと考えた。父か母にその葬儀場に行っておいてもらわなければならない。

不仲だったとはいえ、父は菊枝おばさんのたったひとりの兄なのだ。六歳の娘を早くに亡くし、夫にも一年前に先立たれて、菊枝おばさんはまったく身寄りのないままアメリカでひとり暮らしをしてきて、楽しみにしていた日本各地への旅の三日目に修善寺温泉で死んだのだ。

父も母も、菊枝おばさんとは肌が合わなかった。俺の大学院の修了式典に父と母が来るか来ないかで、あの物静かな菊枝おばさんは声を荒らげて怒った。受話器に嚙《か》みつくかの剣幕で自分の兄とその妻を叱ったのだ。

暇もないし、ロサンゼルスまでの航空運賃は高いし、俺たちは英語はまるでわからないし、という言い訳を叔母は烈《はげ》しくなじって、自分の息子がアメリカの大学院を修了してMBAを取得したということが、その家族にとってどれほどの誇りであり、めでたいことであるのか、あんたたち夫婦はわかっていないのだとまくしたてた。

その電話は修了式典の四日前で、キクエ・オルコットとイアン・オルコット夫妻は、式典に参列するためにマサチューセッツ州のボストンからロサンゼルスに来てくれていたのだ……。

弦矢は、そのときの菊枝おばさんの怒り方をとてもありがたいものとして思いだしていた。

十分ほどたって、携帯電話が鳴った。

「ゲンヤ・オバタさん？　私はキクエの顧問弁護士のスーザン・モーリーです。いま私の事務所の者から聞きました。びっくりしました。心からお悔やみを申し上げます。私とキクエとはとても仲良しでしたの。キクエにとっても、私はアメリカ中でいちばん仲のいい友だちだったと思います」

とスーザン・モーリーは言った。その声や話し方から、菊枝おばさんより少し若いくらいかなと弦矢は推測した。

弦矢は、遺体を日本で火葬にしてもいいのか、そのためにはどういう法的手続きが必要なのかをこれからアメリカ大使館に行って相談してみると言った。

「キクエは、アメリカにはひとりも身寄りがないわ。以前に住んでたボストンに親しい友だちがいなくもなかったけど、イアンの兄も死んだし……。ランチョ・パロス・ヴァーデスにイアンのお墓があるだけ。日本での火葬のことは、私もあした役所に問い合わせてみます。それよりも、もっと大事な問題があるの。あなたにできるだけ早くロサンゼルスに来てもらわないといけないんだけど、それは可能かしら？」

とスーザン・モーリーは訊いた。

弦矢は菊枝おばさんの遺体の処置がどう決まろうとも、自分がロサンゼルスに行かねばなるまいと思っていた。

「近いうちに行きます。日本で火葬ができたとしても、菊枝おばさんの遺骨はイアンのお墓の隣りに入れてあげたいですからね」

と言った。

「ロサンゼルスに来てしばらく滞在するための費用はいっさい心配しなくてもいいわ。空港に着いたら、タクシーでまずトーランスの私のオフィスに来て下さる？　レンタカーを借りないほうがいいわ」

「ええ、そうします」

弦矢はそう答えてスーザン・モーリーのｅメールアドレスを教えてもらい、それを手帳に書くと電話を切った。


幾つかの事情を考慮されてキクエ・オルコットの遺体はさほど面倒な手続きを必要とせずに日本で火葬することができた。

小畑弦矢は四月二十三日の午前十時過ぎにロサンゼルス空港に着くと、タクシーでトーランス市のモーリー&スタントン法律事務所へ向かった。

　空港の近くにもジャカランダの巨木が藤色の大きな花をつけていたが、フリーウェイを南下してウエスターン通りからトーランス大通りへ入ると、地元の人たちが「紫の桜」と呼んでいるこの美しい花の色が濃くなってきた。

　大通りに沿った広い歩道はジャカランダの並木道と表現してもいいくらいで、弦矢はそれらに混じって丈高く伸びている奇妙に幹のねじれている巨木や蘇鉄《そてつ》に似た木を見やった。

　樹木や花の多い街……。菊枝おばさんは、アメリカ西海岸の南に自分が夢見ていた終《つい》の棲家《すみか》を得て二年間暮らし、六十三歳で日本で死んだのだなと弦矢は思った。

　空港で行先を告げてからずっとカーナビの電源を切ったままの運転手はトーランス大通りを右折してから、幅広い中央分離帯に植えてあるジャカランダの大木と、大木のあいだでうねるように枝を伸ばしている木を指差して、

「デイゴ」

　と言った。

「うん、日本ではデイゴっていうんだ。よく知ってるね。日本の南のほうでしか育たない木だよ」

　弦矢とおない歳くらいのアラブ系らしい運転手は、このトーランスにはトヨタ自動車

のアメリカにおける本社やホンダがあるから、日本人の客をよく乗せるのだと説明した。だから、このあたりはカーナビに頼らなくても、客をどこにでも運ぶことができる、と。客の日本人の多くが、あの木を見ると「デイゴだ」と口にするので、タクシーの運転手は覚えてしまったのだなと弦矢は思った。

銀行とブティックとのあいだの道を曲がると右側にショッピングモールがあった。運転手はそこを通り過ぎて三百メートルほど行ったところで停まり、道に面した三階建ての古風な家を指差した。

木と煉瓦《れんが》を組み合わせて設計されたかに思える建物は瀟洒《しょうしゃ》な住宅にしか見えなかったが、二階の大きなガラス窓に「モーリー&スタントン法律事務所」と黄土色の文字が書かれてあった。一階はガレージだった。

クレジットカードでタクシー代を払い、少し多めにチップを上乗せして、弦矢は運転手にスーツケースを二階に運んでもらい、オフィスのドアに付けられているドアフォーンのボタンを押した。

「どなたですか?」

ドアフォーンからは、新幹線の三島駅からかけたときの女の声が聞こえた。

弦矢が名乗るとドアは自動であいて、六十前後の栗色の髪と目の女が奥の自分専用の仕事部屋から足早にやってきた。

「私はスーザン。はるばるようこそ。キクエのことは本当に残念だったわ。彼女はこれからやらなければならないことがたくさんあったのに」

とスーザン・モーリーは弦矢と握手をしながら言った。

「ぼくはゲンヤです。アメリカの友だちはみんなゲンと呼びます。とてもお忙しいでしょうに、お時間を取って下さってありがとうございます」

弦矢はタクシーに乗っているあいだも肩から外さなかった大きなショルダーバッグを机の上に降ろしたが、なかには菊枝おばさんの遺骨が入っているのだと思い、それを両手でかかえるように持ち直した。

スーザンの執務室に招き入れられ、革貼りの年代物のソファに坐ると、女がコーヒーをマグカップに入れて持って来てくれた。もう三十年近く私の秘書をしているカミラ・ハントだとスーザンは紹介した。

先日は夜遅くに電話をかけて申し訳なかったと弦矢が言うと、カミラは、ちょうど帰りかけたときだったので電話に出られてよかったと笑顔で応じ返した。余った肉が行き場をなくしてすべての指にまで及び、結婚指輪が細い糸にしか見えなかった。

「ゲンのことはキクエからよく聞いてました。USCでMBAを取得したこともね。イアンもゲンをとてもいい青年だと言っていました」

スーザンは言って、カミラ・ハントが部屋から出て行くと、机に両肘を立てて指を組み、しばらく考え込んだ。それから腕時計を見て、ロサンゼルスには何日間滞在できるのかと訊いた。

「日本に帰って就職した会社を先月末に辞めたんです。まったく違う業種の会社からアメリカ勤務を条件にオファーがあったので。その会社での採用が正式に決まれば、たぶん六月一日にボストンへ赴任します。日本の支社からの赴任という名目でないと、いまアメリカは就労ビザの発行をしぶるんです」

スーザンは小さく頷《うなず》き、執務室の窓の近くにある高さ一メートルほどの金庫からぶあつい封筒を出した。

「大事な話は、ランチョ・パロス・ヴァーデスのキクエの家でしましょう。ただその前に、この書類だけはゲンに目を通しておいてもらうわ。ここにゲンがサインをしたら、私の仕事は終わるんです。これはキクエ・オルコットの遺言書です。イアン・オルコットからキクエが相続したすべての遺産、約三千二百万ドルとランチョ・パロス・ヴァーデスの家と土地は、甥の日本人、ゲンヤ・オバタに譲ると明記されています」

弦矢はことさら事務的な表情を作っているかに見えるスーザンの、首から肩にかけての、たくさんのそばかすなのか染みなのかその両方なのかわからない細かな斑点に目をやった。

地中海性気候特有の乾いた涼しい風が窓から入ってきているのに、弦矢は脇の下に汗が流れるのを感じた。

「ぼくが？　全部を？　三千二百万ドル？」

「そう、ゲンヤ・オバタがすべての遺産の相続人よ。これから行くランチョ・パロス・ヴァーデスの家もね。あの家の評価額は八百五十万ドル。不動産業者は九百五十万ドルでも買うって言ってるわ。ゲンが一千万ドルなら売ると言ったら、たぶん応じるでしょうね。合わせて四千二百万ドルね」

きょうの為替レートだと約四十一億八千万円？　いまは円高だが為替レートなんかは一種のゲームのようなもので、ちょっとした投機筋や政治的な細工で変動する。もうすぐ一ドルが百円を超えるだろう。そうなれば四十二億円超？

弦矢は時差ボケのせいなのか、気が動転しているのか、興奮しすぎて正常な判断ができなくなっているのかわからないまま、金額を頭のなかで計算した。

そして、スーザンが机の上に置いた大きな封筒をあけるより先にキクエ・オルコットの死体検案書、役所の埋葬許可証を鞄《かばん》から出した。それには弦矢が英語に訳したものも添付してあった。

スーザンは、それらの書類の英語分を読んでから、自分のブリーフケースに入れて、少し表情を柔らかくすると、

「びっくりするわよね。当然よ。私なら大喜びでダンスしながら卒倒するわ」

そう言って、机の抽斗《ひきだし》に入れてある車のキーを持って立ちあがった。

四台が並べられるガレージにトヨタのセダンが停めてあった。スーザンはトランクをあけて、弦矢がスーツケースを入れるのを待ってから、

「ちょうど十二時ね。ランチ・タイムよ。そこにタコスのおいしい店があるけど」

と言った。

通りから見るよりもはるかに規模の大きなショッピングモールのなかにタコスの専門店があった。

弦矢はなんだか胃が詰まっているような感じがして食欲はまったくなかったが、スーザンと同じタコスとコーヒーを註文《ちゆうもん》して店の外の丸いテーブル席に坐り、菊枝おばさんの遺言書を読んだ。最後の五、六行が黒いマジックインキで消されてあった。

「その消してある部分はあとで説明するわ」

とスーザンは言った。金の細いネックレスに、よく見ないと気づかないほどの小粒な宝石が一個あしらわれていて、それは品がよくてスーザンにとても似合っていた。

弦矢は日本に帰国してからはほとんど使うことのなかったサングラスを鞄から出した。

「ロサンゼルスではサングラスは必携ですね。太陽の光が日本とはまったく違います」

弦矢の言葉に、

「このネックレスはキクエからのプレゼントなの。小さな緑色の石は翡翠《ひすい》よ。とても小

粒だけど、翡翠のなかでも特別に質のいい翡翠だって知り合いの貴金属店のオーナーが感心してたわ。キクエは遺言書が正式なものとして認定された日に、私とカミラを食事に招待してくれたの。そのときこれを私に渡してくれたの。カミラにはピアスを。だから、ゲンから電話があったとき、カミラはキクエが日本で自殺したんじゃないかって一瞬思ったのよ」

この人の勘の鋭さは、弁護士という仕事のせいだけではなく、天性のものなのだろうなと弦矢は思った。自分がサングラスをかける前にちらっとネックレスを見たのに気づいていたのだ、と。

「それは遺言書の草案なの。正式なのは私の事務所の金庫に保管してあるわ。最後の五行を削除したものをね」

と言い、スーザン・モーリーはメキシコ系の顔立ちをした太った店員が運んできたタコスを、弦矢が驚くほどの速さで食べ終わり、紙コップに入ったコーヒーを持ってショッピングモールの階段のところへ行くと煙草《たばこ》を吸った。

「一日に三本て決めてるの。昼食後、夕食後、寝る前。その三本だけ」

二年間やめていたが、弦矢はふいに煙草を吸いたくなって、スーザンの側《そば》に行くと自分の両手を胸の高さに掲げて、まだ止まらない震えを見せた。

「これを鎮めるには煙草が必要ですね。一本いただけませんか」

「気持ちはわかるわ。いまゲンに車を運転してもらうのはとても危険よね」

銀色のシガレットケースの蓋をあけながらスーザンは言った。弦矢は一本抜いて、スーザンのライターで火をつけてから、

「いまのこの精神状態でなくても、左ハンドルの車で右側通行の道を運転するのは怖いですよ。もう三年間もアメリカで車の運転をしてないんですから。右側通行と左側通行とでは、脳の動きが逆になって、慣れるまでは危ないです」

軽い煙草だったが、弦矢は煙を吸い込むとつかのま立ちくらみのような感覚に襲われた。

「そこに煙草を売ってる店があるわ」

とスーザンがショッピングモールの渡り廊下のような一角を指差した。弦矢は、日が当たらないので外からは真っ暗闇に見える通路のなかにある煙草屋で、マルボロと使い捨てライターを買った。

タコスとコーヒーの代金はすでにスーザンが払ってしまっていた。弦矢は礼を言ってスーザンの車の助手席に乗った。

スーザンは車をUターンさせ、ホーソーン大通りをまっすぐに南へと走らせて海のほうへと向かった。

サウス・ベイと呼ばれる地域の正しい呼称はパロス・ヴァーデス半島で、そこにはラ

ンチョ・パロス・ヴァーデス、パロス・ヴァーデス・エステーツ、ローリング・ヒルズ、ローリング・ヒルズ・エステーツの四つの市が、地図上ではわずかに海に突き出た半島といえばいえる瘤《こぶ》のような形の地域に、湾曲の多いパズルのピース状で組み合わさっている。

キクエの家はその半島の最も南側に突き出たところからほんの少し西へ行った海沿いにある。夜は太平洋の波音しか聞こえない。

家そのものは周りと比べると大きいほうではないが、庭が広い。そして、家の内装に使っている木や石材が素晴らしい。

スーザンはツアーコンダクターみたいに陽気な口調で説明しながら、ホーソーン大通りを道なりに左に曲がった。

小畑弦矢に日本から来てもらわなければならなかった用件の大半は終わった、という思いがスーザン・モーリーというベテラン弁護士を気楽にさせたのだろうかと弦矢は考えたが、削除してあった遺言書の最後の五行がいやに気になっていた。

「すげぇ」

道を曲がるなり左右に立ち並んでいる家々のあまりの豪壮さに、弦矢は思わず日本語で言った。

ジャカランダの巨木には藤色よりも濃い紫の花が咲き始めていて、あちこちに幹の太さが直径二メートルはありそうな樹皮のない巨木も生い茂っている。ジャカランダの「紫の桜」が満開になるのはこれからなのだ。

豪邸はそれらの木々を借景にするように建てられたことがわかるし、どの家も申し合わせたかのように、素焼き煉瓦のような淡い朱色の瓦で屋根を葺《ふ》いていた。

そしてどの家にも暖炉用の太い煙突がひとつかふたつ突き出ている。日中の気温が二十五度を超える日でも、夜になると暖を取りたくなるほどに冷えることもあるのだ。

道はゆるやかにのぼり、さらに樹木は多くなり、不動産業者が富裕層向けに開発した高級分譲住宅地へ入るための広い道が左右にあらわれた。それは一般の庶民を拒否する広さでもあると弦矢は思った。

「ここはこの半島では高台のほうだけど、海に近づくともっと高いところに出るわ。そのあたりからの景色は素晴らしいの。でも、急ぎましょう」

スーザンは言って、こんどは車を曲がりくねっている道の、海ではなく丘のほうへと走らせた。

弦矢は鞄から日本で買ったロサンゼルス南西部の地図を出して膝の上でひろげた。車がパロス・ヴァーデス半島のど真ん中を南西に走っていることはわかった。

「USCの大学院にいたころ、友だちとポンコツのフォードでこのあたりに遊びに来たことがあるんです。ぼくのアメリカ人の友だちは、ほとんどがカリフォルニア出身じゃなかったし、ロサンゼルス出身でもウエストウッドとかサンタモニカとかで、遊びに行くというと大学よりも北側ばっかりだったんです。まぁ、遊びに行く余裕なんてなかったんですけど。でも、あのときは、ぼくと、イラン人と、中国人、それにスペイン人で、留学生ばっかりでした」

菊枝おばさんの遺産による興奮はほとんどおさまっていたが、天から降って来たような幸運に手放しで浮かれる気持ちにはなれなくて、弦矢は密生している樹木の隙間から見えてきた海を見つめながらそう言った。

「私の姪《めい》も、去年、ＵＳＣの医学部に入ったのよ」

とスーザンは言った。

「それはおめでとうございます」

「ありがとう。大学に進むのはいやだ、もう学校の勉強はいやだ、って言って、高校を卒業してから三年間、ニューヨークの美術学校に行ったんだけど、どう気が変わったのか医学部をめざして勉強を始めたの。だから、いまは二十二歳」

「そんな学生はたくさんいますよ。電気工事の仕事についたのに、いまはサンフランシスコの病院で精神科の医師をしてるやつがいます。お母さんがタイ人でお父さんがアメリカ人。南カリフォルニア大学の近くの留学生相手の安アパートで部屋が隣り同士だったんです」

ゆるやかに曲がりくねる道は下り坂になり、豪邸と呼べない家は一軒もないという景色とともに広大な海が眼下にあらわれた。

「いま通ってきたところがローリング・ヒルズ・エステーツ。ここからランチョ・パロス・ヴァーデスに入るわ。キクエの家はもうすぐよ」

しばらく行くと眼下の左側にいくつものコテージや庭園やプールを持つリゾートホテルが見えてきた。「テラニア・リゾート」という名の高級ホテルだったなと弦矢は思った。

仲のいい友人たちとドライブ旅行した際、誰かがあのホテルでコーヒーを飲もうと言ったのだが、一杯十ドルも取られそうな気がしてやめたのだ。

丘の途中から俯瞰《ふかん》すると、いったいどこからどこまでがそのリゾートホテルの敷地なのかわからなかった。

ホテルの南端から向こうに海があるというよりも、海に抱きかかえられるようにホテルがあるかに見える。「テラニア・リゾート」の幾つかの大小さまざまな宿泊棟やスパやレストランの屋根も淡い朱色の瓦だった。

小さな低い丘の樹木でホテルはいったん視界から消えて、車はホーソーン大通りを道なりに右に行き、パロス・ヴァーデス・ドライブと名づけられた道へと入ってリゾートホテルへの海沿いを進んだ。

まったく底抜けに明るくて、雲ひとつなくて、青い絵具のような海だよ。ロサンゼルスの海沿いに戻って来たんだ……。

弦矢はそう思い、海辺に分譲されたらしい住宅地とその目と鼻の先にひらける海を眺め、菊枝おばさんとイアン・オルコットがともにひと目で気にいって購入した家はこのあたりだろうかとスーザンに言った。

スーザンは頷きながら、海沿いに十数棟建っているひときわ高価そうな豪邸群への道へと曲がった。

「あの家のどれかが菊枝おばさんの家ですか？」

と弦矢は驚いて訊いた。

「キクエ・オルコットの家は道の反対側を少し行ったところよ」

スーザンは言った。

海辺へと下る舗装された道は広かったが、それよりも広い芝生が豪邸群へのエントランスでもある道の左右にきれいに刈り込まれて設けられている。

もう二、三十メートル行けば海だというところで道はT字型に分かれていた。スーザンは車を右折させて、いましがた弦矢が見ていた豪邸群よりもさらに贅《ぜい》を尽くした家が並ぶ道をゆっくりと進んだ。

家々はどれもまだ新しかった。

格別に華美な造りではなく、どちらかといえば極力奇をてらわないデザインを守ることに神経を配ったといった感じを与えはするが、東京の高級住宅地に建っていれば、人々は驚いて立ち止まり、しばらく眺め入り、すぐに口づてで広まり、わざわざ見学に訪れる者も多いだろうと思える重厚さと高級さを併せ持っている。それらが道の両側に間隔をあけて並んでいるのだ。

「菊枝おばさんの家も、まさかこんな家じゃないでしょうね」

と弦矢は訊いた。

「外観はこの区域では地味なほうね。キクエとイアンの趣味とセンスの合致っていうのかしら。落ち着きがあって、品のいい家よ。もうそこよ」

道は右にゆるやかに曲がっていて海辺から少し離れるようにのぼった。

なだらかな坂の左側に凹の字型になっているらしい二階建ての家があった。幅広い煉瓦積みの門を構えていたが門扉は付いていない。門には金属製の銘板が嵌《は》め込まれて、そこに「ＡＬＣＯＴＴ」とだけ刻まれている。

「着いたわ。ここよ」

とスーザン・モーリーは言い、ショルダーバッグから家の鍵とセキュリティーを解除する細いスティックを出した。

二階建てではあったが、それは家の正面の中央部分だけで、そこから左右に庭の奥のほうへとつづく棟は平屋だった。

しかし、庭の周りには丈の高い植え込みが巡らされているし、もともとそこに自生していたと思えるジャカランダや枝分かれした幹が絡み合ってねじれて直径一メートル半ほどにも太くなった木や、タクシーの運転手が日本語で「デイゴ」と教えてくれた巨木が枝と葉を伸ばしていて、庭のなかはまったく見えなかった。

スーザンは玄関の木を指先で軽く叩《たた》き、

「マホガニーよ」

と言い、そこに取り付けられているセキュリティーを設定したり解除したりするための装置に五桁の暗証番号を打ち込んでから、スティックを差し込んだ。

重いドアをあけると十平方メートルほどの空間があって、広間に向かって階段で二段分くらいのスロープが設けられていた。そのスロープの手前、玄関を入ったところに三足のスリッパが並んでいた。

それは弦矢が菊枝おばさんにeメールで頼まれて杉並区の履き物専門の量販店で買い、航空便で送ったものだった。

「これは、私用なの」

とスーザンは笑みを浮かべて言い、低いヒールのパンプスを脱ぐと桜の花びらの模様が描かれているスリッパに履き替えた。

「日本式ね。キクエは靴を履いたまま室内にはいるのをとても嫌ったの」

とスーザンは言って、壁際のタンスほどもある履き物入れから、まだ一度も使っていないと思われる男物のスリッパを選び、弦矢の足元においてくれた。履き物入れは贅沢すぎる木材で作られていたが、それが何という木なのか弦矢にはわからなかった。

抜きん出て大きなスリッパがあった。ああ、これはイアン用だなと弦矢は思い、礼を言って靴を脱ぐとスーザンが出してくれたスリッパを履いて広間へと歩いた。

「スリッパは菊枝おばさんに頼まれて、ぼくが日本から送ったんです」

と弦矢は言い、広間の正面にある両開きのドアの前に立った。そのドアもマホガニーで、既製品ではなかった。幅も高さも一般のアメリカのものよりはるかに大きいのだ。

スーザンは両方のドアを開け、階段脇に置いてあるサイドテーブルの上の、何も活けていない花瓶の位置を動かした。

さして意味があって動かしたのではなく、話を始めるためにひと呼吸置くという感じだった。

玄関を入ったところから、広間や、そこを中心として凹の字型に延びる左右の廊下には、すべて同じ色の石材が敷き詰めてあった。

ランチョ・パロス・ヴァーデスの豪邸の屋根と同じ色の石材で、大理石のように表面を滑らか過ぎるほどには研磨していないのでスリッパでも滑らなかった。

「床の石はなんという石ですか？」

弦矢は訊きながら、凹型の建物の左側を歩いて行った。淡い朱色の石の廊下には中庭側に向かって四室あった。凹型の右側の廊下にも同じような形でキッチンとダイニングルームとリビングルームがあるとスーザンは教えてくれた。

「この左側の四部屋はキクエとイアンのそれぞれの寝室とバスルームと客用寝室よ。ゲンが来たら二階の寝室を使わせるつもりだったのよ。床の石材はトルコからわざわざ取り寄せたの。なんという名の石材かは、私は知らないわ。玄関を入ってすぐ左にドアがあるでしょう？　ガレージのドアよ」

スーザンは廊下の窓をひとつずつあけていきながら、セキュリティー装置の扱い方を弦矢に丁寧に教えてくれた。

この家のことはなんでも知っているといった説明の仕方だった。

「いい匂いが窓から入ってきますね」

弦矢の言葉に、

「キクエが庭でたくさんのハーブを栽培してたのよ。そんなの料理に使うの？　って訊きたくなるくらいのたくさんの種類のハーブが、何十個ものプランターに植えてあるわ」

とスーザンは言って、凹型の右側へと向かった。そしてそこの窓もすべてあけてから、一番手前のリビングルームで弦矢にソファに坐るよう促した。

長い革製のソファの前には楕円形《だえんけい》の低いテーブルが置いてあった。

「このテーブルはクラロウォールナットの一枚板。イアンがニューヨークの有名な木工職人に頼んで作ってもらったの。その職人は七十七歳で、もう引退してたんだけど、こんな素晴らしいクラロウォールナットに出逢《であ》えるのは一生に一度だって言って、引き受けてくれたらしいの。あとでゆっくり全部の部屋を見て廻《まわ》ったらいいわ。木工の名人が最高の材質で時間をかけて作った家具に囲まれて暮らす、というのがイアンの夢だったのよ」

「でも、イアンがこの家で暮らしたのは、たったの一年と少しだったんですね」

と弦矢は言った。

スーザン・モーリーは弦矢の後方の薄い桜色の壁紙に目をやって、

「いい人だったわねぇ。内気で無口で、人見知りで……。私、初めてイアンと逢ったとき、この人は対人恐怖症なんじゃないのかと思ったわ。背が高いから、なんだか動きも緩慢で……。でも、経済的には神さまがついてるんじゃないかって思うくらい運が良かったわね。キクエとの夫婦関係も良かった。夫婦間でトラブルなんてまるでなかったわ。膵臓ガンにかかるまでは病気ひとつしたこともなかった。レイラのことがなければ羨ましいくらい申し分のない人生だったわね」

と言った。そしてさっき弦矢に見せた遺言書の草案を封筒から出した。

「この消してある最後の五行には、もしレイラが見つかったら、ゲンに譲ったすべての遺産の七十パーセントをレイラに与えてほしいが、見つからなかったら、レイラのような子供たちのためになる何等《なんら》かの社会運動に役立ててもらいたい、ってゲンに頼んでる文言が付け加えてあったの。でも、それは正式な遺言書としては法的に認められないの。レイラが消息不明のままだったら、遺産の七十パーセントはいつまでたっても宙に浮いたままになるでしょう？　だからそれはキクエのゲンへの願いとして、口頭で伝えるべきものだって、弁護士としては判断するしかなかったのよ」

弦矢はスーザンの言っている意味がよく呑《の》み込めなくて、

「レイラ・ヨーコ・オルコットは六歳になってすぐに白血病で亡くなったんですよ。ぼくにはあなたが何を言ってるのかわからないんですが」

と言った。

スーザンは眼鏡ケースから老眼鏡を出し、それをかけてしばらく無言で弦矢を見つめたが、眉と眉のあいだに作った深い皺《しわ》を消そうとはしないまま、

「白血病？　レイラは六歳のときに白血病で死んだって、キクエはあなたに言ったの？」

と訊いた。

「ぼくにではなくて、ぼくの両親にです。レイラが六歳のとき、ぼくも六歳でした。それを知らせるカードが届いたとき、菊枝の娘が死んだ、って父が母に言ってるのを聞いた記憶が残ってます。封筒もなかのカードも、黒く縁取りした欧米式の死亡のお知らせっていうやつだけだったので、父は怒ってたんでしょう。身内の死をただの知り合いに事務的に知らせるようなことをしやがって、って腹を立ててたんだと思います。父と菊枝おばさんは仲が悪かったんですよ。自分の妹が家族の反対に耳を貸さずにアメリカ人と結婚してアメリカでの生活を選択したことで、もう菊枝と俺とは兄でもなければ妹でもない、勝手にしたらいい、ってことになって……。だから今回の日本の旅も、菊枝おばさんはぼくにだけ知らせて、ぼくの父にも母にも知らせませんでした」

スーザンは老眼鏡を外し、

「レイラは六歳のときに行方不明になったの。一九八六年の四月五日よ。ボストンの家から車で十五分ほどのところの、オープンしたばかりの新しいスーパーでね。キクエは野菜売り場で何種類かの野菜を選んでたの。レイラがおしっこがしたいって言ったからトイレはどこかと探したら、すぐ近くにあったの。近くだったからひとりで行かせたのね。キクエはレイラがトイレに入って行くのを見届けて、買い物をつづけたけど、トイレがちゃんと見えるところにいたそうなの。でも、レイラは出て来なかった。十分待ち、十五分待って、キクエは混んでいるのかと思いながらトイレに入ったけど、レイラはいなかったの。キクエはすぐにスーパーの店員に知らせて、店員は警備員に知らせた。警備員は決して迅速で的確な対応はしなかったようね。警察に通報したときはレイラがトイレに行って三十分ほどたってたそうよ。レイラが忽然《こつぜん》と消えて、もうことしで二十七年よ。キクエが三十歳のときの子で、生きていたらいま三十三歳ね」

と言い、しばらく無言で弦矢を見つめた。そして、一説では全米で毎年約百万人が行方不明になり、そのうちの八十五パーセントが子供だと説明した。

アメリカに誘拐事件が多いことは知っていたが、レイラがじつはその被害者として二十七年前に消息を絶ってしまっていたという事実を知って、弦矢は言葉を失って無言でスーザンの説明を聞くばかりだった。

「ゲンも見たことがあるでしょう？　新聞のチラシとかスーパーで売ってる牛乳の紙パックとかに、行方不明になった娘の写真を載せて、情報提供を求めてるのを。男の子の場合もあるわ」

「ええ、何度も見ました。上は十七、八歳くらいから下は五、六歳……。それにしても年間百万人ていうのは異常な数字ですね。レイラもスーパーのトイレで誰かにつれ去られて生死不明のままだなんて、びっくりしたなんて次元じゃあないですね」

「百万人というのが正確な数字かどうかはわからないのよ。州警察の発表とＦＢＩの発表とは必ずしも一致しないわ。私は三十万人くらいじゃないかと思ってるの。行方不明者のなかには自分の意思で家を出た家出人も含まれてるけど、六歳のレイラが家出してそれきり姿をあらわさないままどこかで生きているなんてことは到底考えられないわね」

「ぼくには、菊枝おばさんがなぜぼくたちにそれを隠しつづけて、白血病で死んだということにしていたのか、なんとなくわかるような気がします」

その弦矢の言葉には、スーザンはなにも応じ返さなかった。

「イアンとキクエは血眼になってレイラを捜し出す努力をつづけたそうよ。何百万枚ものチラシを刷って全米中のスーパーや人がたくさん集まる場所に配布したし、CG技術が発達してくると、赤ん坊のときの写真、三歳のときの写真、五歳、六歳の誕生日の写真を科学的に解析して、三十一歳にはこんな顔と体型になっているだろうというCG写真を作成したの。専門の業者に依頼してね。そしてそれを全米中のスーパーに置かせてもらったの。そのとき、私はキクエとイアン夫婦と知り合ったの。信頼できるCG技術を持つ会社を紹介してくれないかって、キクエとイアンが私のオフィスを訪ねて来たのよ。このランチョ・パロス・ヴァーデスの家に引っ越して来てすぐよ」

「莫大《ばくだい》なお金がかかったでしょうね」

と弦矢は言って、中庭というにはあまりに広すぎる一面芝生に覆われている庭の西側に目をやった。

おそらく不動産業者がこの地域を開発するはるか昔からそこに自生していたと思われるジャカランダの巨木が中庭の海側にあった。花はまだ数個しか咲いていなかった。菊枝おばさんがこの土地に家を建てようと決めたのは、あのジャカランダの木があったからに違いないし、キクエが気にいったのならぼくはどこでもいいよとイアンはきっと言ったに違いないのだ。

弦矢はそう思った。

スーザンのスマートフォンが鳴った。カミラからのようだった。スーザンはすぐに電話を切り、急用ができたのでオフィスに戻らなければならないと言い、給湯器の使い方を手短に説明して帰って行った。

どの部屋にも庭に出るドアがあった。これは戸締りが大変だなと思いながら、弦矢は本格的なレストランの厨房《ちゅうぼう》のようなキッチンへ行き、大きな流し台のシンクとそこから両側に幅ひろく敷かれた大理石を手で撫《な》でた。それは動かす必要のない大きなまな板なのだ。

壁には大小さまざまなフライパンが掛けてあった。鉄製、ステンレス製、銅製……。

それらの右側には壁に嵌め込むように備えつけた食器棚があって、普段使いの皿やカップや紅茶セットやコーヒーカップなどが並んでいた。

ナイフやフォークや幾つかの調理用具は流しの下の抽斗に整然と収まっている。

キッチンの床は杉綾《すぎあや》の形に組んだたくさんの微妙に色の異なる木が敷き詰めてあった。しかし、菊枝おばさんが、訪ねて来るアメリカ人にも靴を脱いでスリッパに履き替えるのを求めたのは、各部屋の特別な材質の床を傷つけたくなかったからではない。おばさんは家のなかに外履きの靴やサンダルで入り、そのままソファに横たわったり、ベッドに乗るという、アメリカ人の習慣だけは我慢ならなかったのだ。外で履いた靴がどんなに汚いものかがどうしてわからないのかしら、と菊枝おばさんはよく言っていたなと弦矢は思いながらキッチンから庭に出た。

庭で履くためのラバー製のサンダルが三足と青いスニーカーが一足並べてあった。弦矢は紺色のブレザージャケットを脱ぎ、カッターシャツの袖を肘のところまでまくりあげて、サンダルを履き、ジャカランダの巨木へと歩きだしたが、そのとき初めて、中庭に面した壁中にさまざまな花々が咲いていることに気づいた。

素焼きの植木鉢やそれよりも大きな陶器の植木鉢は、いったい幾つ壁や出窓に吊《つ》り下げられているのかわからなかった。

かぞえてみる気にもなれないほどの数だったのだ。

桔梗《ききょう》に似た花、葵《あおい》に似た花、ペチュニア、アイビーゼラニウム、ブーゲンビリア、コスモス、バラ、ダリア、ベゴニア……。

弦矢が名前を知っているのはそれだけで、他にもっと多くの種類の花々が植木鉢のなかで咲いていて、中庭に面した壁は、屋根のひさしのほんの少し下の部分しか見えないほどだった。

菊枝おばさんは、このすべての植木鉢に毎日どうやって水をやっていたのだろうと弦矢は考えた。

出窓の上あたりから吊るされているのは脚立を使わなければ届かない。それよりも上部にある花々に水をやるには梯子《はしご》が必要だ。

ひさしは屋根の大きさに比して長くて、直射日光が各部屋に差し込まないように工夫したのであろうが、ひょっとしたら、壁に吊るした植木鉢のなかで咲いている花々を弱らせないようにというのが目的だったのかもしれないと弦矢は思った。

ジャカランダの巨木から南側に少し離れた場所に藤棚のように木が組んであった。

そこには藤ではなく蔓《つる》バラが旺盛に枝と葉を棚に巻きつけて、一週間後には咲き始めるであろう小粒な蕾《つぼみ》をつけていた。

日差しの強さで目が痛くなり、弦矢はサングラスを取りにリビングルームへ戻った。

クラロウォールナットの木で作られた丈の低いテーブルには遺言書の草案の入っている大きな封筒が置かれたままだった。

弦矢はいまはそれを読む気がしなかったが、他に何が入っているのかは見ておこうと思い、封筒を持って庭に出て、陰ができている南側へ行った。坐り心地の良さそうな椅子と小さなテーブルがあったからだ。

封筒には、遺産目録と、オルコット家の一千万ドルを投資のために委託しているニューヨークの投資顧問会社の資料や年次収支報告書も入っていた。

弦矢は、それにざっと目を通したが、投資顧問会社は社員三十名くらいの規模で、ギャンブル的な投資には手を出さない堅実な商法を貫くことを信条としているようだった。オルコット家の一千万ドルを委託されて十年近くなるが、平均すると毎年十六万ドルの利益をもたらしている。夫婦ふたりの生活には充分な収入だなと弦矢は思った。

封筒のなかには、もうひとつの封筒が入っていた。その中身はすべてレイラを捜すために作成したチラシや牛乳の紙パックだった。どれも七種類ずつあった。

行方不明になって一ヶ月後のもの。三ヶ月後のもの。一年後のもの。三年後のもの。五年後のもの。十年後のもの。そしてランチョ・パロス・ヴァーデスに引っ越してからの、コンピューター・グラフィックスによる写真を使ったもの。

弦矢は、赤ん坊のころからのレイラの何枚かの写真と両親の容貌や体型などをコンピューターでシミュレーションして、三十一歳だとこのような顔立ちになっているであろうという写真に見入った。

黒い髪や、イアンそっくりの、灰色にわずかに緑色を混ぜたような目の色は、六歳のときから変わりようはなかった。

CG写真では、三十一歳のレイラは前髪を額の真ん中くらいまで伸ばしていて、うしろの髪はうなじあたりまであった。

コンピューターによる写真特有の人工的な血のかよっていない表情ではあったが、三十一歳のレイラは清楚《せいそ》で美しかった。内気で気弱そうな感じも父親に似ているが、芯の強さも秘めているようで、それは母親譲りのものだった。

身長は百六十八センチから百七十五センチくらいと記されている。

弦矢はレイラの三十一歳のCG写真と行方不明になる直前に写した六歳のときの写真を長いあいだ見つめてから、ジャカランダの巨木へと歩いて行った。庭はそこで終わっているのではなかった。二十メートルほどのゆるやかな傾斜が海のほうへと延びていて、白く塗った柵が庭の終点、オルコット家の敷地の西側の境界線だった。その向こうは薄茶色の粗い土が剝《む》き出しになった急な斜面で、浜辺へと落ちて行っている。

ロック・クライマーでなければ浜辺まで降りることはできないなと弦矢は思いながら、柵の前に並べてある三十個近いプランターに植えられたさまざまなハーブの香りを腰を屈《かが》めて嗅いだ。

バジル、ミント、ローズマリー、タイム、セージ、オレガノ……。

弦矢が見分けられるのはそれだけで、その六種類よりもはるかに多いハーブが、いったい何の料理に使われるのかと考えるのはスーザンだけではなさそうだった。

そうだ、大事なことをあとまわしにしてしまったと弦矢は気づいて、建物の面積の何倍かはありそうな中庭からリビングルームに戻ると、封筒をテーブルに置いて、菊枝おばさんの遺骨の入っている骨壺《こつつぼ》を出した。

イアンの墓の隣りに碑を立てて、そこに納めるまでは、遺骨は菊枝おばさんの寝室に置いておくのがいちばんいいだろうと考えて、弦矢は凹型の家の左側の奥にある寝室へと行き、大きな飾り棚にひとまず置いた。

セミダブルのベッドにはキルトのベッドカバーがかぶせてあった。サイドテーブルには読みかけの本が一冊あり、廊下側の壁のところにノート型パソコンのための机があった。

パソコン用のコネクターは付いていなかったので、家のどこかに電波を飛ばすルーターがあるのだと思い、弦矢はリビングルームに戻った。それはダイニングルームに取り付けてあって、広い建物のなかのどこででもパソコンが使えるように四ヶ所の壁に電波を中継する掌《てのひら》サイズの機械が設置されてあり、そのどれもが小さな緑色の光を点灯させていた。

「パソコン環境は万全だよ」

とつぶやき、弦矢は鞄から自分のノート型パソコンを出すと電源を入れた。

ルーターのケースにアクセスポイントを示す長い番号を記したラベルがあった。弦矢は自分のパソコンにその番号を打ち込んだ。すぐにアクセス可能となった。

菊枝おばさんのよりもかなり小型のパソコンを持って弦矢は再び寝室に戻ったが、いったいいま何のためにパソコンが必要なのかわからなくなって、ベッドの壁際にある大窓のカーテンをあけた。

中庭の向こう側、キッチンの西側にもうひとつ部屋があった。屋根も一段低くしてあるのでわからなかったのだ。そしてそのさらに海側から北側に向かって庭がつづいていた。

まだあそこから庭がつづくのか？ 弦矢はなんとでかい敷地だろうとあきれながら、菊枝おばさんの寝室からキッチンのほうへと歩いて行った。低い屋根の下に何があるのかを確かめるためだった。

そこはトイレとシャワールームで、洗濯室も兼ねていて洗濯機と乾燥機も置いてあった。ロサンゼルスでは、その地域によっては洗濯物や布団を家の外で干してはならないという取り決めがある。州や市で定めた規制ではないが、景観を美しく保とうという住人たちの総意による約束事で、そのために乾燥機は必需品なのだ。

この南カリフォルニアという乾燥した気候では洗濯物など二時間もあれば完全に乾いてしまうし、布団類や枕はたまには太陽の光に当てたいのだが、その決まり事を破ると隣人たちからルールを守らないやつという烙印《らくいん》をおされてしまうのだ。弦矢はトイレの窓をあけ、乾燥機の横にあるドアをあけて庭に出た。そこにもサンダルが置いてあった。ラバー製のサンダルを履き、弦矢は菊枝おばさんの部屋から見えた北側の庭へと廻った。腕時計を見ると二時半だった。最も暑い時間帯だが、海からの風は涼しかった。

その北側の庭は隣りの家との境界を成す植え込みのところまで五十メートルほどつづいていた。

芝生は張っていなくて、すべてが咲けば花畑になると表現してもいいほどの幾種類もの植物が密生するように植えられていた。いま咲いているのはバラと桔梗とガーベラと、カーネーションの一種らしいオレンジの花だった。

レイアウトなんか気にしない、それぞれの花が咲きたいときに咲いて、その自然な組み合わせが美しい。いかにもそんなてらいのなさを感じさせる植え方だが、逆にそれが菊枝おばさんのてらいなのだと弦矢はかすかに笑みを浮かべながら思った。

密生している苗や蕾をつけ始めた細い木や、蓮《はす》に似た葉の群がりのなかに土の小道があった。弦矢はその小道を歩いて行き、植え込みのところで立ち止まって海を眺めた。隣りの家を覗《のぞ》き込んでいると思われないように、あえて体を西側に向けた。隣家に人の気配はまったく感じられなかった。

なにもかもイアンと菊枝おばさんのお陰なんだと弦矢は思った。

菊枝おばさんが、将来はアメリカの大学に留学しろと勧め始めたのは、弦矢が十二歳のときだった。

アメリカの優秀な大学の卒業生たちが、遠くない将来、必ず世界を動かすようになる。だから弦矢はいまからそのための準備をしておけ。なによりも英語だ。英語の勉強だけは他の学生たちの三倍頑張れ。たくさんの単語を覚えろ。留学のための費用は心配いらない。私たち夫婦が責任を持ってすべての費用を出す。

菊枝おばさんはしつこいくらいに何度も手紙でそう書いて寄こしたのだ。

父は、それを読むたびに機嫌を悪くして、なんだこの上から目線は、と怒った。

金は出してやるだと？　大きなお世話だ。ちょっと商売がうまくいって小金を持ったからって、俺の息子の将来を指図できるとでも思ってるのか。弦矢、菊枝の言うことなんかきくなよ。

父は本気で腹を立てていたなと二十年以上前のことを思いだしていると、そのときの父の激昂による手の震えまでが甦《よみがえ》ってきた。

あの兄妹はなぜあんなに仲が悪かったのだろう。いや、それは父の一方的な感情で、菊枝おばさんはたいして気にはしていなかったのだ。いつまでたっても心の狭い兄、という目で見るだけで、はなから相手にしていないかのようだった。

それがまた父にとってはさらに妹に侮辱され愚弄されているという思いを増幅させる

ことになっていたのであろう。

そう考えながら、弦矢は季節ごとに花畑と化すはずの敷地の北側から小道を歩いてシャワールーム兼洗濯室の横に戻った。

弦矢は、東京の私立大学を卒業して化学工業会社に就職し、四年後に退社したあと、留学をめざして二十六歳のときに渡米した。

アメリカの経営大学院は、実務経験を最低でも二、三年積んだ者しか入学できない。

弦矢は、会社を正式に退社した五日後にマサチューセッツ州のボストンの空港に着いたときのことを思い浮かべた。

その十年ほど前から、弦矢はイアンの勧める南カリフォルニア大学、略称ＵＳＣの経営大学院に留学することを目標としてきた。

母校に誇りを持っていたイアンは、口には出さなかったが、妻の甥っ子が自分と同じ大学で学んでくれることを望んでいたからだ。夫の思いをよく知っていた菊枝おばさんは、イアンは家の事情で大学院には進まなかったが、弦矢にはＵＳＣのマーシャル・スクール・オブ・ビジネスで学んでＭＢＡを取得してもらいたいのだ、と国際電話や手紙でいつも伝えつづけた。

弦矢は、入学試験に合格する自信はなかったが、イアンがそれを望んでいるなら、そうしようと高校生のときに決めていた。

一週間をボストンのオルコット家ですごしたあと、弦矢は菊枝おばさんとロサンゼルスに行き、大学の近くにアパートメントの一室を借りてもらって、語学学校に入学した。最大の難関は英語力だったからで、そのためには一年間は徹底して英語を習得することが必須だったのだ。

けれども、大学院の高度な授業に対応できるだけの英語力は一年間では身につかなかった。

それでさらにもう一年間勉強をつづけて、二十八歳でUSCのマーシャル・スクール・オブ・ビジネスの入試になんとか合格することができた。

語学学校ならボストンにもある。しかし、菊枝おばさんはあえて弦矢にロサンゼルスでのひとり暮らしを選ばせたのだ。強く命じたというのではなかったが、日常生活でいっさい日本語を使えない環境に放り出されることの重要性をどこか冷淡な口調で諄々《じゅんじゅん》と語ったので、弦矢にとっては命令されたのと同じだった。

弦矢は、花々を植えている庭の北側とジャカランダの巨木を交互に見つめ、レイラは二十七年間生死不明のままなのかと思った。

菊枝おばさんとイアンは、レイラの行方を懸命に捜しながらも、この俺に対してUSCの大学院を修了させるために、つねに励ましと金銭的援助を惜しまなかったのだ。

庭の真ん中の芝生の上にあぐらをかいて坐り、生死不明とはなんという冷酷で無慈悲な状況であろうと弦矢は思った。

身代金目当ての誘拐なら、警察も総力をあげて捜査するだろうし、何等かの決着はつく。その子が無事に生きて親のもとに帰れればいいが、最悪の事態になったとしても、死んだという事実はあきらかになるのだ。

親の悲しみや苦しみは長くつづくにしても、いつかそれはあきらめに変わる。親も自分の心を切り替えねばならない。いや、切り替えねばならないという努力を始める時が訪れるのではないだろうか。

けれども、子供が誰かに連れ去られて、生きているのか死んだのかわからないまま長い年月を過ごしつづけるなどということは、親や身内でなくても想像しただけで息苦しくなってくる。

二十七年……。なんと長い年月であろうと弦矢は思った。能天気なほどに青い空を見上げ、肌を刺すような強い太陽の光を浴びながら、弦矢はしばらくじっとしていた。

レイラが生きていて、自分たちのもとに帰って来はしまいかと一縷《いちる》の望みを抱いたまま、イアンは約二十六年間、菊枝おばさんは二十七年間つらい苦しい日々を生きつづけたのだ。

「四十二億円の遺産？　俺がそれを相続？　冗談じゃないよ。そんなもの、俺が貰えるか！　全部、レイラのもんだ。ふざけやがって！」

弦矢は誰に対してなのかわからないまま口に出して言うと、家のなかに戻った。

スーツケースを二階に運び、客用寝室はどこだろうと探したが、最初にあけた左側のドアは浴室だった。シャワールームがあり、長さ二メートル、幅一メートルほどのバスタブがあり、大きな鏡を嵌め込んだ洗面台がある。

「俺のマンションの部屋の五倍はあるぞ。ここに寝泊まりできるよ」

ひとりで苦笑しながらつぶやき、弦矢はトルコ産の石の階段を降りて、パソコンとショルダーバッグとスーザンから受け取った封筒を持ってまた二階へあがった。

踊り場のところに直径二メートルほどの円形のステンドグラスがあるだけだが、そこから五段階段をのぼって二階に立つと左右、つまり南北に階下の広間と同じ材質と大きさのドアがあって、あけると壁一面にブラインドが下がっていた。それを上げた途端、光が入って来た。

外から見た二階よりも実際ははるかに奥行があり、浴室の反対側の、家の北側が客用寝室になっていた。

「うわぁ。この部屋、テニスコートくらいあるよ」

うなじのあたりを掻《か》きむしりながらつぶやき、弦矢は自分の荷物を部屋に運び入れ、北側の窓をあけた。五十メートルほど離れている隣家はロサンゼルスの南部ではよく見える樹木によって遮られて見えなかった。

「あの木はリスも近寄らないんだ。目に見えないくらいの刺《とげ》があるからな。小さなガラスの破片みたいな刺だよ」

弦矢は誰もいないのに喋《しゃべ》りながらスーツケースのなかの着替えなどを簞笥《たんす》の抽斗に入れた。

荷物といっても、カッターシャツが二枚、喪服と黒いネクタイ、あとはTシャツが数枚とフード付きのトレーナー、それとジーンズとバミューダパンツと下着、スニーカーが一足、それに洗面具だけなのだ。

部屋の奥のふたつのダブルベッドにもあきれて見入り、弦矢はどっちに寝ようかと思案して壁に近いほうを選んだ。

そしてTシャツとバミューダパンツに着替えてベッドにあお向けに横たわった。

板張りの天井の中心部分に頑丈そうな照明がシャンデリアのように吊るされていたが、それは全体が和紙で包み込まれている。丈夫な和紙をわざと手で揉《も》んで皺を作っている。このシャンデリアの形をした照明器具を取り付けてから菊枝おばさんが自分で加工したに違いないと弦矢は思った。

ドアの横の壁にはテレビがあった。あまりにも大きすぎて、弦矢はすぐにはそれがテレビの画面だとは気づかなかったのだ。

「畳一畳はあるな」

と言って天井を見つめ、弦矢は自分がまずやらなければならないことは何だろうと考えた。

役所に行き、キクエ・オルコットの死亡届を提出し、墓地の管理会社に行き、イアンの墓碑と同じものを註文する。

そして菊枝おばさんの姓名、生年月日、死亡年月日を彫ってもらう。

それが出来上がるには何日くらいかかるだろう。お墓に遺骨を納めてからでないと自分は日本に帰れないのだ。まさかスーザンに託して帰国してしまうわけにはいかないではないか。俺が菊枝おばさんのためにせめてそれくらいの時間を使っても、恩返しの万分の一にも足りない。

弦矢はそう考えた。

遺骨を納めるとき、スーザンは墓地に来てくれるだろうか。それはスーザンのスケジュールに合わせよう。スーザンは、二年ほどではあったが、菊枝おばさんがボストンからランチョ・パロス・ヴァーデスに移ってからの数少ない親しい友人だったのだ……。

弦矢は、いくら菊枝おばさんの交友関係が限られていたとはいえ、このランチョ・パロス・ヴァーデスにも知り合いはいたであろうと思った。

このままベッドに横になっていたら眠ってしまう。そんなことをしたら、時差ボケを五、六日引きずることになる。弦矢はそう考えて起きあがった。

中庭に頭を向けるように枕が置かれていたので、弦矢は自分の右側の、壁に飾られた美しい文様の布をタペストリーだとばかり思っていたのだが、よく見るとカーテンだった。

窓があるのか？　と弦矢はそれをあけた。ドアの向こうに幅三メートルくらい、長さ十メートルほどのベランダがあり、金属製のテーブルと椅子が並んでいた。木製の手すりも設けられている。

中庭から見上げたときは、その手すりは壁に施された装飾に見えたのだ。

弦矢はドアをあけてベランダに出て椅子に坐り、二階からの眺めに見入った。手すりには頑丈なフックがつけられていて、そこにも植木鉢が吊るされている。

桔梗、ブーゲンビリア、バラ……。三種の花は十五個の鉢のなかで咲いている。

「これは中庭なんてもんじゃないよ。家よりでかい中庭なんてないよなぁ」

弦矢はつぶやき、この中庭はいったいどのくらいの広さなのかを計測してみたくなった。

階下に降り、広間の大きな扉から庭に出て、だいたいこのくらいが一メートルだろうと見当をつけると、まず横幅を測ることにした。

一、二、三、と声に出して庭の北側から南側へと歩いた。三十歩だった。次に同じようにして海側へと歩いた。白い柵までは百歩あった。

弦矢は白い柵のところから海を眺めながら、

「だいたい三千平方メートルか。一坪は三・三平方メートルだから……」

ひとりで喋りながら、弦矢は暗算をした。

「約九百十坪？　中庭だけで？　ほんとにそんなに広いのか？」

計測間違いではないのかと、弦矢はもういちど歩数をかぞえながら歩いた。幅も長さも一メートルほど少なくなっただけだった。

周りを凹型の建物に囲まれていて、そこには何十個もの植木鉢の花々が吊るされているので、オルコット家の中庭は九百坪以上もあるようには見えないのかもしれないと思った。

ガレージのシャッターがあく音がした。

スーザン・モーリーが戻って来たのかと思い、弦矢は広間に戻った。

ガレージと履き物を脱ぐ場所とを仕切っているドアがあいて、小柄だが厚い骨格の、日系人らしい男が入って来た。六十歳くらいだった。薄い頭髪を二センチくらいに刈り込んでいる。

「何度かチャイムを鳴らしたんですが」

と男は日本語で言い、セキュリティーを解除するスティックを弦矢に見せた。

「庭師のダニエル・ヤマダです。オルコットさんご夫婦がここに移って以来、この家の庭の管理をまかされてきました」

「小畑弦矢です。キクエ・オルコットの甥です。叔母は……」

弦矢が言いかけると、

「モーリー弁護士から聞きました。びっくりしました。きょう、甥っ子さんがこの家にお越しになることも聞いていました。心からお悔やみを申し上げます」

と言い、ダニエル・ヤマダは丁寧にお辞儀をしてから手を差し出した。

「ダニーです」

弦矢はダニーと握手をしながら、

「ゲンです」

と言って、なかに入るように勧めた。

ダニーは履き物入れからスリッパを出した。「DANIEL」と書かれてあった。

「私のスリッパなんです」

そう言って笑みを浮かべ、ダニーは自分が日系三世であること、祖父と祖母が第二次大戦が始まるはるか前にロサンゼルスに移民してきたこと、アメリカで生まれた父は日本人と結婚して、二人の息子とひとりの娘をもうけたこと、自分は祖父や祖母が生きていたころから、家では決して英語を使ってはならないと厳命されて、週にいちど土曜日に日本人学校に通わされたことを広間のあけはなった扉の前で説明した。

「それで日本語が上手なんですね。ダニーの日本語は、アメリカ人の上手な日本語とは違いますもんね」

と弦矢は言い、リビングルームに案内した。

「ゲンの英語は素晴らしいって、キクエが言ってましたよ」

「でも、やっぱり日本人の英語なんですよ。こればっかりは仕方がないですね。舌や口の周りの筋肉の使い方が根本的に違うんです」

リビングルームのソファに坐ったが、ダニーは腕時計を見るとすぐに立ちあがった。

「そろそろ四時ですから、花に水をやります。芝生は三日前に刈りました。朝の七時と夜の九時に自動的にスプリンクラーが作動して芝生に水を撒《ま》きます。でも、植木鉢の花には人間が如雨露《じょうろ》で水をやらないとね。最近この地区では水にうるさいんですよ。とにかくカリフォルニア州全体が慢性的な水不足ですから」

「ええ、ぼくも留学中は水の扱い方に気を使いました。アパートのオーナーが口うるさいおばあさんだったんです」

ダニーはリビングルームを出て北側の廊下を歩いて行き、洗濯室から中庭に出た。脚立をかつぎ、巻いたゴムホースを肩に掛けていた。それはいつも洗濯室に置いてあるらしい。

洗濯室の前に埋設してある水道の蛇口にホースを差し込むと、ダニエル・ヤマダは建物の向こうにある北側の花畑のほうに消えた。

喉が渇いたので、弦矢はキッチンへ行き冷蔵庫をあけた。なにひとつ入っていなかった。ミネラルウォーターもない。

これは買いに行かなければならない。あしたの朝食用の食料も必要だ。パン、ハム、卵、牛乳……。

昼にスーザンから一本貰って吸ったことで、喫煙への欲求が目覚めてしまった。しかし、俺もいちにちに三本か四本と決めて吸うことにしよう。

いま一本吸いたいが、この家に灰皿があるとは思えない。イアンも菊枝おばさんも煙草は吸わなかった。手頃な大きさの皿を使おう。

アメリカはこの数年で、煙草を吸う人間を毒物を撒き散らす無教養な異端者のように扱う国になってしまったのだ。

「昔のアメリカ映画を観《み》ろよ。ぷかぷか吸いまくってるよ。あれだけ吸っといて、よく言うぜ」

弦矢はひとりごとを言いながら庭に出て、ダニーのいるところへと歩いて行った。

撒水《さんすい》ノズルを付けたホースで水を撒いているダニーにここからいちばん近いスーパーはどこかと訊いた。

ダニーは作業の手を止めずに、道順も教えてくれた。

「歩いてもすぐですが、車で行くなら、キーはガレージの壁に吊ってあります。大型の冷凍庫もガレージです。ミネラルウォーターも、二ダース入りの箱がガレージの奥に山ほど積んでありますよ」

まさか卵やハムやベーコンを冷凍庫に入れていたりはすまいと思い、弦矢は二階の自分の寝室に財布とパスポートとスマートフォンを取りに戻り、ガレージに行った。

シルバーメタリックのトヨタの四輪駆動車があった。

「叔母さん、こんな車に乗ってたの？　これ、新車じゃないのか？」

とつぶやき、弦矢は壁に吊ってあるキーを持つと、運転席に坐った。走行距離は二十六マイルとなっている。

「一マイルはだいたい千六百メートルだから……。えーっと、まだ四十一・六キロしか走ってないぞ」

弦矢はキーケースに付いているふたつのリモートコントローラーのうちの「G」と書かれた小さな紙を貼り付けてあるほうのボタンを押してみた。ガレージのシャッターが上がった。

さぁ、右側通行だぞ。間違えるなよ。右側車線を走って、右折するときは右側の車線に進むんだからな。弦矢は自分に言い聞かせ、道へと出た。シャッターが閉まるのを確認して、どうやら住宅地のなかで大きく円を描くようになっているらしい舗装された道の左へと用心深く進んだ。

オルコット家の斜め向かいの家は、周辺の家と比べると小さかったが八百五十万ドルの値がつけられて売り出し中だった。

「これが八億五千万円だったら、菊枝おばさんの家はその五割増しの値がついてもいいよ。調度品や、なかに使われてる木材とかトルコ産の石材の贅沢な使い方なんかを見たら不動産屋はびっくりするぞ。十三億円だな」

と弦矢は声に出して言った。

これから数日間は、ひとりごとを言って暮らすことになりそうだなと思った。

いや、俺にひとりごとを言う癖がついたのは、語学学校で英語を猛勉強していたときに、スペイン人のウーゴから教えてもらった「朗読式外国語習得法」のせいだ。

ウーゴは、いつも「ロサンゼルス・タイムズ」の記事と、英語で書かれた小説を声に出して読んでいた。

その理由を訊くと、これをつづけることが外国語を習得する最も早道なのだとスペインの大学の担当教授に教えられたと答えて、俺にも勧めたのだ。

だから俺も、ウーゴが読んだあとの新聞を声に出して読み、当時のミステリーのベストセラーを友だちに借りてきて、夜中でも朗読していた。

そして、語学学校の授業が終わると、教師に頼んで朗読を聞いてもらい、正しい発音かどうかを判定してもらって、間違っている箇所を教師に朗読してくれるよう頼んだ。小説なら半ページほど、新聞ならコラム記事を。

ＩＣレコーダーで正しい発音を何度も繰り返し聞いて、またそこを自分で朗読する……。

この勉強方法は、大学院に進んでからもつづけた。大学院で仲良くなったアメリカ人学生は、お前、いつになったらこのセンテンスがちゃんとアメリカ人にわかるように発音できるんだよ、などとからかいながらも、録音機に向かって朗読してくれた。

俺が短期間で急速に英語が上達したのも、専門分野の経済用語だけでなく、文学的表現や単語を身につけることができたのも、ウーゴのお陰だ。

ウーゴはどうしているのだろう。まだマドリードの信託会社で働いているのだろうか。マドリードに帰ってすぐに結婚したというｅメールを貰ったが、その後は連絡がない。こちらからメールを送ってみよう……。

弦矢は、留学時代を思い出しながら、道なりに車をゆっくりと走らせた。

建設中の豪邸があり、庭師たちが太い木を植える作業をしていた。前を通り過ぎるときになかを覗いたが、オルコット家とは比べようもないハリボテに見えた。

海へとまっすぐにつづく道に出ると、弦矢はカーナビの電源を入れて、画面が現在位置を示すように設定した。

北側には高い丘がうねるように視界を占めていて、豪邸群の庭も鮮明に見えた。あの丘はスーザンの車で走って来たところだなと思い、コーヒーショップへと右に曲がった。ファストフード店などがロの字型に並ぶ一角に食料品店があった。「オーガニック」と大きく書かれた看板が店の屋根の下に掛けてある。

このあたりの富裕層を対象とした店構えで、野菜やパンや肉類はどれも他の店よりも三割方高かった。

弦矢は、買い物カートに卵とトマトとレタスとズッキーニを入れ、パンを選び、ボンレスハムのいちばん小さな塊と、脂肪分を除去していない牛乳のパックも入れた。ガロンの単位で売る牛乳は脂肪分を七十パーセントとか八十パーセント除去してあるものに人気があるのだ。

そんな牛乳のなにがうまいのだと弦矢は思うのだが、アメリカ人のとりわけ富裕層は太ることを極端に恐れていて、脂肪の摂取量に病的なほどに神経を使っている。それなのに日本人には到底食べきれないほどの大きさのピザをいちどに二枚も食べたりするのだ。

留学生だったころ、たまにレストランで食事をしたが、目を丸くしてしまうほどの量の野菜サラダが運ばれて来ると、

「俺は馬じゃないんだぞ」

と弦矢は胸のなかでつぶやいたものだった。

しかし、四年のあいだに、いつのまにか胃袋が大きくなったのか、友人たちの大食に染まったのか、出された食べ物はすべて平らげるようになってしまったのだ。

その胃袋も、大学院を修了して日本で就職してからの三年間で元に戻っていた。

買い物を済ませて店から出ると、海に面しているコーヒーショップで並び、カフェラテを二つ買って、満席のテラスの海がよく見える場所に立った。

やや右側に住宅地用の私道がある。舗装された道よりも手入れされた芝生の側道のほうが広い。

先に分譲されたらしい豪邸群の屋根もみな淡い朱色だ。道の反対側の、オルコット家がある住宅地は木々に遮られて見えない。

パロス・ヴァーデス半島では、いまでは世界中にチェーン店を拡《ひろ》げたと言ってもいいこのコーヒーショップのテラスからの景観が最も美しいのかもしれないと弦矢は思った。

席はあきそうになかった。本格的なツーリング用自転車がテラスを囲む低い壁に何台も凭せかけてあり、サイクル・ツーリング用のユニフォームを着た男女が休憩していた。みんな六十歳以上としか見えなかった。

弦矢はダニエル・ヤマダにも飲んでもらおうと買った熱いカフェラテの入った容器を片方の掌に載せ、新車の四輪駆動車を駐車してある場所へ戻った。

ロの字型の、さほど大きくはないスペースにはファストフード店だけではなく、他の業種のオフィスもあった。親に車で送ってもらった小学生たちが、オフィスのひとつへと入って行く。そこは特殊な教育法を売り物とする学習塾だった。まだ小学校にもあがっていないような幼児もいる。

弦矢が知るかぎり、ロサンゼルスの多くの地区では、十三歳以下の子供をひとりで登下校させてはならないという法律がある。

学校どころか、公園にも買い物にも子供だけで行かせてはならないし、たとえ十分ほどでも留守番をさせることは禁じられている。それを破れば、両親や保護者は通報される。

アメリカでいかに幼児の誘拐が多いかという証《あか》しでもあるのだ。

子供を父親か母親かシッターのいずれかが車で登下校させられる家庭はいいが、それが不可能な家はどうなるのか、弦矢はこれまで考えたことがなかった。

しかし、レイラは母親と一緒に行ったスーパーで姿を消した。母親から見えるところにあるトイレから出て来なかったのだ。

誘拐されたことに間違いはないが、犯人は周到な準備をしたはずだ。そうでなければ、昼間のスーパーで、たとえ六歳になったばかりの女の子であろうとも、誰にも気づかれずに連れ去れるはずがない、と弦矢は思った。

しかし、俺に何ができる？　百万人は大袈裟《おおげさ》だとしても、十歳以下の女の子にかぎっても、毎年一万人が姿を消しているとして、この二十七年間で二十七万人が親のもとへ帰っていないのだ。

その二十七万人の事件ファイルは、全米中の警察署の倉庫の、迷宮入りのレッテルを貼られた段ボール箱のなかで埋没して忘れられていく。

十八歳以下となれば、もっともっと多いはずだ。警察はいつまでも捜査にかかずらってはいられない。

いったいその子たちはどこへ行ったのだ。

幼児性愛者の餌食となり、その後の始末に困った変態男に殺され、どこかに埋められる。

あるいは組織的な売春組織に売られる。

生体臓器の提供者として、中南米あたりで取引され、健康な臓器を欲しがっている大金持ちたちの心臓や肝臓や膵臓や腎臓となる。

弦矢は考えているうちに息が苦しくなってきた。

おそらく全米中で、行方不明の子供をみつけるための多くの非営利団体が活動していることだろう。

そのなかには非営利と謳《うた》っていても、巧みにビジネス化している団体もあるに違いない。

　俺に課せられた菊枝おばさんの遺言のようなものは、あまりにも重いな。

　弦矢はそう考えながら、オルコット家へ戻った。ダニエル・ヤマダは北側を終えて南側の壁に吊るされた植木鉢に水をやっていた。

「カフェラテを買ってきました。ちょっと手を止めて、召し上がりませんか？」

　弦矢の誘いで、ダニーは広間のドアから家に入って来て、リビングルームの椅子に腰掛けた。

「東側から入って来る道の、最初にある家は、表札はバセットっていうアメリカ人の名ですが、本当の持ち主は中国人ですよ」

　とカフェラテを飲みながらダニーは言った。

「北側の新築中の家で庭師たちが木を植えてました。あれだけ太い木を運んで来るのは大変ですね」

「あんな木を庭師が用意してたはずはありませんよ。どっかからこっそり引っこ抜いて来たんでしょう。メキシコあたりからね」

　弦矢がキッチンから灰皿用の小鉢を探して来て、庭で吸いますと言うと、

「それがいいです。車でも家でも、なかで吸うと、売るときに値を叩かれます」

　そうダニーは笑顔で言って、仕事に戻った。

弦矢は冷たくなるとともに強くもなった海からの風に吹かれながら、広間のドアを出たところにある椅子に坐った。

そのとき、これまでに感じたことのない恐怖に突然襲われた。

さほど烈しくはないが、いつまでも心のなかでくすぶりつづける理由の定かではない恐怖だった。

いったいこの恐怖はどこからなぜ湧いてきたのか、と落ちつかない気持ちで灰皿代わりの陶器の小鉢を見て、昼に買ったまま封をあけていないマルボロと使い捨てライターを二階の客用寝室に置いたままだと気づいた。

煙草を吸いたくて、灰皿用に小鉢を選んで中庭の椅子に坐ったのに、煙草もライターも忘れるなんて、これは時差ボケのせいではない。

俺の心の無意識という領域では、レイラのことが渦を巻いているのだ。だが、この妙な恐怖はなんだろう。

四十二億円、いや、家の評価額次第では四十五億円になるかもしれない遺産への恐怖ではないくらいは自分でも分析できる。

「気」という概念があるが、俺の心の奥深い部分が、目には見えないなんだかいやな「気」を感じているのかもしれない。

そう考えながら、弦矢は二階から煙草とライターを取って来て、中庭の椅子に腰掛けた。

ダニーは作業を終えて、梯子状に伸ばした脚立を畳み、長いホースを巻いて洗濯室へ行くと、北側の廊下から広間にやって来て、

「この家、売るんですか？」

と訊いた。

「売るしかないですね。ここに住める者がいないんですから」

「ゲンはいつ日本に帰るんです？」

「片づけなきゃいけないことがいっぱいあって、たぶん少なく見積もっても、二週間はこの家にいると思います。菊枝おばさんの墓碑を作って、遺骨をそこに納めなきゃいけませんし」

ダニエル・ヤマダはタオルで手を拭きながら、その間、毎日、花に水をやりに来ていいかと訊いた。

「勿論《もちろん》です。この家が売れて、新しい住人がこの壁中の植木鉢と花々をみんなとっぱらってくれって言うまで、水をやりに来て下さい。菊枝おばさんはいつもどういう方法でダニーに代金を払ってたんですか？」

「月末に私が請求書を持って来て、その二、三日のうちに銀行に振り込んでくれました」

「じゃあ、とりあえず今月はそのやり方をつづけましょう。これだけの家ですから、そ

んなにすぐに買い手があらわれるとは思えませんし、その先のことはまた考えましょう」

　いったん玄関から出たダニーは五分ほどたって戻って来た。

「毎週、月曜日と木曜日にロザンヌっていう女が掃除に来るんです。家や店舗の掃除を専門にしてる会社から派遣されてるんです。プエルトリコからの、いわば出稼ぎです。四十五、六歳の陽気な働き者です。たぶん、その会社も、ロザンヌも、ミセス・オルコットが亡くなったことはまだ知らないと思うんです。きのう、ここで逢ったときも、にぎやかに、日本はどんなところかって、私に訊いてましたからねぇ。私から言ってしまっていいものかどうか考えて、結局まだ何も言ってないんです」

　週に二回、掃除に来てくれる人がいるのはありがたいと弦矢は思った。この家の掃除のことを考えるだけでも気が重くなりそうだったのだ。

「掃除も、家が売れるまでつづけてもらいます。あさってロザンヌが来たら、ぼくから話をします」

　ダニーは、夜の九時から二十分間は庭に出ないようにと笑みを浮かべて言ってから、

「ガレージの冷凍庫にたくさんスープが入ってますよ。キクエはスープ作りの名人でした」

　とつけくわえた。

「スープ？」

「ええ、あとで今夜のスープを選んでください。ステンレスの缶にいろんな種類のスープが冷凍保存されてますよ。キクエがスープ用に註文したねじ口のステンレス容器で、一個が一人前です」

ダニーがリビングルームの暖炉の横にある本棚を指差してからピックアップ型の車で帰ってしまうと、弦矢はしばらくぼんやりとなにを考えるでもなく庭の椅子に坐っていた。

太陽は朱色に変わっていたが、まだ弦矢の目の高さにあった。

けれども、屋根の長いひさしは植木鉢のなかで咲いている花々に影を与えていて、それらは高くなった波音以外はなにも聞こえないオルコット家に、ざわめきに似たささやき声のようなものをもたらしていた。

花同士がお喋りを始めたような気配と言ってよかった。弦矢は耳を澄ました。

樹木の枝や葉っぱが海からの風で揺れる音かもしれないと思ったが、弦矢の聴覚に届くのは、もっと柔らかな、ひそひそ声のような、心を持つ生き物の言葉だった。さっきから弦矢のなかで静かにつづいていた恐怖は消えていた。

弦矢は中庭を歩いて行き、花々を見ながら、

「きれいだなぁ。ほんとにきれいだよ」

と言った。

そう言わずにはいられない美しさだったのだ。

弦矢は、花を見てこれほどまでに美しいと感じたことはなかった。きっと、コンピュータ－・グラフィックスによって想定された三十一歳のレイラの美しさのせいだと弦矢は思った。

しかし、人間の容貌というものは、受けた教育や育った環境や、そのときどきの精神状態に大きく左右されるのだから、いかに最新のコンピューター技術によっても、実際の三十一歳のレイラとは別人のような代物かもしれないのだ。

そう思いながら、弦矢はリビングルームに戻り、本棚のなかに並んでいる本の背表紙を見ていった。

『ヨーロッパのスープ料理』、『スープ大全』、『アラン・デュカスのナチュールレシピ』、『魚のスープ』、『野菜のブイヨン』……。

それらの日本語の本は、弦矢が菊枝おばさんにeメールで頼まれて購入し、航空便で送ったものだった。

本棚には英語による料理本もたくさんあった。

弦矢は、そのうちの一冊を抜き出してページをめくっていった。菊枝おばさんは一ページに二ヶ所くらい、わからない単語に線を引き、日本語訳を細い鉛筆で書いていた。

それらはほとんど料理用語や知らないハーブとか香辛料の名だった。菊枝おばさんの英語は、日本人としてはAクラスに属するレベルで、多くのアメリカ人よりも語彙も豊富だった。イアンと結婚する前から、英語の原書で小説以外にも歴史書などの学術書を読む努力をつづけていたからだ。

一流の翻訳家になるというのが菊枝おばさんの中学生のころからの目標だったからなと弦矢は思いながら、本を戻し、ガレージに行った。

ミネラルウォーターの箱の横に大型冷凍庫があった。壁の色と同じだったので気がつかなかったのだ。

「でかいアメリカ人を二、三人冷凍できるな」

とつぶやき、弦矢は両手で扉をあけた。

ダニーが教えてくれたとおり、ステンレスの筒型の容器が五十個ほど並んでいた。そのひとつひとつに紙のラベルが貼ってあって、作った年月日とスープの種類が細いマーカーで書いてある。

「鶏《とり》ブイヨン」、「野菜ブイヨン」、「牛テールスープ」、「鶏ブロード」、「魚ブイヨン」、「牛ブイヨン」、「トマトソース」、「ミネストローネ」、「パンプキンスープ」、「にんじんのポタージュ」、「セロリとたまねぎのポタージュ」……。

そのなかではブイヨンとブロードの数が多かった。

「ブロードってなんだ？」

そう言いながら、弦矢は鶏ブロードの缶をひとつ選び、ミネラルウォーターの二ダース入りの箱と一緒にキッチンへ運んだ。

それらを冷蔵庫に入れ、リビングルームに行くと本棚から自分が送った『ヨーロッパのスープ料理』を手に取り、革製のソファに寝転がって、ブロードとはなんなのかを調べた。

フランス語だろうかイタリア語だろうかと調べているうちに、弦矢は「ブロード」はイタリア語で、同じ鶏のスープがフランス語では「ブイヨン・ド・ヴォライユ」と呼ばれることを知った。

厳密に分類すると、鶏ブロードとブイヨン・ド・ヴォライユは少し作り方が異なるようだが、丸鶏とタマネギやにんじんやセロリなどの香味野菜と月桂樹《げっけいじゅ》の葉を大鍋で三時間ほど煮てから布で漉《こ》すのだ。

このブロードを使って作るスープ料理で最も手軽にできるのは卵とパルミジャーノチーズのスープだった。

ボウルに卵と粉チーズと刻んだイタリアンパセリと塩と白胡椒《しろこしょう》を入れて攪拌《かくはん》し、沸騰したブロードにそれを流し込んですぐに火を消す。それで出来上がりらしい。

これなら俺にも簡単にできるなと思い、夕食はこのスープとパンで済ませることにした。

卵もパンもさっき買って来た。イタリアンパセリは庭に植えられている。作るのに手間暇のかかるブロードは一人前ずつ缶に小分けにされて冷凍されている。

粉のパルミジャーノチーズはあるだろうか。

弦矢はキッチンの棚のあちこちをあけた。挽《ひ》いたコーヒー豆の缶の奥に、瓶入りの乾燥ハーブが並んでいる。

粉チーズはどこだろうとコーヒー豆の缶を棚から出すと音がした。コーヒー豆の音ではなかった。

なかにはドル紙幣と硬貨が入っていた。ざっと千二百ドル近くある。一ドル札と五ドル札も多かった。

「これもつまり俺が相続するんだよなぁ。ありがたいなぁ。一ドル札をたくさん持ってないとこの国ではチップを払うときに困るんだよ」

弦矢はそうつぶやき、粉チーズを探したがなかった。菊枝おばさんは長期間置いておくと傷むかもしれない食品はすべて捨てて日本へと旅立ったのだなと弦矢は思った。

食料品店に行って粉チーズを買おうと弦矢は玄関から出た。歩きたかったのだ。

さっきとは反対側の、海に近いほうの道まで歩いて、弦矢は、あっと声をあげ、走って家まで戻った。

セキュリティーは解除したままだし、ほとんどの部屋の窓やドアはあけたままであることを忘れていたのだ。

家の北側棟の窓とドアをしめているうちに、弦矢は粉チーズなしでもいいではないかと思った。いったい幾つの窓とドアをしめなければならないのかとうんざりしてしまったのだ。二階の客用寝室の窓もドアもあけたままだ。

スーザン・モーリー弁護士からセキュリティーの設定や解除方法を教えてもらってはいたが、家や遺産のことが頭を占めていて、ろくに聞いていなかったので、部分的な設定や解除のやり方がわからなかった。

いずれにしてもいまのうちに、一階の広間とキッチンとリビングルーム以外の窓とドアは閉めておこう、そうでないと寝る前の仕事が増える。

弦矢はそう考えて、南側棟の菊枝おばさんの寝室へ行った。

出窓を閉めながら、弦矢は日本から持って来た菊枝おばさんのショルダーバッグとキャリーバッグを見た。なかには菊枝おばさんのスマートフォンが入っている。あれはもう電池が完全に切れてしまっている。充電しておこう。ロサンゼルスにいるあいだは、菊枝おばさんのを使わせてもらおう。

自分の携帯電話では、スーザンと話しても国際電話料金とさして変わらない料金になる。かかってきた電話に出ても同じだ。

弦矢はそう思って、とりあえず菊枝おばさんの荷物を置いたソファ・セットのところに行き、ショルダーバッグからスマートフォンと充電器を出して、コンセントにつないだ。

コンセントはふたつの出窓の右側の下にあった。出窓には日本製と思われる陶器の植木鉢があり、桔梗が咲いていた。

その植木鉢はなにかの台の上に載せてあるが、白いレース編みのカバーが被《かぶ》せてあるので、どんな台なのか見えなかった。

レースの糸の隙間から、弦矢がどこかで見たことのある文様が透けていた。

弦矢は植木鉢を横に移し、レース編みの布を取った。

幅四十センチほど、厚みが二十センチくらいのアラベスク文様の木箱のようなものが台代わりに置かれてあった。

アラベスク文様ではあっても細かな小さな木のパーツを精緻に組み合わせた箱で、弦矢はそれが日本の「からくり箱」だとすぐにわかった。

中学時代の友だちの祖父が、当時はもう少なくなっていた「からくり箱」を作る職人で、家に遊びに行くたびに、仕事のために蒐集《しゅうしゅう》した江戸時代のものを見せてもらったのだ。

十五年前に菊枝おばさんとイアンが日本に来たとき、弦矢は「からくり箱」の開け方を得意になって菊枝おばさんに話したが、いつこの「からくり箱」を買ったのかは知らなかった。

ひょっとしたら、アメリカに帰ったあと、日本の職人に手紙かファックスで註文して作ってもらったのかもしれないと弦矢は思った。

ボストンにいたころなのか、このランチョ・パロス・ヴァーデスに移ってからなのかはわからないが、「からくり箱」の職人は多くはないのだ。

弦矢は「からくり箱」を持ってソファに坐り、そっと振ってみた。かすかに音がした。固いものが入っているのではなかった。紙の束のようなものかなと弦矢は思った。

植木鉢の台にするような代物ではないことは菊枝おばさんも充分に承知していたはずだし、これだけの大きさとなると値段は驚くほど高かったに違いない。

台の代わりになるものはいくらでもあったろうに、菊枝おばさんはなぜこれの上に植木鉢を置いたのだろう……。

弦矢は腑《ふ》に落ちなくて、耳の近くで「からくり箱」を二、三回振ってみた。たしかになかに何かが入っている。

「からくり箱」は「秘密箱」とも呼ばれる。組み合わせた何十枚もの木を複雑に動かさないと開けることができない仕組みだが、これだけ大きいものになると、そう簡単には解けないぞと弦矢は思った。

「イアンに内緒のへそくりでも隠してあるのかなぁ」

ひとりごとを言いながら、弦矢は「からくり箱」をテーブルに置き、植木鉢をもとに戻して、窓を閉めた。日は水平線上にあって、目に見える速度で沈んだが、空はまだ明るかった。

粉チーズはどうでもいいが、ビールがない。やっぱり買い物に行こう。二階はあけたままでも大丈夫だろう。一階だけすべて閉めて、セキュリティーを一階だけに設定しておこう。歩きたいが、車でいけば、二階をあけたままでもすぐに帰ってこられる。

弦矢はそう考えて、広間とキッチンとリビングルーム以外の窓とドアを閉め終わったら七時になっていた。急いでセキュリティーを設定し、設定と解除のためのスティックをポケットにしまった。

ガレージを出て、買い物をして家に戻るまで十五分だった。

弦矢は粉チーズと二ダースの瓶ビールをキッチンに運び、瓶ビールを三本冷蔵庫に入れ、二階の自分の部屋に行ってベッドにあお向けに倒れ込んだ。

「なんか猛烈に疲れた。俺はもうへとへとだよ」

と言い、目を閉じてしまわないようにして瓶ビールが冷えるのを待った。空腹感はまったくなかった。

「そうだ、俺は菊枝おばさんが亡くなったことを伝えるカードの送り先を探そうとしてたんだ。だけど、それもあしただ。なにもかも、あしたからだよ」

弦矢はそう言い、眠ってしまわないようにとテレビをつけ、ケーブル・チャンネルでプロ・バスケットボールの試合のライブ中継を見た。マイアミ・ヒートとミルウォーキー・バックスの試合だった。

「久しぶりだなぁ、レブロン」

とマイアミ・ヒートのエース選手に話しかけ、スーザン・モーリー弁護士から伝えられた遺言書の、削除された最後の文章を思い浮かべているうちに、弦矢は、菊枝おばさんはレイラが生きていると信じていたのではないのかという気がしてきた。

無事でいてほしい、つらい日々をすごしてきてどんなに悲惨な傷つき方をしていても、親のもとに帰って来てほしい、という願望から生じた信《しん》ではなく、何等かの根拠に基づく信のような気がしたのだ。

といって、スーザンから聞いた菊枝おばさんの言葉に、それを裏づける具体的ななにかが含まれていたわけではなかった。

――もしレイラが見つかったら、弦矢に譲ったすべての遺産の七十パーセントをレイラに与えてほしいが、見つからなかったら、レイラのような子供たちのためになる何等かの社会運動に役立ててもらいたい――。

弦矢は、この削除された数行の文言の前半は明解だが、後半は強い意思的なものを感じられないと思った。

なんとしてもレイラを見つけだしてくれ、ということがすべてであって、後半部分は付け足しだと考えれば、削除するしかなかった文言の、弦矢に託したふたつのうちのひとつに強さがないのは当然とも言える。

弦矢が、正式な遺言書には記載されなかった数行から漂ってくるシグナルにこだわってしまったのは、菊枝おばさんが日本旅行の前になぜ急遽《きゅうきょ》遺言書を作成したのかという疑問がつきまとっていたからだ。

カミラがキクエ・オルコットの死を知って、自殺ではないかと考えたのも無理はない。菊枝おばさんは重い病気にかかっていたわけではないし、生活の苦しさに耐えかねていたわけでもないのだ。軽い狭心症の兆候があるだけだった。

二十七年前に六歳になったばかりの娘が失踪して行方不明となり、一年ほど前に夫に先立たれて、生きるよすがを失《な》くしたとしても、菊枝おばさんはみずから命を絶つ人ではない。

あのような遺言書をいま作成するのなら、とうの昔にレイラのことを俺に話してくれていたはずではないか。弦矢はそう思った。

俺は六十三歳の人の気持ちはわからないが、もしものときのために正式な遺言書を作っておこうと考える年齢ではないような気がする。

しかしそれは持たざる者の考えであって、四十二億円、あるいは四十五億円にも達するかもしれない財産家の考え方とは異なるのであろうか。

スーザンが帰ったあと、オルコット家の資産の概要を見たが、一千万ドルは投資顧問会社に、一千万ドルは株券に、もう一千二百万ドル分の債券は五つの銀行に分散して預けてある。あとはこの家の評価額をプラスして日本円で四十二億円だ。

南カリフォルニア大学の経営大学院でマーケティング全般に関する高度な知識を学んだが、弦矢の専門は、それに加えて企業財務とファイナンスなので、スーザンから渡された書類でおおまかな数字は把握できていた。

「遺産が大金で、イアンも死んでしまったから、もしものことを考えたのかもなぁ」

とつぶやき、弦矢はテレビを消した。贔屓《ひいき》のレブロン・ジェームズが他の選手と交代したし、マイアミ・ヒートがリードして試合時間は残り二分だったからだ。

なんだか胸にわだかまっているものが胃にもこたえるのか、弦矢は空腹を感じないまま腕時計を見た。八時半だった。

階下へ降り、菊枝おばさんの寝室に行って充電を終えたスマートフォンを持ち、弦矢は広間の扉のセキュリティーを解除して中庭に出た。そして海のほうへと歩いて行った。

しばらく蔓バラの棚の下で椅子に坐っていたが、椅子を持って海に最も近い白い柵のところまで行き、プランターに植えてある幾種類ものハーブの前に腰掛けて、夜の海を見つめた。

ここから近いロングビーチへ寄港するのであろう巨大なタンカーが沖合で停泊していた。

弦矢は菊枝おばさんのスマートフォンの電源を入れた。パスワードを入力しなければならない設定にするようにと忠告したのは弦矢で、そのとき菊枝おばさんは「ｑｗｅｒｔｙ」が自分のパソコンのパスワードだと言った。

「クエルティー？　そんなの駄目だよ。キーボードのアルファベットの段のいちばん上を左からひとつずつ順番に六つ打っていくだけなんて、よくやる手だよ」

「だって弦矢は自分の誕生日とか電話番号とか、なにかの記念日を使っちゃいけないって言ったでしょう。パスワードに使うなんてもってのほかだって。でも絶対忘れないのがいいって」

「いくらなんでもクエルティーは駄目だよ。最初と最後に＄とか￥とかつけといたら、案外ばれないけどね」

そんなやりとりのあと、菊枝おばさんは、それなら￥をつけることにすると言ったのだ。

「￥ｑｗｅｒｔｙ￥」

弦矢がパスワードを入力すると、間違っているのでもういちど入力してくれという文章が英語で画面に表示された。

「あれ？　¥はやめて$にしたのか？」

弦矢はそうつぶやき、パスワードの最初と最後を$に変えてみた。

同じ英語の文字が出た。

このスマートフォンは三回つづけて間違ったパスワードを入力すると、次に正しいのを打ち込んでもロックされるようになっていた。

「あと一回……。もう一回間違ったら、しばらく使えなくなるんだ。そういう賭けはできないな」

弦矢はあきらめて、菊枝おばさんのスマートフォンをポケットにしまった。

パスワードでロックされていても、かかってきた電話には出ることができるので、まぁ、いいか、と弦矢は思った。

キー入力は簡単だし忘れることはないので、qwertyというパスワードを使う人は多いと知って、菊枝おばさんは変えたのだろうが、自分のスマートフォンで電話をかけたくない俺は困るな。パソコンのパスワードも、だろうか。もしそうだったら、菊枝おばさんの友人知人の氏名や住所も調べるのに時間がかかる。

そんなことを考えているうちに、弦矢は、菊枝おばさんが「パソコンのパスワード」としか言わなかったことに気づいた。

そうだ、パソコンとほとんどのスマートフォンとでは文字キーの配列が違う。

俺はそのことを忘れてしまって、電話で菊枝おばさんにえらそうに忠告してしまったのだ。

だから菊枝おばさんは「ｑｗｅｒｔｙ」以外のパスワードを設定したのだろう。

さてそれはなにか……。たぶん数字だろう。おばさんの誕生日は十二月十八日。

弦矢は、ロックが外せなければどうせ使えないのだから、三回目のパスワードが間違ってももともとだと考え直して、ｑｗｅｒｔｙ１２１８と入力した。

スマートフォンのロックは解除された。

誰かからｅメールが送信されてきてはいないかと見てみたが、受信トレイには弦矢からのとスーザン・モーリー弁護士からのメールだけだった。どちらも日本に着く前のもので、ロサンゼルス空港を発《た》ってからきょうまで誰からもスマートフォンにはｅメールは送られていない。

それでも着信履歴をさかのぼっていくと、庭師のダニエル・ヤマダからのものや、清掃会社のロザンヌの上司らしき人物からのものがあったが、どれも仕事に関する問い合わせメールだった。

菊枝おばさんは、スマートフォンでメールを打つのは苦手だと言っていたから、限られた者にしかメールアドレスを教えなかったのであろうと弦矢は思った。

やっと腹も減ってきて、そろそろ卵とパルミジャーノのスープにとりかかろうかと弦矢は椅子から立ちあがった。

芝生用のスプリンクラーが作動する前に家のなかに戻ろうと広間のほうへ急ぎ足で歩きだすと、いつのまにか庭園灯と各部屋の窓の上に小さな明かりが灯《とも》っていたのに気づいた。

照度を機械が感知して、朝、明るくなるまで灯りつづけるらしい。

菊枝おばさんは日本への長期旅行のためにスマートフォンにパスワード入力を設定したのだ。落としたり盗まれたときのためだ。

ランチョ・パロス・ヴァーデスに引っ越してからは、スーザンとダニーとロザンヌ以外に親しく会話を交わす人はいなかったのだな、と弦矢は思った。

「あっ、イタリアンパセリの葉を摘むのを忘れた」

そう言って、弦矢は腕時計を見ながら家の敷地の西端まで走った。スプリンクラーが作動するまであと一分ほどだったのだ。

暗いので、どれがイタリアンパセリなのかよくわからなくてライターの火で探し、弦矢は葉を三枚ちぎって、広間へと走った。あと十メートルというところでスプリンクラーが作動し、勢いよく水が噴き出て、弦矢を少し濡《ぬ》らした。

慢性的な水不足だというのに景気のいい撒き方だなと思いながら、弦矢は広間に立って、しばらく芝生に撒かれる水を見ていたが、キッチンへ行くとボウルを出し、塩と白胡椒を探した。

　レシピ本を見ながら、全卵一個と粉のパルミジャーノチーズをよく攪拌してから塩と白胡椒を加え、細かく切ったイタリアンパセリの葉を混ぜた。

　ブロードの入っているステンレス容器を水につけて少し解凍すると、鍋にあけて沸騰させ、そこにボウルの中身を入れてすぐに火を消した。

「要するに、かきたま汁だな」

　やっと冷えた瓶ビールを飲み、鍋の中身をスープ皿に移して、十人が坐れるダイニングテーブルについて、弦矢はひとくち味見してみた。

「うまいよ、これは。かきたま汁どころじゃないな。ブロードがうまいんだ。栄養満点てやつだよ」

　弦矢は買っておいた五枚切りのパンを焼くためにトースターを探した。

　巨大なまな板としか思えない大理石の奥に布巾を被せられたトースターとコーヒーメーカーがあった。

　パンを焼きながら、ビールをもうひと瓶あけて、弦矢はトマトとレタスを洗った。

　バターもマヨネーズも買い忘れたし、ケチャップとかマスタードのことも忘れていたなと思い、焼き目のついたパンを持ってダイニングテーブルに戻ると、

「このスープはうまいよ。ほんとにうまいよ。このブロードってやつは万能だぜ」

と弦矢は言った。

この自分以外いないオルコット家でのひとりごとにも慣れて、弦矢はそれを不自然とは感じなくなっていた。ひとりごとでも言っていなければ、このオルコット家では暮していけないような気さえしたのだ。

食事を終えるとキッチンの右側の大きな抽斗からビニール袋を出して、そこに生ごみを入れてから、弦矢は食器や鍋を洗った。

それから二階の自分の部屋にあるシャワールームで体を洗い、セキュリティー設定を確かめて、弦矢はベッドに入った。

ベッドサイドの明かりを消しても、カーテンの隙間から入ってくる庭園灯の余光が程良い光を寝室にひろげてくれる。

もう十時過ぎだ。寝ても大丈夫だ。このまま朝まで眠ったら、時差ボケ解消だ。

弦矢はそう思い、なにもかもあしたからだと言い聞かせて目を閉じた。

眠ったのは三時間ほどだった。たくさんの人の話し声で目を醒《さ》ますと、夜中の二時前だった。

「あーあ、最悪のパターンだよ。このまま眠れなかったら、しばらく時差ボケをひきずるぞ」

しい。

と弦矢はつぶやき、耳を澄ました。たくさんの人がいるはずもなく、声は夢だったら

再び目を閉じて、ベッドのなかで何度も寝返りをうって寝る努力をつづけたが、弦矢は一時間ほどで観念して起きあがった。

「もう駄目だ。眠れないよ」

と言い、弦矢は階段を降りて菊枝おばさんの寝室へ行った。からくり箱をあけてやろうと思ったのだが、菊枝おばさんのパソコンが目に入ったので、先にeメールの受信トレイや送信トレイから親しい人々を割り出そうと考え直した。

弦矢は、菊枝おばさんはパソコンにはパスワード入力の設定をしていないと思っていた。自分の寝室に置いてあって、家の外に持ち出さないのだし、ひとり住まいなのだ。パスワード入力の設定をする必要はない、と。

けれども菊枝おばさんのパソコンにはパスワードが必要だった。

少し怪訝《けげん》に思いながら、弦矢はスマートフォンのときと同じようにパスワードを入力した。そのどれもが該当しなかった。

「ハッカーでもないかぎり、これは解けないよ」

弦矢は言って、からくり箱を持つと、玄関で広間の扉のセキュリティーを解除してから裸足《はだし》で中庭に出た。

テーブルと椅子を北側の庭園灯の下へと運び、大きなからくり箱に挑戦した。継ぎ目のわからない木のピースのどれかひとつが動けば、そこから次のピースの位置がわかる。とにかく最初に動くピースのひとつがみつかればいいのだ。あっちこっちを指でスライドさせていれば、そのうちみつかるだろう。

弦矢は、からくり箱の原理は知っていたので、たかをくくっていたが、どこをどう押したり引いたりしても、動くピースはなかった。

からくり箱だと思っていたが、これは何十個もの木目や色の異なる木を組み合わせてアラベスク文様を施したただの飾り台ではないのか。

弦矢は指の腹が痛くなってしまって、かなり重い木箱をテーブルに投げ出すように置きながら、そう考えた。

「いや、なかに何かが入ってるんだ。それは間違いないよ。かさこそって音がするもんな」

とつぶやき、ガーデンチェアに全身を凭せかけて半島の突端が闇のなかで浮かびあがっているのを見つめた。その上に月があった。

海からの風はさらに冷たくなっていて、弦矢はフード付きのトレーナーを自分の部屋まで取りに行った。煙草とライターもポケットに入れ、濡れた芝生を踏んで椅子に戻ると、意地でもこのパズルを解いてやると決めて、ふたたびからくり箱に挑んだ。

弦矢が最初のピースを見つけたのは、朝の五時過ぎで、月はいつのまにか移動して半島の向こう側の海に落ちかけていた。

最初のピースは、箱の底、下部全体だった。それが一センチほど横にスライドしたのだ。

「よし、これで解けるぞ」

と弦矢は言い、スライドした箇所へと動くピースを探した。サイドの一センチ幅の木が動いた。

そうやって、あっちこっちのピースを動かしていったが、長くて細い木が十七とおりの動きをしてからは、どこもスライドしなくなった。

これで終わりなのかと思い、なかに入っているものを出すにはどうすればいいのかと長方形の木箱の六面を押したり引いたりしたが、あかなかった。

「これはてごわいなぁ。どこかで俺は大事ななにかを動かしてないんだ。それはなんだ？」

疲れてしまって、弦矢はからくり箱をガーデンチェアに置き、煙草を吸いながら海の上の薄曇りの空を見やった。

ロサンゼルスの太平洋に近いところで四年間をすごした弦矢は、朝の曇り空の正体を知っていた。

昼間に表面の温度が高くなった海水は、夜の冷気と混ざって靄《もや》とも霞《かすみ》ともつかない水蒸気を発生させる。それは夜明けとともに内陸部のかなりの範囲に入り込んで、空を曇らせるのだ。

しかし、曇り空なのではない。午前九時か十時ごろになって、太陽の光が強くなると、その靄とも霞ともつかないものは消えてしまい、いつもの青空から肌を焦がすような日差しが照りつける。

たまには雨でも降ってくれよ、雨でなくてもいいから、せめて曇ってくれよ、と弦矢はうらめしく思ったものだが、日本に帰ってすぐに台風による大雨が降りつづいたときは、ロサンゼルスに戻りたいと本気で考えたりした。

「きょうもいちにち起きてるってのは、さすがに無理だな」

弦矢は、あちこちから突き出た木のピースによって、壊れた木桶《きおけ》のようになっているからくり箱を持ち、自分の部屋に戻るとベッドに横になり、一からやり直すことにした。午前七時だった。

スライドしたピースを元に戻すのもひと苦労だったが、途中で、爪楊枝《つまようじ》ほどの太さの爪が出ている箇所があるのに気づき、弦矢はそれを押し込んでみた。

すると、これまで動かなかったピースがスライドして、最初に動いた底が外れた。

「やった。あいたぞ。爪を押さずに動くピースはフェイクだ。誤魔化しの罠《わな》なんだ。凄《すご》い細工だなぁ」

弦矢はベッドの上であぐらをかき、からくり箱の中身を出した。

十通の古い航空便だった。差出人は保志京子《ほしきょうこ》、住所は静岡県の修善寺町。それらは漢字で書かれているが最後の国名だけ「ＪＡＰＡＮ」となっている。

「修善寺？」

と弦矢はつぶやき、菊枝おばさんが今回の旅の最初にまず修善寺に行きたがったのは、この人に逢いたかったからだろうかと思った。

箱の底にある手紙が最も古いものだったので、弦矢はそれを最初に読んだ。ボールペンで書かれた日本からの三つ折りの手紙は達筆な女文字だった。

——無事にモントリオールに着きました。わたしもメリッサ・マクリードもとても元気です。ケヴィンは、なんの心配もないとキクエに伝えてくれと言っています。一ヶ月ほどたったら、また手紙で報告します。安心していて下さい。——

弦矢は二番目に古い手紙を読んだ。

——キクエの悲しみも寂しさも、とてもよくわかります。きのう、お金が振り込まれました。メリッサは十日ほど前から学校に行っています。こちらではフランス語も勉強しなければなりません。「あれ」とはまだ離れられないようです。無理強いしないで、気長に時を待つほうがいいと思っています。お体に気をつけて。——

――モントリオールはいまが短い夏の盛りで、人々はみんなはしゃいでいます。わたしは新しい日本語学校の教師の仕事にやっと慣れてきました。メリッサもこちらでの生活に慣れて、食欲も旺盛です。安心していて下さい。――

三通の手書きの手紙をとりあえず読み終えて、弦矢は、モントリオールはカナダではないかと思い、封筒を見直した。

たしかに差出人は自分の氏名と住所を漢字で書いていて、それは日本の静岡県の修善寺で、封筒にも「ＡＩＲ　ＭＡＩＬ」のスタンプが捺《お》されている。しかし切手に捺されたスタンプはかすれていて判読不能だった。

そのかすれ方は、弦矢には人為的に見えた。貼られている切手は、あきらかに日本のものではなかった。保志京子なる人物は、手紙をカナダのモントリオールから送っているとしか思えない。

弦矢は四通目から再び読み始めた。自分や家族たちの近況を伝えるものばかりで、そのどれにも日付は書かれていないが、十通目には「きのうのニューヨークでの同時テロには足が震えました」という文章があった。

その手紙の最後には、

「次の手紙からはパソコンで打つようにします。職場でも、もうパソコンが使えないと落伍者《らくごしゃ》として扱われるようになったのです。キャリア・アップなんて望むべくもありません」

と書いてあり、追伸として、

「菊枝も自分のパソコンを買いなさい。そしたらｅメールのやりとりができますよ」

と付け加えてあった。

ニューヨークの同時多発テロは二〇〇一年の九月十一日。いまから十二年前だ。

菊枝おばさんは保志京子の勧めで自分のパソコンを買ったらしく、それ以後の手紙はからくり箱には入っていない。きっと、ｅメールでのやりとりがはじまったのであろう。弦矢はそう推測した。

どの手紙も、日本語で「京子・マクリード」とサインがしてある。

もうそろそろダニエル・ヤマダが来るころかなと思いながら、弦矢は、日本からの航空便を装ってカナダのモントリオールで書かれた十通の手紙をすべて読み返した。

モントリオールで書いて、それを日本の修善寺から投函するなどということは考えられなかった。

頻繁に出て来るメリッサ・マクリードは京子・マクリードとケヴィン・マクリード夫婦のあいだに生まれた娘だが、九通目の手紙で、メリッサはモントリオール大学の教育学部に入学したと書かれていた。

ニューヨーク同時多発テロの前であることはわかるのだが、正確な年は記されていない。

九通目と十通目にどのくらいの月日の開きがあるのか、弦矢にはわからなかった。

なぜ日本からの航空便を装ったのだろう。

なぜ菊枝おばさんはからくり箱に隠したのだろう。

手紙は日本語で書かれているのだから、誰の目に触れても、日本語、それも漢字が読める人間以外には理解できないのに……。

ボストンの家では、レイラがいなくなってからはずっと菊枝おばさんとイアン・オルコットのふたり暮らしだった。

当時のメイドは確か通いで、朝の八時にやって来て、夕方の五時に帰っていた。

郵便受けに入っている郵便物を目にするのは、メイドと菊枝おばさんとイアンだけだ。

メイドに見られたくないから？　それはありえない。としたら、イアンに見られたくなかったからだとしか考えられない。

それはなぜだろう……。

弦矢は、手紙がカナダのモントリオールで暮らす京子・マクリードからだということをイアンに気づかれたくなかったとしても、そしてそこに夫婦の機微に及ぶ理由があったにしても、秘匿の仕方に念が入り過ぎていると思った。

チャイムが鳴ったので時計を見ると十時だった。

弦矢は階下に降りて玄関をあけた。薄いブルーの仕事着を着た、よく太ったちぢれ毛の女が紙袋を持って立っていて、

「清掃会社のロザンヌ・ペレスです」

と言った。

弦矢はロザンヌと握手しながら自己紹介をして、ひと呼吸ののちに、叔母のキクエ・オルコットは四月十四日に日本で死んだことを教えた。

ロザンヌの驚き様と悲しみ様は、弦矢が対処に困るほどで、まるで自分の近しい身内の死を突然告げられた人のように、ガレージへのドアに向かって肉付きの良すぎる体を倒れ込ませながら両手で顔を覆い、唇を震わせて泣いた。

「嘘《うそ》でしょう？　嘘に決まってるわ。そんなこと、誰が信じるの？」

膝を折り、トルコ産の石の床に突っ伏すようにして、ロザンヌは言った。

「本当なんです。ぼくはキクエの急死で、この家のこととか、いろんな事後処理をするために、きのう日本から来たんです」

弦矢はロザンヌの丸太のような腕を持ち、立ちあがらせると居間へとつれて行って、修善寺の女性警官から聞いたことを話した。

「キクエは日本の旅をとても楽しみにしてたんですよ。ゲンヤが、私の要望を全部わかってくれて、いちばんいいスケジュールをアレンジして、ホテルの予約も鉄道やバスの

アクセスもすべて手配してくれたって」

ロザンヌは清掃会社から支給されているらしい作業用の制服のポケットからハンカチを出し、涙を拭き、洟《はな》をかんだ。

「ロザンヌはあした来るんだと思ってました。きのう、ダニーがそう言ったので」

「あしたは娘が学校で研究発表をするので、それを見るために休ませてもらうんです。だから一日早く掃除に来たんです」

弦矢は、ダニーにロザンヌはプエルトリコからの出稼ぎだと聞いていたので、英語のうまさや、娘がこの地域の学校にかよっていることを不思議に思って、理由を訊いた。

「わたしは移民です。八歳のときにプエルトリコから一家で移住してきたんです。ダニーは勘違いしてるんです」

そう言って、もういちど大きな音をたてて洟をかむと、ロザンヌは紙袋から携帯電話を出した。キクエ・オルコットの死を会社に伝えなければならないという。

誰かと話していたロザンヌは、会社の上司がゲンヤと話したいそうだと言って自分の携帯電話を弦矢に渡した。

ロザンヌの所属する部署のボスだという中年らしい男は、丁寧なお悔やみの言葉を述べてから、今後は家の掃除はどうするかと訊いた。

「いままでどおりつづけてください。支払い方法もいままでどおりですが、請求書の宛名は変わるかもしれません。きょう、顧問弁護士ともそのことについて話し合うつもりです」

弦矢は相手の電話番号を訊いてから、携帯電話をロザンヌに返した。

ロザンヌが掃除を始めると同時にダニエル・ヤマダがやって来た。

ダニーはロザンヌの顔を見て、小さく頷き、無言で自分の仕事を始めた。

弦矢はガレージへ行き、大型の冷凍庫からステンレスの缶のラベルを見て、「豆のポタージュ」を選び、キッチンでそれを温めた。

きのうは気づかなかったが、冷凍庫の奥には、弦矢が聞いたことのないものも含め、さらにさまざまなスープがあった。

「マッシュルームのポタージュ」、「ポタージュ・ボン・ファム」、「ピュレ・ド・ポワロー」、「ポ・ト・フー」、「野菜のコンソメ」、「グヤーシュ」、「サーモン・クリームスープ」、「ホワイトアスパラガスのクリームスープ」、「パッパ・コル・ポモドーロ」……。

菊枝おばさんは、それらを冷凍して、上からシートを被せていたので、弦矢には見えなかったのだ。

「あのスープを全部たいらげるまで、俺はここにいようかな」

とパンを焼きながら弦矢は思った。

豆のスープもおいしかった。それだけで満腹になる濃厚さで、弦矢はトーストを半分残して朝食を終え、すぐにキッチンを片づけて二階の自分の部屋に行くと、スーザン・モーリー弁護士に電話をかけた。

「びっくりしたわ。キクエから電話がかかってきたから」

とスーザンは言った。

弦矢は菊枝おばさんのスマートフォンを使う理由を説明してから、きょうできることは、きょうすべてやってしまいたいとスーザンに言った。

第二章

スーザン・モーリー弁護士と相談しながら、弦矢はトーランス市に事務所を持つ税理士と逢ったり、葬儀社に行ってキクエ・オルコットの墓碑を註文したり、銀行と打ち合わせしたり、墓地の管理会社を訪ねたりと三日間を忙しくすごした。

正式な遺産相続書にも署名して週末を迎えると、いつもの時間にやって来たダニエル・ヤマダがおびただしい数の植木鉢に如雨露で水をやっているのを中庭のガーデンチェアに腰かけてぼんやりと見つめながら、弦矢は、ランチョ・パロス・ヴァーデスの東端にある墓地の光景を思い浮かべた。

墓地はウエスターン通りに面していて、その道ひとつを隔てたサンペドロ地区は、パロス・ヴァーデス半島とははっきりと異なる趣を持っていた。

住人の経済的格差がウエスターン通りによって区分されているということが弦矢にもわかった。ロザンヌ・ペレスの借家は、そのサンペドロ地区の真ん中あたりにあるらしい。

しかし、墓地にはパロス・ヴァーデス半島の住人もサンペドロ地区の住人も埋葬されていた。そこでは経済的な差別はないのだ。

その広大といってもいい墓地の大半の墓石は芝生の上に嵌め込む様式で、大きさも均一だった。故人の氏名と生年月日と死亡年月日を刻んだ平らな銘板は、芝生が少し伸びすぎると見えなくなってしまいそうだった。

墓参りに来た人々の多くは、ピクニック用のビニールシートを墓の前に敷き、そこに坐ってハンバーガーやホットドッグを食べながら談笑している。故人の父祖の地の小さな国旗を芝生に突き刺して帰って行く人も多い。

メキシコ、コロンビア、プエルトリコ、キューバ、パナマ……。

稀《まれ》にアメリカやフランスの国旗もある。

墓参というよりも、それにかこつけてピクニックに来たといった賑《にぎ》やかな一家も多い。

弦矢は、アメリカ人でも火葬を望む人たちが増えていることを墓地の管理会社の係員に教えられた。

イアン・オルコットも入院していた南カリフォルニア大学の付属病院で、火葬にしてくれるよう妻に頼んだという。

火葬を望む人の多くは、自分の遺灰を海に撒いてくれるようにと頼むので、この墓地には銘板だけがあって、遺体や遺骨、遺灰も納められていないものがあるという。

キリスト教における再生や復活という思想に基づけば、信仰心などまったくなくても、最後はやはり土葬にこだわるらしく、火葬を望む人は、アメリカでは四十パーセントほどだが、これからさらに増えていくだろうということだった。

「きのう、墓地へ行ってきました。銘板は十日ほどで出来るそうです」

北側の植木鉢すべてに水をやり、脚立をかついで南側の棟にやって来たダニーに弦矢は言った。蔓バラの棚ではたくさんの蕾のうちの半分ほどが花弁をひらいていて、ジャカランダの木にも紫の花が増えていた。

「墓地に行く手前に私の家があるんですよ」

「ウエスターン通りに？」

「ええ、海のほうから行くと、墓地の一キロほど手前です。一軒家ですが、ほかの家と棟つづきで、似たような家がぐるっとプールを囲むように建ってます。プールはご近所の人たちと共同で使うんです」

「海からだとウエスターン通りの右側？　左側？」

「左側です。つまり西側ですね。カディントン・ドライブって道を少し入ったとこです。いちど遊びに来てください。家内のちらし寿司なんかいかがです？」

「ちらし寿司……。涎《よだれ》が出ますねぇ」

「家内は私の母親から教えてもらったんです。息子や娘たちも好きでしたが、結婚相手はみなアメリカ人なので、ヤマダ家のちらし寿司は、家内の代で終わりですねぇ。子供たちはいまでも食べたくなると電話をかけてくるんです。ちらし寿司、作ってくれって」

それからダニーは、長男の嫁はインド系アメリカ人で、嫁の母親はクロアチア系アメリカ人だと言って、菊枝おばさんの部屋の壁に梯子状に伸ばした脚立を立てかけた。

「次男の嫁は、ベトナム系。嫁の親父はフランス人です。次女の亭主は……」

ダニーはしばらく考え込んだ。

弦矢の脳裏に、墓地で見た幾つかの国々の小さな国旗が浮かんだ。

「次女の亭主は、なんだったかなぁ。父親が北欧系のアメリカ人で、母親が中国系だったかな。もうなにがなんだかわかりませんよ」

と言って笑いながら、ダニーは梯子をのぼった。

からくり箱に入っていた十通の手紙を二階に取りに行き、弦矢はガーデンチェアをジャカランダの巨木の横に移した。

スーザンに指示されたとおりに事務作業をこなしつづけた三日間だったので、弦矢は、手紙を読み返すことも、菊枝おばさんの交友関係を調べることもあと回しにしたままだったのだ。

弦矢が気になっているのは六通目の手紙だった。

――きのう、お金が振り込まれました。ありがとうございます。そんなつもりで報告したのではありませんでしたので、お金はメリッサのために貯金しておくことにします。きのう、メリッサは、絶対に勉強をおろそかにしないことを条件に、わたしとケヴィンの許可を貰うと、大喜びで乗馬学校へ行き、入学の手続きをして来ました。前払いのレッスン料も納めてきたのです。そのあとに、銀行にお金が振り込まれたことを知りました。

これからメリッサは日曜日は早朝から乗馬の稽古です。どこまで頑張れることやら。乗馬学校の費用はかなり高額なのですが（乗馬用の服や革の長靴は高いのです。上手になれば自分の鞍《くら》も欲しがるようになることでしょう）、そのくらいはしてやれないこともないのです。

メリッサはとても美しくなりましたよ。――

べつになんということもない手紙なのだが、その前の保志京子からの手紙では、メリッサの乗馬学校の件は書かれていない。

けれども、保志京子が、娘のメリッサを乗馬学校に行かせようかどうか迷っていることを菊枝おばさんが知っていなければ、そのための費用を送金するはずはないと弦矢は思ったのだ。

この六通目とその前の五通目のあいだに、もう一通か二通あったが、それは菊枝おばさんが失くしたということも考えられる。

それにしても、菊枝おばさんはなぜ他人の娘のために、乗馬学校の高額なレッスン料をアメリカのボストンからカナダのモントリオールへと送金してやったのだろう。

マクリード家とはよほど親密なつながりがあり、レイラが忽然と消えて長い年月を経た菊枝おばさんにとっては、メリッサは他人の娘の域を超えた愛情の対象となっていたのだろうか。

弦矢は乗馬学校のレッスン料がどれほどなのか知らなかったが、月に二、三十ドルなどということはないはず、くらいはわかっているつもりだった。

乗馬は、日本と比べると欧米では盛んだが、貧しい家庭の子が専門の学校に通うのは無理であろうと弦矢には思えるのだ。

「毎日、食事はどうしてるんです？」

と植木鉢に水をやりながらダニーは訊いた。

「この家に来てからずーっと菊枝おばさんのスープを温めて飲んでます。それで充分ですよ。スープは飲み物ではなくて食べ物だって、いつだったか菊枝おばさんは電話でぼくにそう言ったんですけど、ほんとにそうなんだってわかりましたよ」

と弦矢は言った。

「キクエが作るスープだからですよ。あれは特別です」

そう言って、ダニーは中庭の植木鉢の水遣《みずや》りを終え、ホースと脚立を洗濯室にしまって、二階へとあがった。

弦矢の部屋の横にあるベランダから再び姿をあらわしたダニーは、

「月に一回か二回、キクエはスープ作りに丸一日を使うんです。大鍋でね。私は助手を務めてたんです」

と声を張り上げて言った。そうしないと弦矢のいるジャカランダの木のところまでは聞こえないのだ。

「助手？」

「ええ、あの大鍋にスープやら香味野菜なんかが入ってると、女では持てませんよ」

造園業を長男と次男に譲って引退生活を送っていたダニエル・ヤマダは二年前に菊枝おばさんと知り合って以来、ずっとオルコット家の庭の管理をつづけてきた。それ以外の仕事はすべて息子たちにまかせている。

オルコット家から支払われる代金はダニエル・ヤマダの小遣いになるのだ。

六十歳で引退して暇と体力を持て余していたダニエル・ヤマダにとっては、オルコット家での水遣りや植物の剪定《せんてい》作業は肉体労働とはいえないちょうどいい仕事になったらしい。

それだけでなく、彼は菊枝おばさんと日本語で会話することを楽しんでいたようだった。

子供のころ、毎週土曜日に日本人学校に行くことが苦痛でたまらなかったが、厳格な父親は日本語の勉強を義務として課したのだ。

アメリカで生まれ、アメリカ人として育ったダニエル・ヤマダは、キクエ・オルコットと友だちづきあいをするようになって初めて、自分がいかんともしがたく日本人であることを自覚するようになったという。

なぜそうなったのか、自分でもよくわからないらしい。

「趣味にしては凝りすぎてますよねぇ。菊枝おばさんは、ひとつのことに打ち込むと、とことんやる人でしたけど」

と弦矢が言うと、

「本格的にスープ作りに没頭するようになったのは、イアンの体調が悪くなってからですよ」

ダニーはそう言って、ベランダから消えたが、しばらくすると洗濯室から手招きした。

「この奥は納戸になってるんです。イアンの釣り道具は捨てずにここに入ってます。売ってくれっていう人がたくさんいるんですが、キクエは売らなかったんです」

そんなところにもドアがあったのかと弦矢は思い、ダニーが指差した奥の壁のところに行った。壁と同じ色のドアがあった。

イアンが体の不調を訴えたのは、ボストンからロサンゼルスのランチョ・パロス・ヴァーデスに引っ越す前だったそうだとダニーは言った。

しかし、そのときこの家は完成を間近に控えていたらしい。

「ここに引っ越してからも、体調は悪くなる一方で、ちゃんと病院で診てもらおうと思ってた矢先に、イアンの尿がコールタールみたいな色になったんです」

と言いながら、ダニーは納戸《なん》というよりも広い物置きらしい部屋のドアをあけた。

フライ・フィッシング用の釣り竿《ざお》が五本、鮭《さけ》釣り用の竿も五本、先を上に向けて立てかけてあった。

その横に、たくさんの抽斗があるガラス張りの簞笥のようなものが置いてあって、なかにはリールやイアン手作りの毛針や、毛針を作るための道具が整然と収められてあった。

「イアンには釣り以外にはなんの道楽もなかったそうですねぇ。お金儲《かねもう》けもあの人にとっては趣味のようなもんだった、ってキクエが言ってました。トーランスの病院で膵臓ガンと診断されて、余命半年って宣告されて、USCの付属病院でも診てもらって、手術もできない、抗ガン剤も放射線治療も無駄だって言われて、イアンはこの家に帰って来ました。それからですよ、キクエが憑《つ》かれたようにスープを作り始めたのは。スープだとイアンは吐かないんです。他の食べ物は全部吐いてしまうんです。キクエのスープで、イアンは命をつないでたんです。三ヶ月間ね。医者は半年って言ったけど、イアンは三ヶ月しか生きていなかったですよ」

弦矢は物置き部屋の入口近くに置いてある蓋付きの大鍋を持ちあげてみた。

「うわっ、重いなぁ。菊枝おばさんは、スープを作るときはこれをキッチンまで運んでたんですか？」

「この洗濯室がスープをつくるためのキッチンでもあったんです。床に専用のガスコンロを置いて、ドアも窓もあけて……。ガスの栓はそこに引いてます」

見ると、乾燥機の下にガス栓があった。スープ作りを始めるにあたって、キクエがガス会社に頼んだのだとダニーは説明した。

「時差ボケは直りましたか？」

ダニーは広間への長い廊下を歩いて行きながら訊いた。

「ええ、やっとね」

弦矢はそう答えて、中庭に出た。

日陰を探して、そこにガーデンチェアを移動させ、さすがにスープも飽きたなと弦矢は思った。

米が食べたい。キッチンの戸袋に炊飯器がある。でも米がない。猫まんまが食べたい。

トーランスに日系のスーパーがあると聞いたが、どのあたりだろう。

弦矢は、小走りでダニーを追った。緑色のピックアップに乗りかけていたダニーは、ダッシュボードからロサンゼルス南西部の地図を出して、「Ｍｉｔｓｕｗａ」というスーパーの場所を教えてくれた。

「ウエスターン通りをフリーウェイのほうへとまっすぐに行くんです。トヨタの近くです。近所には焼き鳥屋や居酒屋もありますよ。日本の本や雑誌専門の書店もありますしね。そこで地図も買ったらどうです？」

ダニーが帰ってしまうと、弦矢は家の前の道を渡って、向かいの家の門のところからオルコット家を見やった。正面から時間をかけて眺めるのは初めてだった。

どう見ても、実際の幅も奥行も感じさせない。豪邸ではあっても、おくゆかしさがある。北側と南側の植え込みの作り方に工夫があるらしい。

アメリカにはこの程度の家はいくらでもある。ハリウッドやビヴァリーヒルズにはオルコット家の二倍も三倍も大きくて豪奢《ごうしゃ》な家が立ち並んでいる。

アメリカそのものが広いので、他の州に行けば門から玄関まで車で十分もかかるというような敷地を持つ家も珍しくないのだ。

しかし、このオルコット家には、それらにはない風格がある。

弦矢はそう思い、この家は売らないぞと決めた。家だけではなく、イアンが築いた資産をアメリカから持ち出したりはしない、と。

それはきのうの夜に弦矢が考えたことだったが、それではアメリカでどう運用するのかについての具体案はまるで浮かんでこなかった。

それどころか、四十二億円という金が、弦矢のなかで現実味を帯びてこないのだ。自分がそれをすべて相続したということに現実感がまったく湧いてこない。

なまじ下手な金儲けなんか考えなくても、手堅い資産運用をしてくれるニューヨークの投資顧問会社に預けておけば確実に増えつづける。

さまざまな投資商品の価格はその日その日の市場原理で変動するし、西アフリカの飢《き》饉《きん》や、アラブ諸国の原油相場や、ロシアの国内問題などが複合的に絡み合って、為替に影響するし、株の一時的な暴落を招いたりもする。

しかし、優秀な投資顧問会社はそのことはすべて計算に入れている。

イアンが信頼して一千万ドルを委託したニューヨークの会社は、弦矢にも信頼に足るものに思えた。

債券を現金化して、その投資顧問会社にさらに五百万ドルまかせてもいいと弦矢は思った。

そうすれば毎年の配当は増える。それが最も安全かつ安定的利潤を生みだす方法なのだ。

弦矢は、菊枝おばさんの遺骨を墓地に納めたら、とにかくいちど日本に帰ろうと思った。

最終面接を終えて、採用が内定した外資系の会社からなんの音沙汰《おとさた》もないのが気にならなくはないが、他の者を採用することに変わったとしても、いまの俺には痛くも痒《かゆ》くもないのだと弦矢は思った。

そう思った途端、弦矢は、四十二億円の遺産を相続したという実感が湧いてくるのを感じた。

だがすぐに、いやそれはレイラ・ヨーコ・オルコットが相続すべき資産なのだという心のなかの誰かの声が聞こえた。

誰かとはこの俺だと弦矢はすぐに気づいた。

レイラはすでに死んでしまっていると決めつけるわけにはいかない。菊枝おばさんの、俺への遺言には、レイラを見つけてほしいという願いが強く込められていた。もういちどレイラを見つける努力をしてみるべきだ。

だが、どうやったらいいのか。

レイラがもし生きているとしても、アメリカにいるとは限らないのだ。

アメリカだけでも途轍《とてつ》もなくでかいのに、中南米やアジア諸国やアラブ圏やアフリカやヨーロッパ中まで調べるとなると気が遠くなるし、実際問題として不可能だ。

それに俺には捜査権も捜査能力もない。せいぜい新しいチラシを作って、人の多く集まる場所で配布し、この人を捜しています、有力な情報を与えてくれた人には十万ドル差しあげます、と呼びかけるくらいのことしかできないのだ。

弦矢はそう思い、歩道を右に左に歩いて、オルコット家の北側や南側を眺めた。

この家に着いて以来、弦矢は近所の住人をひとりも目にしていない。どこも空き家なのか？　大金持ちが資産として買っただけで、誰も住んでいないのか？　と思ったが、夜になると門灯がつくし、部屋のなかでレースのカーテン越しに住人らしい影が動く。

老人ばかりで、家が広いから散歩に出る必要もないのかもしれないが、買い物はしなければならないだろうに……。

弦矢は、オルコット家の南側の二階建ての家を見ながら、人の気配をさぐった。

「フィリップ・マーロウがいてくれたら、レイラを捜してもらうんだけどなぁ。いくら払ってもいいよ」

アメリカのハードボイルド小説に出てくる私立探偵を思い浮かべて、そうつぶやき、弦矢は家のなかに戻った。十二時半だった。

すべての窓を閉め、セキュリティーを設定して、弦矢はダニーが教えてくれた日系スーパーで買い物をするために、海岸に沿った道を使って四輪駆動車をウエスターン通りのほうへと走らせた。

休日なので、ジョギングをしている人や、サイクル・ツーリングを楽しむ人たちが多かった。

テラニア・リゾートの広大な敷地を過ぎると海側にゴルフの練習場がある。その横には、著名な不動産王が経営するゴルフ場の緑が拡がっている。丘側は荒れた地肌が剝き出しになっていて、「この道は動いています」という標識が立っている。地盤の緩い一画なのだ。

海沿いのパロス・ヴァーデス通りの先を左折してウエスターン通りに入り、五分ほど走ると車が渋滞していた。

道の右側のサンペドロ地区の住人が慌てて家の窓を閉めながら、弦矢にも車の窓を閉めろと手を大きく廻した。

何事かと窓から顔を突き出して前方を見ると、市の撒水車が道を塞《ふさ》ぐように停まっていて、さらにその前方に緑色のピックアップも停車している。

窓を閉めろと促してくれた中年の女が、

「スカンクよ。あの緑色の車がスカンクを轢《ひ》いたのよ」と教えてくれた。

弦矢は慌てて車の窓を閉めた。

スカンクの死体はすでに清掃車によって片づけられていたが、道路にこびりついた強烈な悪臭を洗い流す作業はまだ終わっていないのだ。

ドブ川に湧くガスの百倍ほどの悪臭が、窓を閉めてはいても弦矢の車のなかに入ってきた。近くのリカー・ショップや自転車屋は店のシャッターまでおろしている。

「よりにもよって、ダニーの車だよ。あーあ、スカンクを轢いたら、当分はあの車は乗れないなあ。中古車屋に売るときも半値に叩かれるし」

と言い、あとからやってきて横に並んだ車の運転手と顔を見合わせて、肩をすくめた。

撒水車の作業員とうんざりした表情で話をしているダニーの姿が見えたので、弦矢は行ってなぐさめてやりたかったが、スカンクの悪臭のなかから逃げだしたくてサンペドロ地区のほうへと車を向けた。

「ウエスターン通りの西側はねぇ、スカンクがときどき散歩するのよ。リスも多くて、よく車に轢かれてるわ」

さっきの女が鼻と口をタオルで覆いながら玄関から出て来て、細く窓をあけた運転席の弦矢に話しかけた。

弦矢は車を停め、

「ガソリンスタンドで車の底を洗ってもらいたくても、断られますよ。かなりのチップを払わないとね」

とヒスパニック系の女に言った。

「このへんの家は三日間は窓をあけられないわね」

女は言って、肩を大きくすくめて家に入って行った。

サンペドロ地区の東側まで行き、弦矢は車の窓をあけた。風向きのせいなのかスカンクの毒ガスの悪臭はなかった。

ウエスターン通りからできるだけ離れるようにして道を迂回《うかい》し、日系スーパーへと車を走らせていると、中古の工具を売る店の二階に「ベロセルスキー調査会社」という看板があり、「なんでも調査します。秘密厳守が我が社の自慢です」と下手な字で書かれてあった。

「秘密厳守は当たり前だろう」

と弦矢はつぶやき、汚れたコンクリートの建物を見た。

「ＢＥＬＯＳＳＥＬＳＫＩＹ」というロシア人の姓をベロセルスキーと発音するのが正しいかどうか、弦矢にはわからなかったが、まあつまり、私立探偵だなと思い、こういういかがわしい私立探偵こそ凄腕なのかもしれないと考えて車を停めた。

すぐ前には、あちこちにひびが入ったコンクリートのバスケットコートがあり、十人近い若者がボールの奪い合いをしていた。

オルコット家の前で、私立探偵のフィリップ・マーロウがいてくれたらと考えたことを思い浮かべたが、弦矢は、もし最後のチャンスに賭けてみるにしても、スーザン・モーリー弁護士が紹介してくれる信頼できる調査会社に依頼するべきだと思った。

車を発進させかけると、建物の狭い階段から破れ穴があるパナマ帽をかぶった五十七、

八の大男が足をひきずりながら降りて来て、

「俺に用かい」

とけだるそうに訊いた。

「いえ、道に迷ったんです。ウエスターン通りでスカンクが轢かれたので、こっちへ逃げて来たんです」

と弦矢は言った。

「スカンク？　こっちに臭ってくるのは時間の問題だな」

大男は二階の窓を見上げてから、

「あんた、探偵を雇いたいんだろう？」

と訊いた。

イアンは背が高くて百九十三センチもあったが七十五キロくらいだった。この男は背は同じくらいだが、体重は百二十キロはありそうだ。そう弦矢は思い、

「どうしてそう思うんです？」

と訊いた。

厄介な男にひっかかったなという気がして、早く日系スーパーに行きたかった。

「俺の事務所の看板を見てる目が、ただの通りがかりじゃないって言ってたよ」

「看板の名前をどう読むのかなって見てたんです。それだけですよ」

「あんた韓国人？」

「いえ、日本人です」

「だろうな。正確に発音してやろうか？　ベロセルスキーだ。言ってみな」

「その巻き舌は日本人には無理ですね」

そう言ってから、弦矢はベロセルスキーと三回繰り返した。

大男はあきれたように首を横に振り、

「そんななさけないベロセルスキーは聞いたことがないぜ。この道をまっすぐ行ったらアナハイム通りへ出るよ。ゴルフ場の近くだ。そこを左に行くんだ。そしたらウエスターン通りに戻れる」

と言って、二階へ戻って行った。

「いい勘してやがる」

そう言って、弦矢はもういちどベロセルスキー調査会社の看板を見た。いちばん下に「Ｎｉｋｏｌａｙ　ＢＥＬＯＳＳＥＬＳＫＩＹ」とフルネームが書いてあった。

「ニコライか……。ニコだな」

と言って、弦矢は教えられた道を行き、ウエスターン通りに出て、フリーウェイの近くの日系スーパーへ行った。

あきたこまちの五キロ袋と醬油《しょうゆ》と花かつおの真空パック、それにインスタント味噌汁《みそしる》の詰め合わせを買い、スーパーのなかにあるラーメン店でチャーシュー入りの塩ラーメンを食べ、本屋でダニーが持っていたのと同じ地図とロサンゼルス全体のものも買って、弦矢は帰路にはパロス・ヴァーデス半島の真ん中を縦断するコースを選んだ。スーザンの車でオルコット家へと向かった道だった。

ニコとも長く連絡を取っていない。ニコライ・リーマン。母親がロシア人、父親がアメリカ人だ。

南カリフォルニア大学の経営大学院を修了するとペンシルバニア州の重機メーカーにファイナンス・マネージャーとして採用された。

皮肉屋で、しゃくにさわる冗談ばかり連発するやつだったが、つきあううちに、その冗談が含蓄に富んでいることに気づいた。ニコはピアノを弾くのが上手だった。

弦矢は、ニコの赤い巻き毛を思い浮かべ、今晩にもeメールで近況を訊いてみようと思った。ニコには、四千二百万ドルの遺産のことを話してもいい。あいつは冷静沈着だ、と。

丘の頂上あたりに「パロス・ヴァーデス・エステーツ」と書かれた看板があって、不動産屋がつけた分譲住宅地の名前も凝ったフォントで大きく書かれていた。

その分譲住宅地は丘の頂上をさらにのぼっていくのだ。そこへ行けば、パロス・ヴァーデス半島がすべて見渡せるのではと弦矢は曲がりくねった道をのぼって行った。

オルコット家のある分譲地は海に近い平らな場所だが、幾つかの丘がつらなるパロス・ヴァーデス・エステーツ市は起伏に富む地域なのだ。

家々の屋根は、半島のすべての豪邸がそうであるように淡い朱色の素焼き瓦だった。敷地はほとんど斜面で、他の家との境界線には牧場のような白い柵が巡らせてある。

弦矢は一本道を行けるところまで行ってみようと四輪駆動車のスピードを落とし、自転車をゆっくり漕《こ》いでいるような速度でのぼった。

大きな家の前で道は終わっていた。そこがこの分譲住宅地の終点なのだ。

弦矢は車をUターンさせてから歩道にのりあげて停めると柵のところに立った。

半島のすべては見えなかった。北側は後方にあって、木々に遮られているが、それ以外の方向は大きく開けていた。

ロングビーチ全体を見渡すことができた。

ロングビーチはアメリカを代表する海運港だが、弦矢が立っているところからはドックに停泊している豪華客船が見えた。四万トン以上はありそうだった。大型タンカーでもなくコンテナ船でもない。修理のために寄港したのかもしれないと弦矢は思った。

海は真っ青で、潮目は鮮明に色を変えて縞《しま》模様を描いている。

もう一回だけレイラ・ヨーコ・オルコットを捜そうと弦矢は決心した。無駄骨で無駄金を使うだけだろうが、菊枝おばさんの確信を俺も信じてみよう。レイラは生きているという母親の勘なのだ。

俺は科学的分析や理論的データよりも、人間の勘を信じる。

弦矢はそう思った。

なににどう使うかは別として、オルコット家の財産も俺がしっかりと管理する。

弦矢は、南カリフォルニア大学のマーシャル・スクール・オブ・ビジネスでＭＢＡを取得したのも、修了後にＣＰＡの資格を得たのも、みんなこのことのためだったような気がしてきたのだ。

どちらも、イアン・オルコットが必ず取得するようにと強く勧めたのだ。ＣＰＡは米国公認会計士の略称だった。

イアンの兄・トーマスは四十八歳のときに交通事故で死んだ。イアンよりも五つ歳上だったが、ふたりはとても仲がよかったという。

イアンの父親はエンジニアで、主に自動車のエンジンを作動させる特殊なモーターのパテントを持っていて、「オルコット・インダストリー社」という会社をボストンで興した。

その高い技術は当時のアメリカの自動車メーカーにとってはなくてはならないものとなり、会社は工場の作業員も含めてたちまち八百人を超えるまでに成長した。

父親の跡を継いだトーマスは、オルコット・インダストリー社の株式を公開して、その潤沢な資金で自社がパテントを持つモーター技術を航空機や船舶にも応用する別会社を作ったのだ。

弟のイアンは、大学を卒業するとオルコット・インダストリー社に入社し、兄のトーマスの片腕として働いたが、やがてトーマスの勧めで、中古車販売の会社を持った。大手の自動車メーカーとの深いつながりをビジネスに利用しない手はないという考えからだった。

イアン・オルコットは、つねづね日本車の優秀性に注目していた。燃費が良く、故障も少ない日本車は、新車ディーラーにとっては脅威だが、中古車ディーラーには魅力的な商品だと考えたのだ。

イアンは、日本のメーカーから中古車を直接大量に仕入れて、船でアメリカに輸入しようという計画を練った。

そして、その交渉のために日本へ行った。そのとき大手町に本社のあった自動車メーカーで通訳を務めたのが当時二十五歳の小畑菊枝だった。イアンは三十二歳だった。

関税や、幾つかの日米間の規制の壁があって、イアンの計画は流れたが、彼は日本で小畑菊枝という伴侶を得たのだ。

菊枝を妻としてアメリカに迎えたイアンは、ボストン市内や郊外に中古車センターをオープンさせて、やがて他州にも進出した。

父親の引退によって社長に就任したトーマスはビジネスの才覚だけでなく、その人柄も多くの人から慕われる器の持ち主だった。交通事故で亡くなる前年には五つに増えた系列会社の株式をすべて上場して、アメリカでも屈指の企業グループへと成長させたのだ。

イアンはその兄から引き継いで二年後に、オルコット・インダストリー・グループを売却することになる。その莫大な売却金で、イアンは後年、ITバブルに乗ってさらに大きな利益を得たあと、ビジネスからいっさい身を引いてしまう。絵に描いたような「ITバブルの勝ち組」として、まるで隠遁者《いんとんしゃ》のような生活に入っていくのだ。

弦矢は、イアンや菊枝おばさんから聞いた経緯を思い浮かべ、突然のイアンの会社売却とビジネスからの引退の理由が理解できた。

兄の死によって、オルコット・インダストリー・グループのトップになったイアンに待ち受けていたのは、同じ年の四月のレイラ失踪だった。

兄の不慮の事故死。幼い娘の失踪。このふたつの不幸は、わずか二ヶ月のあいだに起こったのだ。イアンがどれほどの哀しみと喪失感に襲われたかを思うと、弦矢は胸苦しくなってきた。生きるよすがも力も失くしてしまって、イアンはこのままではオルコット・インダストリー・グループを率いていくことはできないと考えたのではあるまいか。

自分が総帥をつづけることでグループは活力を失い、多くの社員に迷惑をかける。

それならばいっそ父が興して兄が発展させたオルコット・インダストリー・グループをそっくりそのまま売却しよう。

そうすれば、父が発明した特殊なモーターは新たな経営者たちの創造によってさらに高い技術を加えられ、社会に貢献できる。社員たちも経営者が変わるだけで、これまでどおりの生活をつづけていける。

イアンはそう考えたのに違いないと弦矢は思った。

大きな収益をあげていた中古車販売会社も売却してしまい、イアンはまだ四十代半ばだというのに引退して釣り三昧《ざんまい》の生活へと入って行ったが、生まれついてのビジネス感覚までもが眠ってしまったのではなかった。

イアンはグループの売却で得た金をＩＴ関連企業の株に投資した。それは空前のＩＴバブルで高騰したが、イアンの引き際は見事だったのだ……。

さっき眼下の家々を眺めたとき、弦矢は、起伏に富んだ広い敷地の柵を牧場のようだなと思ったのだが、その家の持ち主らしき男が二頭の馬をひいてあらわれた。

放された馬は、ゆっくりと丘陵地を降りて行き、さして豊かではない草を食《は》み始めた。艶《つや》のいい鹿毛《かげ》と栗毛《くりげ》の二頭は、乗馬用のサラブレッドらしい。

弦矢は、オルコット・インダストリー・グループの売却益やＩＴ株での勝ち逃げ分を含めると、イアンが残した遺産は少なすぎるなと思った。三倍くらいあっても不思議ではない、と。

レイラを捜すために使った金は、自分の推測よりもはるかに多かったのかもしれないと弦矢は思った。

あるいはすでに、イアンと菊枝おばさんは全米にチラシを配布するだけではなく、優秀な調査会社に依頼して、レイラを見つけだす手がかりを得ようとしたかもしれない。それも何度も。

弦矢はそう考えながら車に戻り、高級分譲住宅地の私道を降りて行った。

行き止まりのところに建っていた家から三軒離れた、この地区では比較的質素な建物のガレージの前で、鬚面《ひげづら》の男がハーレー・ダビッドソンの手入れをしていた。

エンジンのスパーク・プラグを外して、その先端部分を洗浄している。

「ここからテラニア・リゾートは見えますか？」

と弦矢は訊いた。

私道に勝手に入り込んだ怪しい東洋人と思われたくなくて、咄嗟《とっさ》に浮かんだ言葉だった。

三十代後半に見える男は、自分の家の屋根の向こうを指差して、

「あそこにちょっとした森があるだろう？　あれに邪魔されて、ここからは見えないよ。つまり、あの茂みのずーっと下ってわけだよ」

と教えてくれた。

行くつもりはなかったのに、弦矢は超が付く高級リゾートホテルに行ってコーヒーを飲みたくなり、カーナビの画面を見ながら、適当にテラニア・リゾートを目指した。

曲がり道があれば曲がり、網の目状のパロス・ヴァーデス半島を探訪しながら海へ海へと下って、弦矢はテラニア・リゾートの敷地内に入った。

たくさんのポーターが立っているエントランスの近くで若い女性従業員に車を停められ、宿泊客なのかホテル内の施設を利用するのかを訊かれた。

「コーヒーを飲みに来たんだけど」

と弦矢が答えると、制服を着た若い女は黄色いチケットをくれて、あそこの駐車場に停めてくれと左側を示した。

広い駐車場をゴルフバッグをかついで歩いている男女が二組いた。駐車場の向こうにホテルのゴルフ場があるらしかった。

弦矢は駐車場に車を停め、エントランスへつづく、たくさんの植物が配されている道を歩いて行った。

客の荷物を運ぶポーターは玄関先だけでも七、八人いた。

エントランスを入ると真正面に海があった。オルコット家の海に臨む真正面は西だが、ここは南に面しているのだ。

弦矢はそのままエントランスをまっすぐ進んで、テラスに出て、そこからしばらく海を見つめた。

家族連れの宿泊客がソファに腰掛けていた。十歳くらいの男の子、その妹らしい七、八歳の女の子、末っ子なのであろう四、五歳の女の子。そして両親。みんなでシャボン玉遊びに興じている。
三十七、八歳の母親が、末っ子の女の子に、
「シャボン玉遊びのときくらいは、そのタオルを離しなさい」

と叱るように言った。

金髪で目が青い典型的な白人の女の子は、困ったような表情で母親を窺《うかが》ったが、ブルーのタオルを離そうとはしなかった。

兄姉と遊ぶときは邪魔だろうに、この子はどうやら片時も離さずそのタオルを持ちつづけているらしい。ブルーのタオルは他の幼児にとってのぬいぐるみと同じか、それ以上の意味を持っているのだろうと弦矢は思い、テラスの階段を降りた。

海のほうへと道は下っていた。弦矢は次の低い階段を降り、さらに次の階段を降りたところでうしろを振り返った。ホテルのメイン棟のほとんどすべてが見えた。

子供たちの歓声が聞こえたので、その方向へと歩いて行くと、プールがあり、親子連れで満員状態だった。

そこで、弦矢はメイン棟から東側にも客室がつながり、それ以外にも二階のある一戸建ての棟が幾つも敷地内に点在していることを知った。

多くの木々は高くそびえ、花壇には花が満開で、各棟のひさしには無数の燕《つばめ》の巣があって、雛《ひな》たちは親が餌を捕まえて戻って来るたびにやかましく鳴いている。

「新宿の高架下で生まれる燕もいれば、テラニア・リゾートのひさしの下で生まれる燕もいるんだなぁ。そのあまりの違い……。運の良し悪しだけじゃあ、その差の解決にならないよなぁ」

と弦矢はつぶやき、「SPA」という表示板の矢印に沿って、さらに階段を降りた。

波音が大きくなってきた。「SPA」の前を右に行き、道なりに左へ曲がると海岸の近くに出たが、「遊泳禁止」の立札があった。

そこから海岸に沿って宿泊客用の遊歩道が東へと延びている。

弦矢は、海側は柵、ホテル棟側は急な斜面という遊歩道を歩いて行き、ベンチに坐り、サングラスを取った。

可愛らしい女の幼児を誘拐しようとつねづね機会を窺っていた男が、たまたまオープンしたばかりのスーパーでレイラを見かけた。

これこそ俺が望んでいた女の子だ。この子を連れ去って、俺好みの女に育てるのだ。面倒になったら殺して埋めてしまえばいい。

もし、そんな男が犯人だったとしても、出合い頭に行動に移すだろうか。その手の男は偏執的なくらいに周到でもあるのではないだろうか。

そうだとすれば、レイラはずっと前から狙いをつけられていたと考えたほうがいい。犯人はレイラを監視していたはずなのだ。

ある日、チャンスが訪れた。レイラが母親とふたりでスーパーへ行き、ひとりでトイレに入ったのだ。

だが、女性用トイレだ。なかには何人かの女性がいるだろう。たまたまそのときレイラだけだったなどとは考えられない。

もしトイレにはレイラだけだったとしても、レイラは赤ん坊ではないのだから、知らない男に黙ってついていくはずはない。

まごまごしていたら、トイレに女性客が入って来る。急がなくてはならない……。

この仮定には無理がありすぎると弦矢は思った。

男と女が組んでいればどうなるか。

女がトイレに入り、何等かの方法でレイラが大声や泣き声をあげられないようにしておいて、スーツケースに閉じ込め、それを売り場で待っている男に渡す。

六歳になったばかりの女の子ならスーツケースに入るはずだ。

男はそれを車のトランクに入れて、フリーウェイを走って可能な限り現場から遠く離れる……。

いや、それも現実的ではないと考えて、弦矢は海に目をやったまま首を横に振った。

スーパーはオープンして間もなかったそうだから、バーゲンセールで新規の客を呼ぼうとしていたに違いない。客でごったがえしていたはずだ。

トイレ内の誰にも気づかれずに便器の上でスーツケースにレイラを閉じ込めるのは不可能だ。

弦矢は、そのボストンのスーパーのトイレに窓があったのかどうかもわからなかった。スーザンから貰った幾枚かの書類には、スーパーの構造などは記されていない。それどころか、現地警察の捜査の進捗《しんちょく》状況に触れたものもないのだ。

二十七年もたてば、当時の捜査員のほとんどはリタイアしてしまっているだろう。

ひょっとしたら、レイラを連れ去ったのは、レイラと親しい女性だったのではないのか。それ以外に、誰にも気づかれずにレイラをスーパーの外に連れ出すことなどできっこないのだ。弦矢はそう思った。

いずれにしても、俺は調査会社に依頼して、レイラを捜す努力をする。

もしレイラが生きていて、中南米かアフリカかアメリカ国内のどこかの娼窟《しょうくつ》で薬漬けにされて客を取らされつづけて、正気を失っていたとしても、見つけ出すことさえできれば、俺はレイラのこれからの人生のために、イアンの残した遺産のすべても、自分の援助も惜しまないぞと思った。

そう思いながらも、ともすれば弦矢は、生きている可能性はわずか一パーセントにも満たないだろうし、生死不明のまま、やがて俺もあきらめるときが来るに違いないという諦念に襲われた。

打ち寄せる波のしぶきがときおり弦矢の足元にまで飛んできた。

ジョギングをする人が弦矢に軽く会釈をして曲がりくねった遊歩道を走り去っていく。

「ランチョ・パロス・ヴァーデスに来てたったの五日目なのに、焼けたなぁ」

自分の二の腕を見ながら、弦矢はそうつぶやき、遊歩道を東へと歩きだした。

もうひとつのプールがあり、水着を着たほとんどの客はデッキチェアに横になって、シャンペンやカクテルを飲んでいた。おとな専用のプールなのだ。

「すげぇ。あの黄色のビキニの子、二十歳くらいかなぁ。胸の形といい、腰のくびれといい、お尻の線といい、百点満点だよ。下唇の真ん中のえくぼもエロいなぁ。あの胸にはシリコンは入ってないけど、男を挑発するために磨きあげたって感じだよ。四千二百万ドルをちらつかせたら一週間くらいはつきあってくれるかなぁ。お小遣いに二千ドルくらいあげてもいいよ。ポルシェを買ってくれってねだっても駄目だぜ」

弦矢は胸のなかで言いながら、遊歩道の急な勾配をのぼって、ホテルの敷地の東側からコーヒーショップのほうへと歩いて行った。

なるほど、男は大金持ちになると、いい女を見てそんな考えに陥るのかと思った。

一流の高級ホテルなのに、コーヒーはまずかった。毎日かよっているコーヒーチェーン店の倍の値段だ。

「あのチェーン店が全米どころか世界の主要国を席巻した理由がわかるよ」

とつぶやき、弦矢はコーヒーを半分残してオルコット家に帰った。

菊枝おばさんの部屋へ行き、簞笥や机の抽斗をあけて、住所録のようなものを探した。いくら叔母とはいえ、女性の簞笥の抽斗をあけたくはなかったが、いずれは処分しなければならないものがたくさんある。

下着類や着古した服や履き物や、バザーに提供できないものはすべて捨てるしかないのだ。

そういう作業も、日本に帰るまでに片づけてしまおう。

弦矢はそう考えて、住所録を探しながら菊枝おばさんの衣類も床に出していった。

廊下側の壁には本棚や飾り棚が並んでいるが、なにか装飾品を置いたほうがいいと思われる場所には、日本の切子ガラスの盃《さかずき》以外は飾っていなかった。

家の豪華さと比すと、菊枝おばさんの部屋だけでなく、廊下も他の部屋も殺風景といえばいいえる。

たぶん、この家に引っ越してすぐにイアンの病気が判明したので、菊枝おばさんは調度品の配置とか空間を飾るための絵画や壺などを選ぶ余裕を失くしたのであろうと弦矢は思った。

寝室の本棚にもたくさんの料理の本が並んでいるが、半分は釣りに関する書籍や写真集だった。イアンのものだ。

菊枝おばさんが満足できるまでに調えられたのは夫婦が使う浴室とトイレとキッチンだけということになりそうだった。

弦矢の背よりもはるかに高いクローゼットには、菊枝おばさんの外出用の服が五着あったが、どれも高価なものではなさそうで、それとは別に、パーティーに呼ばれたり、高級なレストランで食事するときにだけ身につけるためのフォーマルな服が三着ある。

海に沿ったパロス・ヴァーデス通りをウエスターン通り方向へと行く途中に教会があるので、バザーに提供するにはどうすればいいかを訊いてみようと弦矢は思った。

レターテーブルの抽斗にも住所録のようなものは見つからなかった。

「なんにもない。誰かから来た手紙もない。アルバムもない。そんな家庭ってあるか？」

弦矢はそう言って、レターテーブルの抽斗の中身を床に並べた。

ハサミ、大きな天眼鏡、万年筆、ボールペン、鉛筆、白紙のメモ帳、レターナイフ、ほとんどからになっているインク壜《びん》、封筒と便箋のセット、時計やカメラやパソコンの保証書、花の種が入っている袋、クリップ、小さな懐中電灯……。

それだけだった。

「レイラの赤ん坊のころからの写真もないのか?」

弦矢はそうつぶやきながら廊下を歩いてリビングルームへ行き、幅が四メートルほどもある本棚の下段の抽斗をあけた。

入っているものは寝室のレターテーブルと変わらなかったが、ノートが二冊あって、それが住所録だった。ほとんどはマサチューセッツ州に住む人たちで、二十人ほどの日本人の住所と電話番号も書いてある。全部で百五十人ほどだが、クリーニング店とか水道工事店とか電気店、宅配のピザ屋のものも含まれている。

「ああ、これで死亡告知カードが出せるよ」

と言い、きのう、とりあえず葬儀会社で買った黒枠の付いた封筒を二階の自分の部屋から持ってきた。

まず先に、封筒に送り先の氏名と住所を印刷しておこうと思ったのだ。

「あっ、この家にはプリンターがないんだ」

菊枝おばさんの死を知らせるカードだけは送っておかなければならないが、一枚一枚手書きなんかしていたら、それだけで一週間はかかる。しょうがない。プリンターを買おう。

弦矢は、トーランス市のモーリー＆スタントン法律事務所の近くに電気製品の量販店があったなと思い、ガレージに行った。もうそろそろダニーが午後の水遣りに来るころだが、セキュリティー解除のためのスティックはいつも預けてあるのだ。

「俺は金に糸目をつけなくなってるなぁ。金遣いが荒いよ。きのう買ったバゲットもオーガニックで、マカロニもオーガニックだもんな。金が出来ると、こうやって人間は高慢になっていくんだ」

ウエスターン通りにはまだスカンクの毒ガスが漂っているに違いなかったので、弦矢はパロス・ヴァーデス通りを半島に沿って北へ行き、ローリング・ヒルズ・エステーツ市へつづく丘のほうへと右折した。

それからホーソーン大通りに入り、個人用のセスナ機のための空港の西側を通って、モーリー＆スタントン法律事務所の前に出ると、ショッピングモールの駐車場に車を停めた。

軽量のいちばん安いプリンターを買い、クレジットカードで支払いをしていると、店長と話しているスーザンの姿が目に入った。

スーザンのほうが先に気づいていたようで、笑顔で店長と握手してから弦矢に手を振った。

プリンターの入った箱を持って、弦矢はスーザンのところへと行き、住所録が見つかったので、これから封筒に相手の住所と名前を印刷するのだと言った。

「私の事務所は四台のデスクトップ型のパソコンを使ってるのよ。もう七年も使ってるから、新しいのに替えようと思って。そういうのはカミラの仕事なんだけど、きのうから五日間の休暇を取ってるの」

とスーザンは言った。

店から出て、並んで駐車場へと歩きながら、

「一度だけ、調査会社にレイラを捜してもらおうって決めました」

と弦矢は言った。

スーザンは考え込むようにして歩みを止め、

「私は勧めないわ」

と言った。

「やめたほうがいいって言われるだろうと思ってました」

「イアンもね、自分が膵臓ガンにかかってて、もう助からないと知ったころに、ゲンと同じことを考えて、私に相談したの。でも、キクエは反対したわ。もうあきらめましょう、って。残り少ない生を、レイラのことで苦しむのはあまりに残酷だって、キクエは私に言ったわ。ねぇ、ゲン、どんな優秀な調査会社も警察のような捜査権は持ってない

のよ。それにレイラの件は解決してないから捜査中なのよ。捜査をやめても捜査中。それが警察ってところよ。捜査中の事件の詳細を部外者に教えたりしないわ」

「でも、どんな組織にも裏っていうのがあるでしょう？　表面上は捜査中でも、もう誰もレイラの事件を捜査してないんですよ。所轄の警察署の地下の倉庫で事件ファイルは眠ってるんです。誰もそのファイルの入った箱をあけようともしないまま、いつか処分されていくんでしょう」

それから弦矢は、自分は遺産を相続したが、アメリカ国内から持ち出さないと決めたこともスーザンに話して、

「イアンがアメリカで稼いだ三千数百万ドルは、アメリカという国で使うべきですからね」

と言った。

考え込む表情のままスーザンは自分の車へと歩き出したが、すぐに引き返して来て、

「優秀で実績もある調査会社は調査費も高額よ。ゲンはそれをドブに捨てることになるわ」

と言った。

「でも、一度だけやってみたいんです。スーザン、調査会社を紹介して下さい」

スーザンはハンドバッグからサングラスを出して、それをかけながら、

「煙草が吸いたいわね。ゲンは？」

と訊いた。

「煙草を吸ってもいいっていうコーヒーショップはありますか？」

「ローリング・ヒルズ・エステーツ市のはじっこにね。フィギュアの店よ」

「フィギュア？　掌に載るようなちっちゃな人形とか、家とかベッドやソファや花壇とかを売ってる店？」

「そうよ。若い女性がひとりで店を切り盛りしてるわ。内緒でコーヒーも出してくれるの。もちろん、お金は払うわ。フィギュアの趣味のある客よりも、コーヒーを飲みながら煙草を吸いたい客のほうが多いの」

「じゃあ、そこへ行きましょう。きょうはぼくが払います」

弦矢が自分の車へと歩き出すと、スーザンはうしろから言った。

「それで気がすむなら、やってみたらいいわ。適任者をひとり知ってる。彼以外には思いつかないわね。ニコライ・ベロセルスキーっていう私立探偵よ」

弦矢は少し驚いたが、顔には出さないようにして、自分の車に乗り、スーザンの運転するトヨタについて行った。

ニコライ・ベロセルスキーの名がスーザンの口から出たとき、確かに驚きはあったのだが、昼過ぎにサンペドロ地区の東側で逢ったときに、弦矢は、なんとなく出逢うべくして出逢ったような気がしたのだ。

私立探偵のフィリップ・マーロウのような男がいればと思ってオルコット家から出て、スカンク騒動でウエスターン通りから右折してサンペドロ地区に入り込み、「ベロセルスキー調査会社」の看板を目にした。そのまま行き過ぎてしまえばいいのに、案外、こんな探偵のほうが大きな調査会社よりも小回りがきいて、警察とのコネも多いのではないかという気がした。

といって、二階建てのあばら家の階段をのぼって、ベロセルスキーなる人物にレイラ・オルコットを捜してくれと依頼する気もまったくなかった。

しかし、二階の窓から見ていたらしく、ニコライ・ベロセルスキーは億劫《おっくう》そうに階段を降りて来て、

「あんた、探偵を雇いたいんだろう？」

と話しかけてきた。

いい勘してやがると弦矢は感心したが、レイラを捜すためには、データではなく勘だとそのあとふと感じたのだ。

「なんとなく、ベロセルスキーとまた逢いそうな気がしたよ。だから、俺はそんなに驚かなかったんだな。あいつとは縁があるんだ。スーザンから依頼があったら、あの大男もそう思うだろうな」

と胸のなかでつぶやき、弦矢は自然に笑みが浮かんでくるのを感じた。

映画でフィリップ・マーロウを演じたハンフリー・ボガートとは似ても似つかないが、あのニコライ・ベロセルスキーも主役級の面構えだ。顔中に傷跡があればフランケンシュタインに似ていなくもない。

弦矢はそう思いながら、スーザンの車のうしろについてホーソーン大通りを南に行って二度ほど曲がり、パロス・ヴァーデス半島の北側の、曲がりくねった道をのぼった。

植物園があった。

こんなところに植物園があるのかと思い、坂道を下りながら弦矢は森といってもいい広大な一画を見た。

とてもいちにちでは全部の植物を見ることはできない広さだということはわかった。曲がりくねった道はクレンショウ大通りという名だった。そこを道なりに行き、西へと別の道をまたのぼると、太い木々に囲まれるようになっているところに木造の二階家があった。

スーザンは、ここだと指で示し、三十メートルほど先にある無料で駐車してもいい場所へと行った。

「このへんも、かなり高い丘の上なのよ」

車から降りながらスーザンは言った。

「こんなところにフィギュアの店があるんですか？」

「あの大木で囲まれてるから、道からは見えないの。知る人ぞ知るってお店よ」

名前のわからない数本の大木にはジャカランダも二本混じっていたが、まだ花はつけていなかった。

幹も枝も薄茶色と灰色の樹皮で縞模様を描いている巨木の下をくぐると「Ｊｅｓｓｉｃａ's　Ｓｈｏｐ」と金色で書かれたショーウインドウがあって、なかはフィギュアばかりで作られた一軒の家になっていた。

部屋は五つ、長さ五センチほどのベッド、指先ほどの枕、カーテン、キッチンには虫眼鏡を使わないと見えないほどに小さなフライパンや鍋やレンジやオーブンや皿。それらがおとぎ話の家のように配されている。

スーザンは、店のドアからではなく、その横のブーゲンビリアの木のほうへと廻り、家のうしろ側へと行った。

丈の高い植え込みの向こうにテーブルが六つ並んでいて、カップルが二組と男の三人連れが二組、コーヒーを飲んでいた。

オルコット家の構造と似ていたが、広さは十分の一ほどだ。その中庭にあたる場所に、外からは見えないコーヒーショップがあるということになる。

「ここはキクエが見つけたのよ。彼女はよく植物園に来てて、偶然見つけたのよ」

スーザンは、建物の裏のドアから顔を出した若い女に笑顔で会釈した。

「週に二、三回、ここでコーヒーを飲みながら煙草を吸ってたわ」

「誰がですか?」

「キクエよ」

「菊枝おばさんは煙草を吸ってたんですか? ぼくは叔母さんが煙草を吸ってるのをいちども見たことはありませんよ」

「アメリカに来た日からやめたんだって言ってたわ。でも、イアンの病気がわかってからまた吸うようになったそうよ。家では庭で吸ってたわね。オルコット家は厳格な家風だったから煙草をやめたんでしょうね」

あけたままの裏のドアからはエスプレッソマシンが見えた。

灰色の目の若い女が笑顔でやって来て、

「スーザン、元気?」

と訊いた。
二十七、八歳で、金髪と栗毛を縦に織ったような髪をうなじのあたりで定規を当ててカットしたかに見える。
黒いタンクトップにそれよりも襟ぐりの広い黄色のタンクトップを重ね着していて、使い込まれたジーンズを穿《は》いている。

「ここのオーナーのジェシカよ。彼はゲンヤ・オバタ。キクエの甥っ子よ」

スーザンの言葉で、ジェシカは弦矢にお悔やみの言葉を述べた。

弦矢はエスプレッソを、スーザンはカフェオレを註文し、同時に煙草をくわえた。

眼前に拡がる半島の景色に背を向けて坐っている弦矢の斜め向かいには、デッキチェアにあお向けに寝そべる格好で中年のカップルが談笑していた。どちらも体を海のほうへ向けている。

その四十五、六歳の女は白いポロシャツに白いショートパンツという服装だが、下着を穿いていなかった。

うわぁ、あそこが丸見えだよと思いながら、弦矢はスーザンに隣りに坐ってもいいかと訊いた。

「場所を替わってくれてもいいんです」

怪訝な表情で弦矢と坐る場所を替えて、スーザンはその理由をすぐに知った。

目の前のカップルにわからないように顔を伏せて笑いながら、

「見たくない景色ね」

とスーザンは小声で言った。

「でしょう?」

スーザンは椅子を弦矢の隣りに移した。

「ニコライ・ベロセルスキーにゲンヤ・オバタと逢うように伝えるわ。彼、どうせ暇だから、あしたの日曜日あたりにオルコット家を訪ねるかも知れないけど、かまわない？」

「ええ、ぼくも暇ですから」

と弦矢は笑みを浮かべて言った。

ニコライ・ベロセルスキーを知っていることは黙っていた。隠す理由はなかったが、訪ねて来たベロセルスキーがどんな顔をするか見たかったのだ。

「ニコに余計な先入観を与えないために、ゲンがどんな依頼をするかは伏せておくわね。ニコは大穴を当てる名人よ。滅多に的中しないから大穴なんだけど」

「それって、私立探偵としては三流ってことですか？」

「評価の仕方によるわね。ああいう仕事をしてる人って、得手不得手があるのよ。私がゲンにニコライ・ベロセルスキーを紹介するのは、レイラを捜すには大穴を狙うしかないと思うからよ」

ジェシカがエスプレッソとカフェオレを運んで来たので、スーザンはいったん話をやめた。

「フィギュアのほうの商売はどう？」

とスーザンはジェシカに訊いた。

「最近、忙しいわ。さっきまでサンフランシスコから来たお客さんがいて、難しい註文を出して、前金を払っていったの。フィリップに、作ってくれるかって電話で訊いたら、俺に作れないフィギュアはないけど、時間がかかるって。二千ドルの前金を貰ったから、いまさら断れないの」

「前金が二千ドルですか？　全額いくらなんです？」

弦矢は、こんなことを訊いてはいけないのだと思いながらも訊いた。

「五千ドルよ」

とジェシカは小声で教えてくれた。

「えっ！　あんなちっちゃな家とか家具とかに五千ドル？」

弦矢は驚いて訊いた。

「特別なカスタムメードなの。自分でデザインした『不思議の国のアリス』よ。縦一フィート、横二フィートのね。デザインに三年もかかったんだって」

と笑顔で肩をすくめ、ジェシカは家のなかに入って行った。

「小さなおもちゃの家に五千ドル……」

「それが好きでたまらない人には、フィギュアだろうと乗馬用のサラブレッドだろうと希少本だろうと時計だろうとおんなじなのよ」

「フィギュアを好きな人は多いんですか？」

「意外に多いわね。男でも好きな人はいるわ。昔の汽車の操車場とか、中世のお城とかのミニチュアを作るの。だからこの店は五十年もここで商売をつづけられてるのよ。ジェシカのおばあさんの時代からね。でも、ジェシカ・コットンはフィギュアには興味がないの」

「彼女、素敵ですね」

「いろんな意味で、とっても清潔よ」

スーザンはそう言って、蔦《つた》で覆われている二階を指差した。窓がふたつあって、どちらも閉まっていたが、白いレースのカーテンが見えた。煉瓦壁は蔦でほとんど覆われている。

「あそこがジェシカの部屋。窓をあけとくと煙草の煙が入ってくるからコーヒーショップの営業中はずっと閉めたままなの」

「ここは周りからはまったく見えないんですね」

弦矢の言葉に頷きながら、スーザンは、ジェシカのおばあさんとお母さんがふたりで店を切り盛りしていたころはサンドイッチも作っていて、このパロス・ヴァーデス半島の家々に配達もしたのだが、ジェシカひとりではそこまで手が廻らなくて、サンドイッチは作らなくなったのだと言った。

「ジェシカのお母さんは？」

「アルツハイマーで、そういう老人のための介護ホームにいるわ。まだ六十三なのに」

「ジェシカは独身ですか？」

「そうよ。ゲン、よかったわね」

弦矢は、おどけて肩をすくめた。

キクエは日本に行く数日前に、幾種類かのスープをここに持って来たのだとスーザンは言った。

客が註文するかどうか。その客がまた同じものを求めるかどうか。キクエは試してみたくて、ジェシカに頼んだのだ。

ジェシカは客に、きょうは自家製のおいしいスープがありますけどいかがですかと勧めた。十缶のスープはすぐに売り切れた。

スーザンの秘書のカミラも知り合いに勧めたので、トーランス市からやって来るスープ目当ての人もいた。なかには一缶では足りなくて、もう一缶追加する客もいた。キクエの一缶はアメリカ人には少なすぎるのだ。

その翌日、キクエは二十缶を運び入れ、十八缶売った。次の日は二十缶では足りなかった。

ジェシカのこの店は、朝は十時からあけている。スープが気に入った客たちの多くは、朝食代わりにスープを飲みたいので、八時から店をあけてくれと本気で頼んだ。

キクエはとても喜んで、日本の旅から戻ったら、ジェシカと一緒に「コーヒー&スープの店」をここでやろうかしらと言った。

ちゃんと原価計算をして、値段を決めて、商売になるかどうか見極めてからにしようとジェシカは応じた。ジェシカは、スープ目当ての客が煙草をいやがりはしまいかと案じたのだ。

そうなると、ここでコーヒーを飲みながら煙草や葉巻を味わうのを楽しみにしているこれまでの常連客が去って行くのではないか、と。

ジェシカは、祖父が煙草好きで、仕事を終えて帰って来ると、この庭でバーボンのソーダ割りを飲みながら煙草を吸っている姿が好きだったそうだ。その祖父は九十歳で死んだ。

ここ数年のアメリカの煙草排斥運動は異常だ。国はなにか他の化学物質の蔓延《まんえん》を隠すために、その罪をすべて煙草に着せようとしているような気がする。かつてのアメリカ国内での何百回もの地下核実験によって数千年間も撒き散らされつづける放射能から国民の目を逸らそうとする戦略かもしれない。ジェシカは本気でそう考えたそうだ。

メディアに煽《あお》られて国民がいっせいに何かを攻撃し毛嫌いしたり、逆にいっせいにもてはやして褒めまくったりするという風潮にジェシカはいつも背を向ける。どちらにも胡散臭《うさんくさ》いものを感じてしまうらしい。

煙草や酒の販売を法律が許可しているかぎりは、健康管理は自己責任だ。ギャンブルも同じだ。

けれども、公共の場や、子供や煙草を嫌う人の近くで吸うのはエチケットに反するし、迷惑をかけるので、ジェシカはこのコーヒーショップを喫煙者オンリーにした。子供づれお断りだ。

そんな店で、スープは利益をあげられるだろうかとジェシカは危惧したのだ……。

そのスーザンの説明を聞き終えて、

「ジェシカ・コットンは、どこから見てもアナーキストとは思えませんけどねぇ」

と笑顔で言い、弦矢はふたりぶんの代金をテーブルに置いた。

木々の間から店の表側に行くと、フィギュアを選んでいる客と話をしていたジェシカが笑みを浮かべて手を振った。

無料駐車スペースのところでスーザンと別れると、弦矢はオルコット家に帰った。ダニーが広間にいた。

いま来たばかりだというダニーは、

「昼に家のすぐ近くで災難に巻き込まれましたよ」

とうんざりした表情で言った。

「スカンクを轢いたんでしょう？」

「あ、やっぱりあれはゲンの車でしたか。サンペドロ地区のほうに迂回していく四輪駆動車が見えましたよ」

「ダニーのピックアップはどうなりました？　家の前には古いトラックが停まってたけど」

「日系人がオーナーのガソリンスタンドでチップを多めに渡して、拝むように頼んで、やっと洗浄してもらいましたよ。熱湯を霧状に噴射する機械でね。私の車の下にもぐりこんでたキューバ人の従業員の目が真っ赤に充血して涙が止まらなくなって、慌ててトーランスの病院の救急外来につれて行きましたよ」

「スカンクって、そんなに強烈なんですねぇ」

「私はリスを轢いたんだって思ったんです。リスはすばしっこくて、じっとしてたらこっちが避けてやるのに、逃げようとあっちこっちへ右往左往するもんだから、かえって轢かれやすいんです。車から降りたらうしろから来た車の運転手が奇声をあげましてね。やっちまったなぁ、スカンクだよ、って言われたときは顔が青ざめましたよ。あの臭いをまともに吸ったからです。吐き気もして、立ってられないくらいで……。轢いたタイヤは新しいのに交換してもらいました。二、三日したら、もう一回洗ってもらわないと」

弦矢はプリンターを運び込み、もういちど念入りに菊枝おばさんの部屋を調べた。アルバムがないということが異常だと思えて仕方がなかったのだ。

幼かったころのレイラの写真をすべて自分たち夫婦の周りから消してしまうというようなことがあるだろうか。

失踪する前のレイラを見ると悲しみにくれるから、なるべく見ないようにするというのなら弦矢にもその心情は理解できる。しかし、それらのすべてを捨ててしまうはずはない。

弦矢はそう思い、箪笥やクローゼットや本棚の隅から隅までを調べたが、写真類はどこにもなかった。

家の右側のリビングルームにもない。洗濯室にも、その奥の納戸にもない。

弦矢は、鉢植えからしたたる水と直射日光を避けて、蔓バラの棚の下へガーデンチェアを運び、菊枝おばさんのパソコンを持って来て、もういちどパスワードの解明を試みた。

写真類はすべてスキャナーでパソコンに取り込み、ファイルに収めてしまったのかもしれないと考えたのだ。

菊枝おばさんの机にもレターテーブルの抽斗にもSDカードやUSBメモリーはなかったので、ファイルのバックアップは取っていないことになる。

思いついた数字やアルファベットの組み合わせを五つ打ち込んだが、どれもパソコンのロックを解除することはできなかった。

弦矢は、七割がた花を咲かせた蔓バラを見上げた。

俺はどうも落ち着きがない。あれにとりかかると、これに気が移り、これにとりかかるとあれに手を伸ばす。持続して挑んだのは「からくり箱」だけだが、それとても途中で投げ出したりした。

集中力の持続だけが俺の取り得だというのに、このオルコット家に来て以来、それすらも失ってしまった。

温暖な、静かな、労働とは無縁な、特別に裕福な隠遁者たちの楽園といってもいいランチョ・パロス・ヴァーデスの、海を眼下にした豪邸での五日間のせいだ。俺の脳は弛《し》緩《かん》したのだ。

弦矢はそう思い、米を研いで晩御飯の支度にかかろうと中庭に面したドアから菊枝おばさんの部屋に入り、パソコンを机に戻して、長い廊下を歩いて行った。

広間の前の階段に目をやり、米を研ぐ作業を忘れて、二階へあがった。自分の寝室にもたくさんの箪笥や本棚やクローゼットがあったなと思ったのだ。

客間にアルバム類をしまい込むはずはあるまいと、いったんはキッチンへ行くために階段を降りかけたが、まあ念のためにと自分の寝室に入り、テレビの横の箪笥から調べ始めた。

アルバムは、本棚の下の抽斗に七冊重ねられて入っていた。

それぞれの表紙には、なかの写真がいつからいつまでに写したものかを示す数字が書かれていた。

古いアルバムは、菊枝おばさんがオルコット家の人間になる前のものだった。イアンの子供時代のもの。兄のトーマスと遊んでいるときのもの。まだ若い両親……。

結婚してからのは古い順に並べ直して三冊目から始まっている。

結婚式とそのパーティーの写真。ハネムーンでアラスカに鮭釣りに行ったときの写真。

イアンひとりで写っているもの。イアンと菊枝おばさんが並んでいるもの。

イアンの家族たちとクリスマスに写したもの。トーマスと菊枝おばさんが笑い合っているもの……。

レイラが登場するのは五冊目からだ。

生まれたばかりの、まだ産湯を使う前の赤い猿のようなレイラの写真の横でイアンが笑っている。

レイラが登場してからのアルバムは表紙も造りも立派で分厚かった。その分厚いアルバムは、たくさんのレイラの写真でさらに厚みを増している。

弦矢は途中を飛ばして、レイラの最後の写真を見つめた。六歳の誕生日の写真で、ボストン市内の写真館で撮影されていた。一九八六年四月三日と写真に刻印されている。

失踪したのはその翌々日ということになる。

その夜、誕生日のパーティーが催されていて、バースデーケーキの蠟燭《ろうそく》の火を消すレイラや、イアンに抱かれてキスされている姿が写真に収められていた。

当然のことながら、それ以後のアルバムにレイラの写真はない。

一九八六年四月三日時点では、レイラは日本の幼稚園にあたるプレスクールに通っていたんだなと弦矢は思った。

アメリカの学校は九月からが新学年なので、夏休みが終わると、レイラは小学生になるはずだったのだ。

「俺の従妹《いとこ》は、こんなに可愛い子だったんだな」

と弦矢は声に出して言った。

それ以後のアルバムは、火が消えたという言い方しかないほどに数が少なくなっていた。

残りのアルバムのほとんどは、イアンがアラスカに釣りに行ったときのものだった。川べりに釣り仲間たちと釣果を並べての記念写真とか、コテージでビールを飲んでいるところとか……。菊枝おばさんの写真は少なかった。

とりあえずアルバムを本棚の抽斗に戻して、弦矢はキッチンへ降り、天袋から炊飯器を出すと米を研いだ。

ふたたび正体不明の邪気に似たものを弦矢は感じた。理由のわからない不快感は恐怖も伴っていて、弦矢はうまく米を研ぐことができなかった。

なぜ、客用寝室にアルバムをしまったのか。この広い家にはいくらでもアルバムをしまう場所があるだろうに、どうしてよりにもよって二階の客用寝室なのか。

菊枝おばさんは、まるでオルコット家の写真のすべてを俺に見せようとしていたかに思える。近いうちに、小畑弦矢がランチョ・パロス・ヴァーデスの家の二階の寝室に逗《とう》留《りゅう》すると予測していたかのようだ。

キクエ・オルコットの死を伝えられたとき、モーリー＆スタントン事務所のスタッフのカミラ・ハントも自殺かもと一瞬思ったそうだが、いま俺もそれを疑い始めている。

しかし、そんなはずはないのだ。

菊枝おばさんは約一ヶ月間の日本一周の旅を、旅行代理店にではなく、甥っ子の俺にすべてアレンジさせた。

要望は多かった。交通アクセスで時間と体力を消耗したくないというので、俺はキャリーバッグの中身まで考えて、それをeメールで送信した。

男の俺では女の長旅に何が必要か考えつかなかったので、まず先に、これだけは必要だというものをeメールに書いてもらい、それらが入る大きさの、軽くて頑丈なキャリーバッグを新宿の百貨店で買って送った。

旅のコースのなかで菊枝おばさんがこだわったのは四万十《しまんと》川の上流までの行程だった。

修善寺に三泊してから、新幹線で京都へ行く。京都で三泊。京都から伊勢・志摩へ移動。志摩のホテルで二泊。

騒々しい都会には興味がないので、志摩からはハイヤーで大阪空港まで行ってしまい、飛行機で高知へ飛ぶ。

そこからも予約しておいたハイヤーで四万十市まで行き、市内のホテルで一泊してから、ふたたびハイヤーで四万十川に沿ってのぼっていき、中流域の江川崎《えかわさき》という小さな町で三泊する。ここには温泉があり、ホテルもある。

菊枝おばさんは、このホテルで人と逢う予定だと言っていた。

江川崎は地図で見ると、中流域とはいっても四万十川のかなり上流で、河口からは歩けば十時間かかるのだ。

「江川崎に知り合いでもいるの？」

と訊いても菊枝おばさんは言葉を濁して答えなかった。

江川崎には予土線の駅がある。四万十川の支流・広見川に沿った山間部を走って宇和島市に出るのだ。

宇和島市で一泊し、翌日、ハイヤーで道後温泉へ行き一泊。

翌日、ハイヤーでしまなみ海道へと向かい、瀬戸内海を渡って尾道《おのみち》へ。尾道のホテルで二泊。

翌日、尾道から新幹線で博多へ。由布院《ゆふいん》温泉の旅館に三泊……。

俺は正確にはここまでしか覚えていないなと思い、弦矢は夕食を終えたら自分のパソコンのファイルに書き込んである旅の詳しい行程を見てみようと思った。

いずれにしても最後は青森空港から羽田空港に戻り、新宿のホテルで長旅の疲れを取るために二泊したのち、菊枝おばさんは成田空港からロサンゼルス行きの飛行機に乗る予定だったのだ。

弦矢は釈然としないまま、炊飯器のプラグを差し込み、あとはスイッチを入れるだけの状態にして、広間のドアから中庭に出た。

いつのまに二階のベランダにあがったのか、ダニーの声が頭上で聞こえた。

「きょうは肥料もやってるのでいつもより時間がかかりますよ。桔梗やベゴニアはちょっと弱りかけてるので日陰に移しときました。あしたになったらまた元気になります」

「この半島には、日本人から見たら南国のものとしか思えない植物ばっかりですね。半島全体が植物園みたいな感じですよ」

と弦矢は言った。

「昔はメキシコ人がたくさん居留してましたからね。地名もスペイン語です。ランチョ・パロス・ヴァーデスは、正しくはランチョ・パロス・ヴェルデスですけど、みんなヴァーデスって発音してます」

「ここの地質や気候に不向きな花も多いんでしょう？」

「ええ、だからキクエは鉢植えにしたんです」

ダニーが帰ってしまうと、弦矢は蔓バラの棚の下へと行き、凹型の家に向き合うようにして坐った。体が重かった。

あしたからウォーキングをしようと弦矢は思った。

朝食後、しばらく休んだら、海に沿っているパロス・ヴァーデス通りを背筋を伸ばして大股で歩くのだ。一時間を最低ノルマとしよう。そうしないと日本に帰るころには間違いなく五キロは太っている。

あしたではなく、いまからにしようか。ジェシカの店まで歩くのはきついかな。さっき行ったばかりなのに、またこれから行くなんて、下心丸出しだな。

弦矢は、そう考えながら、子供のころ、医師に言われた言葉を思い浮かべた。

「とびきりの過敏体質だな。弦矢くんの蕁麻疹《じんましん》も喘息《ぜんそく》に似た症状も、ひっくるめて過敏症ゆえだよ。お母さんよりもさらに過敏体質かもしれないな」

その医師は総称して過敏症と言ったが、弦矢には、聴覚や嗅覚が異常なほどに敏感で、他の人たちは感じない音や匂いを感知して、それが気になってついには嘔吐《おうと》してしまうということがたびたびあったのだ。

だからといって、うつ病にかかるわけでもなく、ひきこもってしまったこともなくて、どちらかといえば物おじしない性格なのだ。

　矛盾していると弦矢も思うのだが、その過敏体質なるものが、おとなになってから生活に支障をきたしたことはない。

　だが、弦矢は、このオルコット家でふいに感じるいやな気配、あるかなきかの邪気が、次第に自分の精神に影響してくるのを恐れた。

「過敏症の癖が出たんだ。内定通知をくれた会社から、それきり連絡がないから、それがストレスになってるんだ。内定してたんだけど、別の人間を雇うことにしたんなら、それでもいいんだ。俺の自尊心は少々傷つくけど、そんなことは外資系の会社ではよくあることさ。こっちも、いい条件のところがあれば、いつでも転職するんだからな」

　と弦矢がつぶやいたとき、菊枝おばさんのスマートフォンが鳴った。

第三章

電話は、ニコライ・ベロセルスキーからだった。

「モーリー弁護士からの連絡で、いま近くまで来たんだけど、土曜日だからミスター・オバタの都合はどうかと思って」

とニコライ・ベロセルスキーは言った。

「近くって、どこですか？」

「家の前だよ」

「ちょっと待っててください」

腕時計を見ると五時前だった。

弦矢はあの大男に合うスリッパはあるだろうかと思いながら、中庭を歩いて広間のドアから玄関へと行った。

ドアをあけると、ニコライ・ベロセルスキーはパナマ帽を手に持って、わずかに笑み

を浮かべ、

「初めまして」

と言った。

「スカンクのお陰で、初めましてじゃないですね」

「ニコライ・ベロセルスキーだ。ニコって呼んでくれ」

「ぼくはゲンです」

ニコの足のサイズに合いそうなのは、イアンが使っていたスリッパだけだった。弦矢はそれをニコの足元に置いた。

「スーザンが、新しい靴下を履いて行けって言ったのはこのことなんだな」

「言われたとおりに新しい靴下に履き替えてきたの？」

「ああ、スーザンからの電話を切ってすぐに買いに行ったよ。久しぶりの仕事だからな」

弦矢は、どこで話そうかと考えて、煙草は吸うかと訊いた。

「吸えたらありがたいねぇ」

「じゃあ、庭へ出ましょう」

「やっぱり俺の言ったとおりだったろう？」

広間のドアから中庭に出るときに、また別のサンダルに履き替えさせられて首を大きくすくめながらニコは言い、皺だらけの灰色のジャケットを脱いだ。

「スーザンからニコの名前が出たときは、あんまり驚かなかったよ」

と弦矢は笑顔で言った。

蔓バラの棚の下に、もうひとつ椅子を運び、弦矢が灰皿用の小鉢を差し出すと、ニコはジャケットから煙草の箱と使い捨てライターを出したが、ガーデンチェアに置いたまま吸わなかった。

「人捜しだって？」

弦矢は、ちょっと待っていてくれと言って、二階の自分の寝室に行き、そこに置いてあるレイラに関するファイルのすべてを小脇にかかえた。

レイラの六歳の誕生日の写真が収めてあるアルバムも持った。

太陽は朱色になりつつあった。

弦矢がひととおりの説明を終えたのは六時前だった。

弦矢の三倍はあるのではないかと思える大きな鼻を両手でこすり、

「俺は引き受けたくないな」

とニコは言った。

「自信がないってこと？」

「ああ、百パーセントないよ。太平洋のどこに落としたのかわからない部屋の鍵を探しに潜るようなもんだよ。ゲンも金を捨てるだけだ。俺は、できないことをできるように言って、顧客に無駄金を使わせたくないんだ」

「それでも、やってみたいんだ。なんの手がかりも摑《つか》めなくても、ニコを恨んだりしないよ」

鳶色《とびいろ》の目で弦矢を長いあいだ見つめてから、ニコライ・ベロセルスキーはやっと煙草に火をつけた。

「キクエ・オルコットは自殺じゃないよ。自殺する気なんてまったくなかったって気がするよ」

とニコは言った。

「旅行中に衝動的に、ってことは？」

「それもないね」

「ニコの勘かい？」

「まあそうだな。キクエはゲンに伝えたいことがあったんだ。でも、それはさほど急ぐことでもなかったんじゃないか？　だけど自分もいつか歳を取る。亭主も突然膵臓ガンを宣告されて、三ヶ月で逝っちまった。人間、いつどうなるかわからない。ヒントはいつも残しておこう……。ひとりぼっちになったキクエ・オルコットの心境だったと思うね」

どうしてそう思うのかと弦矢はニコに訊いた。

「さっきゲンが話したことから推定すると、キクエ・オルコットは感傷的な女じゃないよ。それどころか、ものすごく強い女だ。そのうえ、これだけ豊かな経済的基盤に支えられてる」

ニコは言って、ジャケットのポケットに入れてあったサングラスをかけて凹型の家全体を眺めながら、長いあいだ考えにひたっていた。

もし引き受けるとしたら、自分にはどんな手だてがあるかを模索しているといった表情だったので、弦矢もサングラスをかけて夕日を見やった。

「行方不明になったまま生死もわからないで何年もたつ子供たちが多いのにはびっくりしたよ」

その弦矢の言葉に、

「捜索願いが警察に出された十八歳以下の子供たちだけでも数万人。だけどなぁ、失踪届も出さない親が、全米でどれほどいると思う？　子供がいなくなってくれて厄介払いができて、男を家に引っ張り込む母親は多いんだ。おんなじような父親もね」

とニコは額に深い皺を作って言った。

風が冷たくなってきて寒いくらいだった。弦矢はきのう買った薄手のウールのセーターを取りに二階の寝室に戻った。

「からくり箱」から出したキョウコ・マクリードの手紙も見せたほうがいいのではない

かと考えたが、すべて日本語なので英語に訳さなければならず、弦矢は、ニコが引き受けてくれてからにしようと思った。

蔓バラの棚の下に戻ると、

「レイラを捜すことがどんなに難しいかは、ぼくにもわかってるんだ。でも、チャレンジしてみたいんだ」

と弦矢は言った。

ニコは椅子から立ちあがり、

「役に立てなくて悪いな」

そう言って、広間のほうへと歩き出したが、ドアの近くで振り返ると、昼に俺の事務所の前で車を停めたのはほんとに偶然なのかと訊いた。

「偶然だよ。スカンクの強烈な臭いから逃げてサンペドロ地区のほうに迂回したんだ。スーザンに、優秀な調査会社を紹介してくれって頼んだのは、あのあとなんだ」

この頑固そうなロシア系の男はもう引き受けてくれそうにないと思ったので、弦矢は力なく答えたが、海からの夕暮れの風は強くて、数十メートル先に立っているニコの耳に声は届いたようだった。

ニコはしばらく広間のドアのところに立っていたが、引き返してくると、ガーデンチェアの上に並べてあったレイラに関するファイルを持ち、

「やってみるよ。これは二、三日借りるぜ」

と言った。

弦矢は立ちあがり、

「ニコへの報酬は？」

と訊いた。

「ボストンへ行かなきゃならないから、当面の調査費用として三千ドル、俺の口座に振り込んでくれ。これが口座番号だ」

ニコは手帳に番号を書き、それをちぎって弦矢に渡した。

「これは調査に必要な実費だろう？　ニコへの報酬は？」

「まったくなんの手がかりも見つけられなかったら……、そうだな、千ドルでいいよ」

「千ドル？　たったの？」

弦矢はニコを見上げながら訊いた。まったく二階と話してるみたいだなと思った。

千ドルは日本円で十万円ではないか。初めから捨ててるのか？　やる気はあるのか？

あまりに安いと、仕事の内容までが信用できなくなる。

弦矢がそう考えていると、ニコは見透かしたように、

「レイラの生死が判明したら五万ドルだ」

と言った。

弦矢はニコと並んで広間へと歩いて行きながら、なぜ引き受ける気になってくれたのかと訊いた。

「間抜けなスカンクが俺とあんたとを引き合わせてくれた。たとえスカンクだろうと無駄な死なんてないんだよ」

弦矢は、なるほどニコライ・ベロセルスキーという私立探偵は物事をこういうふうに考える男なのかと思い、

「ボストンにはいつ行く？」

と訊いた。

「あした行くよ。でも、動き出すのはあさっての月曜からだ」

「千ドルならいま現金で渡せるけど」

「ありがたいね。俺はいま金欠なんだ」

弦矢は菊枝おばさんがコーヒー豆の空き缶に入れていた現金で千ドルをニコに渡した。百ドル札が七枚、五十ドル札が六枚。

ニコはそれをポケットに入れ、客間の前に立ってなかを覗いた。

「家具なんかはすごい上等だけど、簡素だな。大金持ちの邸宅らしくないよ。こういうのが日本人の趣味なのかい？　ボンサイみたいに」

ニコの言葉に、日本から帰ったら家のなかをもう少しいろいろなもので飾るつもりだ

ったのではないかと答えて、

「コーヒーを淹《い》れようか？」

と弦矢は訊いた。

「コーヒーよりも航空券の予約をしてくれるとありがたいね」

「じゃあ、そこに坐って待っててくれよ」

弦矢はキッチンへ行き、コーヒーメーカーに水を入れてから自分のパソコンを持って来て、航空会社のサイトにアクセスした。

あしたの夜の便に空きがあった。

「買ったばっかりのプリンター、まだインクカートリッジも入れてないんだ」

そう言って、弦矢は、プリンターの梱包《こんぽう》を解いた。

「ニコはさっき、キクエはゲンに伝えたいことがあったけど、それは急ぐことではなかったって言ったよね。だけどヒントは残しておこうとしたんだって」

「ああ、言ったよ。それも勘だ」

「勘にだって根拠はあるだろう？」

「明確な言葉で説明できるんだったら勘とは言わないだろう」

「うん、まあそのとおりだね」

まっさらのプリンターが作動できるようになるまでのあいだ、ニコは中庭に出て煙草を吸っていた。

「花の庭だな。この家の玄関に立って北の丘のほうを見てみろよ。一面、急な斜面に小さな花を植えてる家があるよ。ピンクの花だ。サボテンの花なんだ。花をたくさん咲かせるサボテンだ。なんて名前のサボテンかは知らないけど、きれいだぜ。ランチョ・パロス・ヴァーデスは砂漠気候だから、サボテンやパームツリー系の植物が多いんだ」

　弦矢はコーヒーを大きなマグカップに入れて、広間を出たところにあるガーデンチェアまで運んだ。

「花に詳しいね」

「詳しくはないけど、オルコット家の花の名は全部わかるぜ。あれはガーベラ。その隣りは桔梗。その下は朝顔。向こうの木はミモザ。西側のほとんどはバラとハイビスカス。ガーベラが多いな。日陰になりやすいところには蘭《らん》。いろんな蘭があるよ。十二種類の蘭が植木鉢に咲いてる。ここでは蘭は育ちにくいけど、見事な咲き方だな」

「毎日、庭師が来てるんだ。ほんとはキクエ・オルコットは中庭の中心に芝なんか張りたくなかったんだけど、イアンが広い芝生の庭を所望したんだって庭師が言ってたよ」

　そう説明して、弦矢はプリンターを作動させた。

　さっきインターネットで予約した便の、ＱＲコード入りの予約票をプリントしてから、ニコにキョウコ・マクリードからの手紙を見せるために、二階の寝室にあがった。

手紙は「からくり箱」に入れ、もとの直方体に戻した。自分の指の太さの三倍はありそうなニコライ・ベロセルスキーの木の根のような指が「からくり箱」に悪戦苦闘するさまを見たかったのだ。

ボストン行きの航空券の予約票をニコに渡し、弦矢は「からくり箱」をガーデンチェアに置いた。

「これもキクエ・オルコットがぼくに残したヒントかもしれないんだ」

そう言った瞬間、弦矢はその自分の冗談半分の言葉が真実かもしれないと思った。なぜ、いままでそのようには考えてみなかったのであろうと悔やむ気持ちが、ニコに箱をあけさせて楽しんでやろうという気を失せさせた。

弦矢は、これは菊枝おばさんの寝室にあったもので、レースをかぶせて、その上に植木鉢を載せていたが、これほど貴重な細工物を花台に使うのは不自然なのだと説明しながら幾つもの木のピースを動かしていった。

焦っていたので何度か間違えてしまった。

コーヒーを飲みながら見ていたニコは、これと似たものをイタリアのメディチ家が所蔵していたはずだと言った。博物館で見たことがある、と。

やっと箱のなかの手紙を出したとき、庭園灯がついた。広間の外側の壁にも黄色い明かりが灯った。

差出人はキョウコ・ホシ。住所は日本の静岡県修善寺町ということになっていて、エアメールのスタンプも捺されているが、なかの手紙ではキョウコ・マクリードとなっている。宛先だけ英語で、あとはすべて日本語だ。

しかし、切手を見ればわかるが、手紙はすべてカナダから投函されている。日本からの手紙のように偽装してあることは、郵便局のスタンプを意図的に消してあることからわかる。

そう言って、弦矢はいちばん古い手紙からニコに渡した。

「訳してくれよ。日本の字なんて、俺にはただの記号にしか見えないんだぜ」

弦矢は、一通一通英語に訳して、ニコに聞かせた。途中で口や喉が渇いて、キッチンへビールを取りに行っただけで、あとは休みなく訳しつづけた。

ニコは、テーブルに両肘を突き、ときおり手帳にキョウコ・マクリードの手紙で気になる部分を書いた。

「なんで最初にこの十通の手紙のことを俺に言わなかったんだよ」

弦矢が最後の手紙を訳し終えるとニコは椅子の肘掛けを叩きながら言った。

「ニコが引き受けてくれるかどうかわからなかったし、レイラの失踪とこの手紙がつながらなかったからさ。でもニコは、キクエ・オルコットはゲンにヒントを残したんだって言っただろう？　そしたら、このからくり箱なんて、まさにそれだって気がしてきて……」

弦矢はニコにぶん殴られるのではないかと本気でおそれてしまい、椅子から立ちあがると、

「こんな複雑なからくり箱を作れる職人はもう日本には少ないんだ。その数少ない職人の孫とぼくが友だちだっていうことを菊枝おばさんはぼくが話したから知ってたんだよ。たぶん、おばさんは日本の職人に特別な註文を出して作ってもらったんだと思うよ」

と逃げ腰で言った。

「俺にもビールをくれないか」

この間抜け野郎といった表情で弦矢を見つめて肩をすくめながらニコは言った。

弦矢が瓶入りのビールを持って来ると、ニコは煙草に火をつけ、

「二番目の手紙の『あれ』って、何だと思う?」

と訊いた。

「二番目?『あれ』? そんなこと書いてあったかなぁ」

「二番目に古い手紙だよ」

ニコは苛立《いらだ》って指先でガーデンチェアを叩きながらビールの栓をあけた。

——キクエの悲しみも寂しさも、とてもよくわかります。きのう、お金が振り込まれました。メリッサは十日ほど前から学校に行っています。こちらではフランス語も勉強

しなければなりません。「あれ」とはまだ離れられないようです。無理強いしないで、気長に時を待つほうがいいと思っています。お体に気をつけて。——

「あれ」とはなんなのか、まったく気にもしなかったので、弦矢はニコがなぜ十通もの手紙のなかの、日本語にすればほんの二文字にこだわるのかがよくわからなかった。

「『あれ』とはまだ離れられない……。『あれ』って書いてるんだから人間じゃない感じだ。物かな。離れられない『物』……。メリッサはレイラとあまり歳は変わらない。とすれば、このときは五歳か六歳。そのくらいの女の子が離れられない『物』って限られてるんじゃないか？　親が無理強いしないで気長に離れるのを待つ『あれ』といえば、お人形とか、おもちゃとか、もう赤ん坊じゃなくなった幼児にはそぐわないなにかだな」

弦矢は、ニコがキョウコ・マクリードの手紙になにか気になるものを感じたのか、娘のメリッサが手離せない「あれ」にだけ個人的に興味をいだいたのか、よくわからなかった。

「カナダのモントリオールか……。このキョウコ・マクリードの手紙だと、もともとモントリオールに住んでたんじゃないな。別の国から移って来たんだ。キクエとはどこで知り合ったんだろう。日本かな。日本にいたころから友人で、キクエはアメリカ人と、キョウコはカナダ人と結婚したけど、交友はつづいてた。だけど、そのことをキクエはイアンには知られたくなかった。っていうよりも、どうしても亭主には隠しておきたたかった。それはなぜだろうな」

ニコはそう言ってから、ビールを瓶からラッパ飲みした。

「そんなにこのキョウコ・マクリードの手紙は重要かい？　レイラ誘拐事件と関係があるって思ってるのか？」

弦矢の問いに、

「レイラに関してはまったく手がかりはないんだぜ。まったくのゼロだ。ボストンへ行ったって、なんにも摑めないだろうさ。二十七年前の、さほど珍しくない事件なんだからな。手がかりにつながりそうなものは、すべて当たってみるしかないんだよ」

とニコは答え、ビール瓶を持ったまま、中庭の芝生の真ん中を歩いて行き、西端の白い柵のところから海を見ていた。

正面には早い流れの薄い雲がかかったり消えたりしていた。ニコは柵の手前の斜面の中途に立っているので、黒ずんだ夕日の残りに隈取《くまど》られた上半身しか弦矢には見えなくて、そのために人間ではなく何百年もそこに置かれている巨像のような寂しさを漂わせていた。

弦矢は腕時計を見た。八時前だった。

そんなに長時間話をしていたようには感じなかったが、決して饒舌《じょうぜつ》ではないニコの太くて低い声による緩慢な話し方がなぜか心地よくて、時間が過ぎるのを忘れたのだなと弦矢は思った。

凹型の建物のあちこちに目をやりながら戻って来たニコに、弦矢は歳を訊いた。

「五十六だよ」

とニコは答えた。そして、このキョウコ・マクリードの手紙を英語に訳しておいてくれと言い、玄関でスリッパから革靴に履き替えた。

「全部を英語の文章にしとくのかい？」

「面倒だろうけど、あんた、暇だろ？」

「まあね」

「他に俺に話し忘れたことはないかい？」

「ないはずだよ」

ニコは頷き、ボストンから電話をかけると言って帰って行った。

家の外に出て、ニコの古い大型のセダンが去って行くのを見ているうちに、弦矢はボストンからの電話がニコとの最後の会話になりそうな気がした。

調査実費をニコの口座に振り込んだら、それきり二度と逢うことはない。俺はニコとこれからもたまには軽口を叩き合いたいが、なんの手がかりも摑めずにロサンゼルスに帰って来たニコは、依頼主の前に顔を出すことを潔しとはしないだろう……。

ニコはそういう男だと弦矢は思ったのだ。

炊飯器であきたこまちを炊き、インスタントみそ汁に湯を注ぎ、炊きたてのご飯に花かつおを載せて、弦矢が遅い夕食を終えたのは十時だった。

食器を洗い、キッチンを簡単に掃除して、弦矢はきょう最後の煙草を吸うために中庭に出た。

ニコと話しているときに一本吸ったので、三本目ということになる。

海からの風は弱くなっていて、月の光が鮮やかだった。

食事の支度中にタイマーが作動してスプリンクラーが芝生の水撒きをしたので、庭園灯の光で中庭全体が透明なビーズを散らしたかのように点々と輝いていた。

「親父に電話しないとなぁ。怒ってるだろうなぁ」

と弦矢は声に出して言った。

息子が四十数億円の遺産を相続したと知ったらどんな顔をするだろうか。

だが、そのときはレイラのことも話さなければならない……。

弦矢は菊枝おばさんの遺骨を墓に納めたら、とりあえず日本に帰るつもりだった。それ以上ロサンゼルスに滞在しなければならない理由もないのだ。

イアンから菊枝おばさんが相続した株や債券や、投資顧問会社に運用を委託している大金の今後についてはすでに銀行や顧問会社や税理士と話し合いを済ませてある。

それらの担当者とはeメールや電話で詳細を詰めたが、月曜日に最終確認のためにスーザン・モーリー弁護士立ち会いで直接逢うことになっている。弦矢のサインが必要な書類は多いのだ。

弦矢は、だが俺が日本に帰ってしまったら、レイラの生死は永遠に不明のままになると思った。

俺はいつまでもこのランチョ・パロス・ヴァーデスの大邸宅の中庭で呆《ほう》けているわけにはいかない。三十三歳でいまのところ無職の男は、これから自分の人生を作っていかなければならないのだ。

日本の大学を卒業し、四年間社会に出て、それから南カリフォルニア大学の経営大学院に留学しMBAとCPAの資格を取得して日本の会社に就職したが、そこよりもっと好条件の外資系企業からオファーがあった。つまり、目論見《もくろみ》どおりのスタート地点にやっと立ったのだ。

仕方がないといえばそれまでなのだが、俺はこのまま日本に帰ってしまうことに、割り切れない釈然としないものを感じてしまう。

し残した大事な案件を、し残したまま放り出していくという敗北感とも罪悪感ともつかない感覚は、俺のせいではないと打ち消してしまえばそれで済むのだし、レイラに関しての手がかりを摑める自信は百パーセントないとニコも言明したのだ。警察もすでに捜査を放棄してしまって二十数年もたつではないか。

弦矢は自分にそう言い聞かせて煙草を消し、濡れた芝生を歩いて、洗濯室の北側の花畑へと行った。

隣りの家の庭園灯も二階の明かりもついていたが、双方の高い植え込みと太いパームツリー系の樹木がプライバシーを完全に守り合っている。

弦矢はオルコット家の北側の、洗濯室の隣りに作られた花畑の真ん中の、粗い砂地の小道が好きだった。

さほど長い道ではないが、バラと桔梗とガーベラ、それにカーネーションはいつも咲き乱れている。

人間が鋏《はさみ》で剪定なんかしないから、好きなように咲いたらいいよと菊枝おばさんが花たちに言ったのではないかと思うほどに茎も葉も自在に伸びていて、それらを包み込むように名前のわからない草たちが濃い緑を茂らせている。

洗濯室の西側の壁に黄色い仄《ほの》かな明かりが灯っていて、それがこの一角に格別な静寂をもたらしているのだ。

弦矢は洗濯室の前に置いたままだった椅子を持って来て小道の真ん中に置き、そこに坐った。

「あっ、スプリンクラーだ」

と弦矢は言った。椅子はスプリンクラーの撒水で濡れてしまっていた。

「パンツもずぶ濡れだよ。まあいいや」

そうつぶやいて、弦矢は耳を澄ました。この数日間、弦矢は夜の十時を過ぎると、いつも同じ場所でそうしてきたのだ。

花や草たちは、喋りだす日もあれば、無言の日もあった。なんのささやき声も発しなかったきのうの夜、弦矢は自分のほうから花や草たちに語りかけてみた。すると、草花たちは応じ返してきた。

ひそやかなざわめきが花畑に微風のように湧いて、それは弦矢には、草花たちの話し声に聞こえたのだ。

「きれいだなぁ。きみたちは命の塊だよ。宇宙の一員でもないし、宇宙から生まれたんでもないよ。宇宙そのものだ。きみたちが宇宙なんだ。そうでなきゃあ、こんなに美しいはずがないよ」

と弦矢は話しかけ、もっともっと草花たちへの褒め言葉はないかと考えた。

「なぁ、きみたち、レイラのために奇跡を起こしてくれよ。レイラが元気に生きていて、優しい恋人がいて、しあわせを享受しながら楽しい日々をおくってるっていう奇跡を起こしてくれよ。きみたちならできるよ。きみたちは宇宙そのものなんだからな。きみたちは宇宙の秘法なんだぜ。そうでなきゃあ、そんなに美しいはずはないんだ。ほんとにきみたちはきれいだよ」

弦矢は草花たちに聞こえるように言って、しばらく無言で耳を傾けた。穏やかな海の波音のなかに、それとは別種のざわめきが聞こえるのを待った。

弦矢は濡れた尻を掌で撫でながら、椅子から立ちあがって、濃いオレンジ色のガーベラの花弁に触れた。桔梗の、茎に近い箇所の膨らみにもそっと触れた。触れながら、きれいだ、うつくしい、と話しかけつづけた。

それは、うんと幼かったとき、弦矢が祖母に教えてもらった秘密の儀式だったのだ。

――花にも草にも木にも心がある。嘘だと思うなら本気で話しかけてごらん。植物たちは褒められたがってるのよ。だから、心を込めて褒めてやるんだよ。そうしたら必ず応じてくれるよ。――

その幼いときというのが何歳のころだったのか弦矢は思い出すことができなかった。祖母が、誰にも言わないと弦矢に約束させて教えてくれた秘密の儀式は、木や草花たちに話しかけて褒めて褒めて褒めちぎってやると、木も草花たちも応じ返してくれるということだった。なぜなら心があるから、と。

これまですっかり忘れていたのに、オルコット家での最初の日の夕方に、ふいに思い出したのは、弦矢の耳になのか心になのか、確かに草花たちのひそやかな声のようなものが聞こえたあとだった。

「レイラは生きてるのか？　死んだのか？　せめてそれだけでも教えてくれよ。きみたちのきれいな心でないと、もうわからないことなんだよ。もしレイラが生きてるんなら、助けてやってくれよ」

そう真剣に頼んで、弦矢は返事を待った。

波音しか聞こえなかった。大きなタンカーが、さほど遠くない沖合で停泊していた。

そのタンカーの灯を見つめていると、弦矢は、祖母が言ったもうひとつの言葉を思い出した。弦矢が小学六年生のときだった。

——おばあちゃんはねぇ、花を見てると、心を見てるような気持ちになっていくの。そんなふうに花を見るようになったのはつい最近のことよ。そんな考えが、心って宇宙のことじゃないかしらっていうふうに変わっていったのよ。どうしてそんな考えになっていったのかわからないけど……。これは、菊枝には手紙で書いて航空便で送ったわ。もうイアンと結婚して、アメリカで暮らしてたからね。菊枝はどう受け取ったかは知らないけど、「じゃあ、私の心は宇宙なの？　だったら宇宙はなんなの？」って返事の手紙に書いてたわ。あの子に理屈で勝てたことはないから、その話はそれっきりになっちゃった。——

祖母はあれから三ヶ月ほどで死んだのだったなと弦矢は思った。胃ガンの手術をして一年半後だった。

菊枝おばさんは、あのころ幾つくらいだったのだろう。俺とは三十歳違い。小学六年生といえば俺は十一歳。レイラがある日忽然と姿を消して五年後ということになる。

レイラの事件で菊枝おばさんの心はすさんでいて、日本からの母親の手紙に、どこか小馬鹿にしたような返事を送ったのかもしれないなと弦矢は思った。

小畑家では、当然のことながら、レイラが白血病でたったの六歳で死んだと信じて疑わなかった。いまも疑っていない。

異国に嫁いで、幼い子を亡くした娘を、祖母は慰め励ましたくて、「心って宇宙のことじゃないかしら」という文章を手紙に入れたのかもしれないが、菊枝おばさんには単なる観念としか受け取れなかったに違いない。俺と同じように。

弦矢はそう考えて、桔梗のそばから立ちあがり、風向きのせいなのか波音までが聞こえなくなった奥まった場所の花畑に漂う香りを嗅いだ。

その瞬間、草花たちのざわめきが始まった。

くぐもった笑い。ひそひそ話。神妙なつぶやき……。

実際に聞こえるのか、それともそう感じるだけなのかわからず、弦矢は怖かったが再び椅子に坐って耳を澄ました。

幻聴というにはあまりに現実味のあるざわめきだが、具体的に耳に届いているのでもない。聞こうとしなければ聞こえない。

だが、風によるかすかな揺らぎではないし、なにかの小動物、たとえば猫とかリスとかの闇のなかの動きから生じる物音でもない。

これが、おばあちゃんの言っていた花たちの声なのか……。いや、花だけではなく、草や木のささやきも混じった植物の心なのか……。

弦矢は、椅子に腰かけたまま、自分の息の音が邪魔しないようにと塑像と化して身じろぎもせず、別世界の周波数に聴覚を集中しつづけた。

花たちのおしゃべりは消えた。

もういちど、弦矢がその美しさを褒めちぎる言葉を投げかけても、草花たちは応じ返してはくれなかった。

おばあちゃんの胃ガンが再発したのは、たしか手術の一年後くらいだったなと、弦矢は当時の記憶を探った。

父と母が、おばあちゃんのいないところで話していたな。肝臓と腹膜に転移しているそうだ、と。

そのことは秘されたが、おばあちゃんは知っていたのだろう。家の小さな庭に植えた花の、それぞれの育て方や手入れの仕方を母に教え始めた。

このオルコット家の二十分の一もあるかないかの庭だったが、とりわけ牡丹《ぼたん》が見事だった。牡丹の花の時期が来ると、おばあちゃんは浮き立って、まだ夜が明けきらないころに起きだし、蕾がひらいていく瞬間を見つめつづけていたものだ。

「末期《まつご》の目」という言葉は知っているし、その意味もわかるが、死を間近に覚悟したおばあちゃんは「末期の耳」というべきものも得ていたのかもしれない。

花たちの声を聴き、花たちの心を知り、花は心であり、心は宇宙なのだという突拍子もない結論に至ることで、自分を宇宙と一体化させて、迫りくる死を受け入れたのかもしれない。

祖父は長生きをした。三年前の夏に九十歳で死んだ。死ぬ二日前まで自分でトイレに行くこともできたし、息を引き取る寸前には、「3四銀」と明瞭な声で言って家族を驚かせた。将棋がたったひとつの趣味だったのだ。

しかし考えてみれば、この三年間に小畑家は三人の家族の死がつづいたことになる。

祖父、イアン・オルコット、菊枝……。

イアンはアメリカに住むアメリカ人で、菊枝は彼に嫁いでオルコット家の人間になってはいたが、小畑家の近しい親戚であることにまちがいはないのだ。オルコット家の人々も家族と呼んでいいだろう……。

そんな考えにいっとき浸り、弦矢は細い小道をゆっくりと歩いて中庭の真ん中に戻った。

蔓バラの棚の近くのジャカランダの巨木に見入っているうちに、弦矢は、なんと寂しい家だろうと思った。不幸という冷気が中庭にも建物のなかにも薄い霧のように沈殿している気さえした。

翌朝、スーザンにタコスをご馳走になったショッピングモールへ行き、ウォーキングシューズを買うと、弦矢はいったん菊枝おばさんの四輪駆動車でオルコット家に戻った。パンとコーヒーだけの朝食を済ませ、パロス・ヴァーデス半島の西端の道を海に沿って歩きだした。

パロス・ヴァーデス通りには、遊歩道もサイクリング用の道も併設されていて、かなりの勾配をのぼったところからは遠くにサンタモニカらしき街が見えた。

日曜日なので、ジョギングや、サイクル・ツーリングをする人たちは多くて、すれちがうとき、短い言葉をかけてきたりする。

「調子はどうだい？」

「歩くだけかい？」

「ハーイ、おはよう」

そのたびに軽く会釈して言葉を返しながら、弦矢はランチョ・パロス・ヴァーデス市とローリング・ヒルズ・エステーツ市の境まで大股で歩きつづけた。息が切れて、途中で二回休んだ。

丘へとのぼって行く広い道があった。並木道だが、それぞれの木の丈は高くて幹も太すぎるので、森のなかに入って行く感があった。

とにかくここをまっすぐにのぼって行けばジェシカの店の近くに辿《たど》り着くだろうと見当をつけて、弦矢は背筋を伸ばして、さらに大股で歩き始めた。

一旦停止の標識のところで、並木にかくれるようにパトカーが停まっていた。

IDを見せろと言われたら困るなと思い、弦矢は大きな四つ角を左に曲がった。パスポートを持って来なかったのだ。財布も持っていない。バミューダパンツのポケットには二十ドル札が一枚入っているだけだ。

「これってまた海のほうへと戻ってるんだよな」

パトカーの警官からは見えないところへ来ると、弦矢は右に曲がり、丘をめざした。

「ここもすげえ豪邸ばっかりじゃん」

そうつぶやき、弦矢は、きのうニコが言っていたサボテンの花で敷地の斜面全体をピンク色にしている家はどこだろうと、菊枝おばさんのスマートフォンを尻ポケットから出した。

ナビのアプリケーションでオルコット家に目印をつけてから、現在地を示し、画面を少しずつ縮小すると、たぶんこのあたりであろうと思える地点からはかなり北西に来すぎていることがわかった。

どうやらジェシカの店は、ピンク色の斜面を持つ家の北側、ここからは東へ行ったあたりにあるようだ。

さてどの道を東へ行こうか。道は豪邸群のなかを網の目状に張り巡らされている。

「喉が渇いたなぁ。乾燥しまくってるからなぁ。ペットボトルのミネラルウォーターも忘れるなんて、我ながら間抜けだよ」

そう言って、歩幅も小さくしてゆっくり歩いているうちに、ロータリーになっている場所へと出た。

こぢんまりとしたオフィス街のようで、弁護士事務所や消防署があり、インテリア用品の店と電気工事店が並んでいる。役所の分室らしい建物のひさしには燕の巣が幾つもあった。

「ぜんぜんウォーキングになってないな。これじゃあ、ただの散歩だよ。じいさんの散歩」

弦矢はそうつぶやき、海のほうへ向かって左に曲がった。丘を目指すとどっちが東でどっちが西なのかわからなくなるからだった。

車がときおり通るだけで、歩いている人とは出逢わなかった。

日の照りつける静かな道に公共のものらしい横長の建物があった。高校だった。

「パロス・ヴァーデス・ハイスクールか」

弦矢はその高校の前を通って海に近い広い道に出た。樹木や花の多い道だった。方角ちがいに歩いて来たことをやっと理解した。

しかし、そのおかげで、弦矢はパロス・ヴァーデス半島の全容を把握できた。画面を縮小して、自分の把握した地理を確かめて、これで半島の中心から西側半分は迷わないぞと思ったとき、海を背にする格好で建っている邸宅に驚いて立ち止まった。

だれが見てもホワイトハウスを模して建てたと思うであろう豪邸だった。家の前庭にはアメリカの国旗が掲げられている。

「こういう家を建てる人が集まって作り上げた大金持ちのための半島なんだな」

弦矢は笑みを浮かべてつぶやき、話のタネに写真を撮っておこうかと思ったが、家人にとがめられてはいけないと考え直して、そのまま海のほうへと急いだ。

さほど遠くはないと思い、再びウォーキングの気構えに戻って胸を張って歩きだしたが、それは縮小したナビの画面上のことであって、樹木に囲まれた道をのぼったり下ったりしながらやっとジェシカの店に着いたのはそれから一時間半後で、あげく日曜日は休業だった。

「そうかぁ、きょうは日曜日なんだぁ。煙草を吸えるコーヒー店が日曜日に店をあけなかったら、贔屓《ひいき》の客が可哀相だよなぁ」

弦矢は苦笑して、ジェシカの家の前のねじれた巨木の根に坐った。延々と歩いたので、ふくらはぎが痛かった。

最も近い家は、東側は百メートル、西側はそれよりもっと離れている。

向かい側はなぜか整地されていなくて、住宅地とはまったく異なる灌木《かんぼく》が密集している。

だからジェシカはここで煙草を吸えるコーヒー店を営めると考えたのかもしれないと弦矢は思った。

近隣の人たちからの苦情も出ないはずだ。隣りの家がすぐ近くなら、煙草の煙が流れてくると難癖をつける人もいることだろう。

とにかく喉が渇いた。早く家に帰ろう。

弦矢は立ちあがり、ローリング・ヒルズ・エステーツ市とランチョ・パロス・ヴァーデス市の境へと歩きだした。

「私の店に来たの？」

という声で振り向くと、枇杷《びわ》に似ているが日本の枇杷の木の十倍の太さはあろうかと思われる巨木の向こうにジェシカの顔があった。

二階の窓から弦矢を見ていた。

「日曜日だけど休みだとは思わなかったんだ」

と弦矢は言った。

「歩いて？」

「きょうからウォーキングを始めたんだ。ここまで遠かったよ」

「コーヒー店のほうに入りなさいよ。でも、コーヒーは出せないわ。豆がないの。たったのひとり分もね」

椅子はすべて脚を上にしてテーブルに載せてあった。

弦矢はそのひとつをおろして腰かけ、ジェシカがやって来るのを待った。

「ミネラルウォーターしかないけど」

今度は家の裏側の二階から顔を出して、ジェシカは言った。

「コーヒーよりもありがたいかも」

五分ほど待っているとジェシカはよく冷えたミネラルウォーターのペットボトルと灰皿を持って、裏口からやって来た。

「休みは日曜日だけ？」

「月曜日もよ。週にふつかは休みたいのよ。三月までは日曜と木曜を定休日にしてたんだけど、やっぱりふつかつづけて休まないと自分のやりたいことができないから」

「やりたいことって？」

「勉強。大学院に行きたいの」

「このお店をやりながら？」

「大学院に入ったら、お店は閉めるわ」

個人的なことを質問するのは控えたほうがいいと思い、弦矢は話題を変えた。

「キクエは、日本の旅から帰ったら、自分が作ったスープをジェシカと一緒にこの店で売ろうと思ってたそうだけど、それは本気だったと思う？」

弦矢は冷たいミネラルウォーターを飲んでから、きょう一本目の煙草に火をつけながら訊いた。

「キクエは本気だったわ。いちにちに二十缶も出たのよ。一人前の値段を六ドルにしてね。ここで、おいしいスープが飲めるってことを知ってる人が増えて人気が出たら、もっと売れるって私も思ったけど、キクエの家でスープ作りを手伝ったとき、自信を失くしたの」

とジェシカ・コットンはかすかに落胆の表情を見せて答えた。

「どうして？」

「ゲンはキクエのスープ作りを見たことはある？」

「ないよ。あの大鍋は見たけどね。あんまり大きいんでびっくりしたよ」

「あの特別に誂《あつら》えた大鍋には水だと六十リットル入るの。でもブロードを作るためには丸鶏が十羽、鶏のガラが七羽分、にんじんが三十本、玉ねぎが二十個、セロリも二十本入れるわ。そうすると水は四十五リットルしか入らなくなるの。弱火でアクを取りながら十時間近く煮て、鶏も野菜も全部取り出したときには、ブロードそのものは二十リットルになってる。五百ミリリットル入りのペットボトルで六十本分よ」

そう言って、ジェシカは弦矢が手に持っているペットボトルを指差した。

「キクエがスープを冷凍しておくためのステンレスの容器は二百ミリリットルだから、あの容器にストックしておけるのは百五十缶てことになるでしょう?」

「うん、計算は合ってるよ」

「もし、スープのファンが増えて、毎日作ってほしいなんて言われて、いちにちに百二十杯出たら、一週間で六百杯。ほとんど毎日、スープを作りつづけないとおっつかないわ。そんなことがキクエにできると思う? 十日で倒れちゃう」

と言ってから、ジェシカはメモ用紙とボールペンを持って来た。

「それともうひとつ、キクエのスープの原価は百五十人分で約七百ドル。有機肥料で育てた鶏と有機野菜だから材料費が高いの。ということは?」

ジェシカはメモとボールペンを弦矢の前に置いた。

「一人前が約四ドル七十セントだな。材料費だけでね。人件費、ガス代は別でね」

「でしょう?」

「六ドルで売ってたら赤字だね。十二ドルだとビジネスになるけど」

「十二ドルのスープが売れるかしら。それに毎日スープを作るとなると人を雇わなきゃならないし、オーガニックの材料の調達も大変よ。それならオーガニックにこだわらずに材料費を削ると似たものはできるけど、はっきりと味が変わるのよ。このあたりにはオーガニックにこだわる人たちが住んでるの」

俺は十二ドル、日本円で千二百円のスープを飲むために、あの海沿いの家からこのジェシカの店まで足を運ぶかなと弦矢は考えた。

「サラダとスープ専門のチェーン店があるわ。知ってる?」

とジェシカは訊いた。

「知ってるよ。チェーン店の名前は忘れたけど、日曜日なんか家族連れで満員だよ」

「あそこは、おとなは二十ドル払えば、何十種類ものサラダが食べ放題で、スープも飲み放題。コーヒーもお替わり自由。子供と六十歳以上の人は半額で、おまけにアイスクリームもシャーベットも食べ放題よ。十二ドルのスープが勝てると思う?」

弦矢は腕組みをして、

「うん、勝算はないよね」

と答えた。

だが、キクエ・オルコットのスープは別格だ。別格のおいしさの、オーガニックにこだわったスープをこぞって求める人たちもいるはずだと弦矢は思った。

裕福でなくとも、その日の生活には困っていなくて、年寄りや病人をかかえていると か、子供を健康に育てたいとか、食道楽でファストフードをなるべく口にしたくないとか、そんな人は多いのではないのかという気がしたのだ。

「電話一本で各家庭に配達するっていうのはどう？」

と弦矢はジェシカに言った。

「配達をする人まで雇うの？　一人前のコストはさらに高くなる」

「キクエには何か腹案があったのかなぁ」

ジェシカは笑みを浮かべ、

「日本でゲンヤに相談してみるって言ったわ。旅行の最後は東京で二泊するから、そのときに話をするって。ゲンヤはＭＢＡとＣＰＡを取得したんだから、スープ屋を儲かる商売にするのは簡単なはずだってね」

と言った。

Ｔシャツと半ズボンの、金髪を長く伸ばした中年の男が、樹木のあいだから顔だけ突き出すようにして、

「店をあけてるのかい？」

と訊いた。

きょうは休業で、友だちと話をしていたのだとジェシカが説明すると、

「じゃあ、ぼくは邪魔だな」

と言って帰りかけた。

「煙草を吸うんなら、ここでどうぞ」

ジェシカは少し離れた席を指差し、灰皿を取りに家に入った。

「ぼくのアパートメントの下に藤棚があってね、部屋を借りてる連中の喫煙所だったんだ。みんなちゃんと吸殻は捨てずに持って帰る。それなのに、近所のやつが警察に電話しやがったんだよ。ここで吸っちゃあいけないって法律で決まったのかってパトカーの警官に訊いたら、近隣から抗議が出たんだから、別の場所で吸えってさ」

男は唇を突き出し、肩をすくめて弦矢に言うと煙草をくわえた。

ジェシカは男のテーブルに灰皿を置いて、弦矢の前に戻った。

「簡単なはずって、スープ屋みたいなのがいちばん難しいんだよ」

と弦矢はジェシカに言った。

「でも、キクエはゲンを頼りにしてたわ。ゲンならどんなビジネスも成功させるって本気で言ってた。だからどんな人だろうって、逢うのを楽しみにしてたの」

「楽しみに待ってたら、こんな貧弱な日本人が来たんだな。身長百七十四センチ、体重六十キロの」

と笑顔で言って、弦矢はミネラルウォーターを少しずつ飲みながらメモ用紙にスープ製造販売会社を興すための大雑把な事業計画を書いていった。

冷たい水はゆっくり飲むこと、というのも祖母にやかましく言われた健康法だったな

ない。

ビジネスとなるとオルコット家の洗濯室ではどうにもならない。小さくても専用のスープ工場が必要だ。スープを作る作業にも最低でも四、五人の社員を雇わなければならないと弦矢は思った。

そして店を持つ。店はすなわち宣伝用の看板でもあるのだ。

インターネットでの通販システムを作る。いまやそれはなくてはならない物販の必須のシステムなのだ。

クレジット決済なので、その代行会社との契約も必要だ。通販となるとスープは缶詰かレトルトパックに入れなくてはならない。ということは通販用の缶詰にしてもレトルトパックにしても、そのための工場も要る。専門の会社に外注する手もある。

材料の調達ルートをどう確保するか。それが最も難しいかもしれない。

ビジネスとして成立させるためには、年にどのくらいの純利益をあげなければならないのか。それが十六万ドル以下なら、やめたほうがいい。投資顧問会社の運用による利益のほうが多いのだ……。

弦矢は、投資顧問会社のことは伏せて、ジェシカに事業計画を見せた。

「純利益が十六万ドル？　そんな大きなビジネスを考えてるの？」

ジェシカは驚き顔で言った。

「初年度からは無理だよ。まず店をひらき、ジェシカのスープのおいしさと価値を認知してもらいながら、宣伝にも戦略を練るんだ。新聞、雑誌、インターネット……。ぼくはここ最近のアメリカのネット事情はよくわからないから調べてみるよ」

「ジェシカのスープ？　キクエのスープなのよ」

　とジェシカは言った。

「いま仮につけた名だよ。アメリカやヨーロッパでは日本人が作ったスープじゃ売れないからね。それに、スープはすでにレシピがあって、キクエはそれに従って作って、自分なりのアレンジをしただけなんだ。つまり、その気になればレシピを見て、誰でも作れるんだ。だから、ヨーロッパのスープ作りの古典に基づいたオリジナルなものを考案するんだ。まずジェシカのスープを作るってこと」

「誰が？　ゲンがきょうからあの大鍋と格闘するの？」

「ジェシカのスープなんだからジェシカが作るんだ」

「私は勉強したいの。大学院に行こうとしてるのは本気よ。もう二十七歳だけど、そんなことは問題じゃないわ。私は障害のある子供の教育にたずさわりたくてカリフォルニア大学アーヴァイン校を卒業したけど、そのまま教育スクールに進むつもりで準備をしているとき、おばあちゃんが死んで、母がこの店を継いで、別居してた父と離婚して、とにかく特別教育の知識とかスキルとかを大学院で勉強するどころじゃなくなって……。

その年はいろんなことが重なったのよ。兄は家族中の反対を押し切ってオーストラリア人の女と結婚するためにシドニーに行ってしまうし、妹は家出するし。それで教育スクールに進むのをあきらめたの。でも、少しはお金も貯まったし、母は施設での生活に慣れたし、いまがチャンスなの。私は夢を叶《かな》えたいわ」

ジェシカは静かな口調だったが、そこには断固とした意思が感じられた。

「障害児の特別教育か……。素晴らしい仕事だよ。それに向かって勉強しようとしてるジェシカにスープなんか作らせるわけにはいかないな」

と弦矢は笑みを注いでジェシカに言った。

金髪の男は煙草を二本吸い、一ドル札を二枚テーブルに置いて帰りかけた。

ジェシカは、お金は要らないと言い、男のところへ行き、ふたことみこと会話を交わして戻って来た。

「ジェシカのスープ」を本気でビジネスにしようと考えたわけではなかったので、弦矢はつまらない提案をしたことを後悔して二十ドル札をテーブルに置いた。

「それはなに？　ミネラルウォーターの代金？」

「うん、二十ドル札しかないんだ」

「お金は要らないわ。喉が渇いて歩けなくなって、家の前の木の根に坐りこんでた通りがかりの旅人に、貧しい美しい娘が水を持って行ってあげたのよ。何年かあとに、娘には何十倍ものご褒美が降り注ぐわ」

　ほとんど化粧気のないジェシカの肌は血色が良くて、鼻にこころなしか皺を寄せて笑うと一瞬十七、八歳に見えた。

「ありがとう。次に来るときは、ジェシカのディナー用のスープを持って来るよ。なんのスープがいい？」

　弦矢の言葉に、ミネストローネと緑豆のスープと答えて、ジェシカは表まで送ってくれた。

「バゲットも一本付けるよ」

と言い、弦矢は菊枝おばさんのスマートフォンのナビで最も早く帰れるであろうルートを探した。

　ジェシカはナビの画像を覗き込み、指で拡大すると、

「ここが植物園よ。キクエはここで花の種とか植物の苗を買ってたの。ここの環境に適さない花でも、どう工夫したらきれいに咲かせられるかをよく知ってる女性がいるんだって言ってたわ。植物園に通ってるあいだに親しくなったらしくて、ときどきスープをあげてたわ。アマンダって名前よ。私は逢ったことはないけど、笑い声が鈴の音みたいなんだってキクエは言ってた。アマンダはまだキクエが日本で亡くなったことは知らないはずよ。植物園の事務をやってる四十代の女性よ」

ジェシカの家から植物園まではかなりの距離があったので、弦矢はとりあえず海沿いのオルコット家へ帰った。

土曜だろうと日曜だろうと祝日だろうと、決まった時間にやって来て六十八個の鉢植えに水をやるダニエル・ヤマダが、午後の仕事を始める時間だった。


月曜日は朝から忙しかった。

トーランス市に支店のある銀行の支店長が訪ねて来たし、税理士も助手の女性と一緒にやって来た。

午後の二時にスーザン・モーリー弁護士が来たとき、弦矢のスマートフォンに、ずっと待ちつづけていた電話がかかった。

採用が内定している外資系の企業の日本支社からだった。

受けたほうも国際電話料金は払わなければならないのだが、弦矢はスーザンに居間で待っていてもらって、電話に出た。

日本で三回顔を合わせている人事担当者は、残念ながら小畑さんよりも我が社に適していると思える人を採用することに決まったと弦矢に伝えた。

内定のしらせをしたのに申し訳ないとかの言葉はなかった。

まぁ、これが外資系、とりわけアメリカ企業というものだと思いながらも、弦矢はいささか腹が立ったし落胆もしたが、愚痴めいたことを言葉にすると、この会社でのマイナスのレッテルがずっとつづくと考えて、じゃあ、別にオファーのあった企業に就職するよという印象を与える明るい声で応答して電話を切った。

「採用が決まってたのに断られちゃったよ」

弦矢は居間に行き、スーザンと向かい合って坐るなり言った。

「アメリカ企業？」

とスーザンは訊き、ブリーフケースから三通の書類を出した。

弦矢は企業の名を教え、その日本支社から採用通知を貰っていたのだと言った。だがまだ雇用契約は結んでいなかった、と。

「ゲンがどこかの企業に就職する必要があるの？　あなたがこれからやらなきゃいけないのは、この家も含めて約四千二百万ドルの資産を運用することよ」

スーザンの言葉に、自分はアメリカのグリーンカードを取得していないと弦矢は答えた。毎年、約一千五百万人の外国人が永住と就労を求めて抽選式の永住権プログラムでグリーンカードを申請するが、ここ数年、日本人の応募は三万人弱で、当選者数は四百五十人くらいなのだ、と。

「無作為の完全くじ引きで、三万分の四百五十だよ。確率は一・五パーセント。そんなの当たるわけないだろう」

弦矢の言葉に、スーザンは腕時計を見ながら、

「百万ドルでグリーンカードは買えるわ」

と言った。

そのことは南カリフォルニア大学の経営大学院に留学しているときに中国や韓国の留学生から聞いたことはあったが、どこまで本当の話なのか弦矢にはわからなかったのだ。

だがいまスーザン・モーリーというベテラン弁護士の口から発せられると、にわかに信憑性《しんぴょうせい》を帯びてきた。

「アメリカ国内でビジネスをして、アメリカに税金を払ってくれて、アメリカ人を雇用してくれるなら、ってことよ。百万ドルは、まぁつまり、それを保証する財力を示す担保ね」

チャイムが鳴ったので、弦矢は玄関に行き、ドアをあけた。

午前の便でニューヨークから来た投資顧問会社の役員と担当者が高価そうなスーツとネクタイ姿で立っていた。

打ちあわせと、金額を大きく増やした新たな契約更新は小一時間ほどで終わった。

その間、ロサンゼルス空港から乗って来たタクシーはオルコット家の前で待っていた。

「わたしの仕事もこれで完全に終わったわ」

投資顧問会社のふたりが帰ってしまうと、スーザンは言った。そしてオルコット家の

顧問弁護士契約を終了したことを証する書類に弦矢のサインを求めた。

サインをして、弦矢がスーザンと握手を交わすと、二階を掃除していたロザンヌが階段を降りて来て、掃除道具を洗濯室の奥の納戸にしまいに行った。

ロザンヌは、月曜日はオルコット家のあと、ローリング・ヒルズ・エステーツ市の豪邸の掃除も担当しているのだ。この家より五部屋多いという。

「I do everything.」

仕事に取りかかるときにロザンヌがそう口にする、その笑顔が弦矢は好きだった。

スーザンは、

「元気？」

とロザンヌに声をかけ、玄関でスリッパを脱いだ。そして、いつ日本に帰るのかと弦矢に訊いた。

それまでにいちどトーランスにあるステーキ専門のレストランに招きたいが、来週の土曜日はどうか、と。

「お墓の銘板が出来たら、遺骨を納めたいんです。それが済んだら、ぼくがここにいなければならない理由もなくなるんですよ」

「ニコは調査をひきうけたんでしょう？」

「ええ、自信は百パーセントないけど、って」

「それなのにひきうけたの?」

スーザンはしばらく弦矢を見つめ、わずかに首をかしげて微笑《ほほえ》んだ。

「百パーセント自信がなかったらニコは絶対にひきうけないわ。彼は自分の依頼主に無駄金を使わせたくないのよ。ニコが自分で決めたルールだけど、そのルールを頑固に守り通すから、年中お金に困ってるわ。依頼主にとって有益な情報を与えられないだろうってわかってても、まかせてくれ、俺が調べてやろうって仕事を受けたらいいのに」

そう言って行きかけて、スーザンは石の床に置いたスリッパを指差した。

「これ、キクエが私のために用意してくれたスリッパよ。私の仕事は終わったけど、ときどき中庭の花を見に来てもいいかしら」

「どうぞ、いつでも遠慮なく来て下さい。ぼくが日本に帰っても、勝手に家に入って中庭で煙草をどうぞ」

と弦矢は笑みを浮かべて言い、スーザンのスリッパを履き物入れのいつもの場所に置いた。

墓地の芝生の上に敷くようにして設置する銘板が出来るまで、あと一週間ほどかかるかもしれない。あとで葬儀会社に電話で訊いてみよう。

そう思いながら、弦矢は二階にあがり、ウォーキングの支度をした。きょうは朝から客があったので、ウォーキングは午後に延ばした。ジェシカに約束のスープを持って行かなければならない。

　きのうの夜にボストンに着いたはずのニコライ・ベロセルスキーからの連絡はまだない。おそらくニコが電話をかけてよこすのは四、五日後に違いない。ニコからの何等かの報告があってから日本に帰ることになるだろう。

　弦矢はそう思って、きのうの夜、ガレージの大型冷凍庫から出してキッチンの冷蔵庫に移しておいた二缶のスープを十人掛けのダイニングテーブルに置いた。ジェシカに持って行くつもりだった。

「バスタブは一回も使ってないんですね」

　納戸から戻ってきたロザンヌは言った。

「ああ、シャワーを浴びるだけなんだ」

「たまにはお湯にゆっくりとつかったほうがいいですよ」

「面倒くさくてね」

「ランチは済んだんですか？」

「まだだけど、あんまりお腹《なか》がすいてないんだ。ロザンヌは？」

「きょうはいちばん下の娘を学校におくってからここへ来ましたから、仕事を始めるのが遅かったんです。だからわたしもまだです」

　ロザンヌが勤めている清掃会社では、午前中の仕事を終えた社員はいったん社に戻ることになっている。いちおう社員食堂らしきものはあるのだ。仕事の都合でどこかのファストフード店でハンバーガーやホットドッグを食べるしかない場合は本人の負担となる。

弦矢はロザンヌと最初に逢った日にそう聞いていたので、

「ここで食べたら？　スープとパンで」

と勧めた。

「あんな上等のスープはわたしには勿体《もったい》ないですよ」

「ひとりじゃ食べきれないんだ。冷凍庫にどれだけ入ってると思う？」

「じゃあ、わたしがプエルトリコの家庭料理をつくりましょうか」

「いまから？　材料は揃《そろ》ってるの？」

「ベーコンと玉葱《たまねぎ》と米」

「米はあるけど、ベーコンも玉葱もないなぁ。買ってくるよ。野菜もないから、レタスとかズッキーニとかもね」

財布をジーンズのポケットに入れて弦矢は玄関へと行ったが、ロザンヌはこれからもう一軒の家の掃除があるのだと思い、キッチンへ戻った。もう三時前だった。

ダニーがやって来て、すぐに鉢植えに水をやり始めた。

ロザンヌはエプロンを外し、自分の車のキーを持っていた。

「わたしは家に帰って米を持って来ます」

「次の仕事は？　ここより五部屋多い豪邸の掃除があるんだろう？」

「さっき会社から電話で、あの家の改築工事が始まったから、きょうから二ヶ月間は清掃作業は中止だって連絡があったんです。だから、オルコットさんの家の掃除できょうのわたしの仕事は終わりです」

「ラッキーだね」

「いいえ、わたしたちは社員といっても一件幾らの請負制ですからアンラッキーですよ」

ロザンヌがフォードの小型セダンを運転して行ってしまったあと、米はこの家にあるではないかと弦矢は思った。なにもロザンヌが自分の家に取りに戻らなくてもいいのだ、と。

いつもの高級食材店でベーコンと玉葱と、ついでに真空パックに三本入りで売っているフランクフルトソーセージを買い、弦矢は菊枝おばさんの四輪駆動車でオルコット家に戻った。車だと片道五分なのだ。

サンペドロ地区の真ん中あたりにあるロザンヌの家はここから往復一時間かかるので、そのプエルトリコの家庭料理が出来上がるころには四時半くらいになるのではないか。

弦矢はそう思い、

「ランチじゃなくてディナーだなぁ」

とつぶやき、広間から中庭に出た。

「ロザンヌがプエルトリコの家庭料理を作ってくれるんですよ」

弦矢は、いつもの順番どおり洗濯室の向こう側の花畑から北側棟の壁や出窓に吊るされている鉢植えへと移ったダニーに言った。風がまったくなかったので、大きな声でなくてもダニーには聞こえた。

幾つかの蘭の鉢植えを日陰に移動させながら、ダニーは長いひさしの奥を指差した。

「燕が巣を作りましたよ。ゲンが日本から来る三、四日前から作ってたんですがね、オスもメスもいつのまにか姿を消したんで、ここが気に入らなくて別の場所に変えたのかと思ってたんです。もう産卵も済んでますね」

そう言って、ダニーは日陰に並べた蘭に霧吹きで丁寧に水をやり、弱った葉をちぎった。弦矢は、きょう初めての煙草を吸った。そして、蔓バラの棚へと歩いて行った。ジャカランダの花はさらに増えて、巨木全体が薄紫色の靄のように見えた。

他に話し忘れたことはないかと訊いたときのニコライ・ベロセルスキーの鳶色の目が甦った。

「ひとつあったなぁ」

と弦矢はガーデンチェアに坐ってつぶやいた。

菊枝おばさんのノート型パソコンだ。八年前に菊枝おばさんはイアンと日本に来た。

そのとき、イアンに病気の兆候はまったくなく、日光と京都の旅を十日間楽しんだ。あのとき、東京で日本製のパソコンを買い、俺が初期設定をした。

そのパソコンがパスワードでロックされている。

今回の旅の前にロサンゼルスから電話をかけてきて、菊枝おばさんはどんなパスワードが安全かを俺に訊いた。

菊枝おばさんはパソコンの扱いは苦手らしかったが、とても頭のいい人なのだから、そんな助言を必要とはしていないはずだ。

大文字と小文字を混ぜた無作為のアルファベットや数字を六つほどならべればいい。覚えられなければ、紙に書いて隠しておけばいいのだ。

パスワードを解読するソフトでも使わないかぎりパソコンのロックを破ることはできない。

そのくらいのことは、いくらパソコンが苦手でも菊枝おばさんにはわかるはずなのだ。パスワードの話題を出したのは、私のパソコンに大事なものが入力されているとほのめかすヒントだったのではないだろうか。

弦矢はそう考えたのだ。

ニコならパスワードを解読するためのソフトを持っている知り合いがいるはずだ。

中古のパソコンやスマートフォンを売る店には必需品だ。それが盗品の場合だとなおさらだ。

ニコはどう見てもアナログおじさんだが、商売柄、他人のパソコンに忍び込まなければならないこともあるだろう。どこかの地下室にこもって何台ものパソコンを自在に駆使する天才的ハッカーと仲良しかもしれないのだ。

ニコから連絡があったら菊枝おばさんのパソコンのことを話そう。

弦矢はそう考えながら、いつにも増して日の光が強い空と眩《まぶ》しい海を見ていた。

ダニーが南側棟に脚立を移したころロザンヌがビニール袋をかかえて戻って来た。

「米ならあったんだよ」

弦矢はキッチンへ行き、ロザンヌに言った。

「日本の米でしょう？　あれは柔らかすぎてアロス・コン・セボーリャには向いてないんですよ」

と言いながら、ロザンヌは弦矢が買って来た玉葱とベーコンを刻んだ。

「アオコ……？」

弦矢が訊きかえすと、ロザンヌは何度もスペイン語特有の舌使いで料理名を繰り返してくれたが、アオコネボッラとしか聞こえなかった。

ロザンヌが持って来たゴヤという名の米は細長くて、東南アジアでよく見る米と似ていた。

プエルトリコ人は米と豆が主食だとロザンヌは言い、フライパンでベーコンを炒《いた》め、充分に油が出てから、そこに刻んだ玉葱を入れた。

「玉葱も炒めるの？」

「ええ、茶色くなるまで、ゆっくりとね」

「じゃあ、それはぼくがやるよ」

「いえ、作業はこれだけなんです。炒め終わったら水を入れます。そしたらオニオンスープの出来上がり。そこにこの米を入れて、米にかぶるくらいの水を加えて煮るんですよ。味つけは塩だけ。水分がなくなったら米をかきまぜて完成です」

「出来上がりまで何分くらい？」

「二十分てとこですね。わたしたちプエルトリコ人は、本当はベーコンじゃなくて豚の脂の塩漬けを使うんです。でも、キクエには口に合わなかったのでベーコンにしてみたら、とても気に入ってくれたんですよ」

「菊枝おばさんとロザンヌは仲が良かったんだな」

「ええ、キクエはとても親切にしてくれました。ニクジャガを作ってくれましてね。わたしにはちょっと甘すぎたんですけど、息子も娘も大好きになって……。我が家ではミック・ジャガーって呼んでます」

弦矢は笑った。ローリング・ストーンズのリーダーの名ってわけか……。ニック・ジャガーともじったほうが肉じゃがに近いのにと思った。

「キクエに作り方を教えてもらって家で挑戦してみたんです。そりゃあもうひどい結果でしたよ」

「日本の醬油は使った？」

「キクエに貰って帰って、使いました」

「砂糖を入れすぎたんじゃない？」

「いいえ、だし汁にソフリートを使ったんです」

ソフリート？　いったいそれはなんだ？　肉じゃがに使うだし汁は鰹節《かつおぶし》と昆布のはずだが、菊枝おばさんはレシピをロザンヌに教えて醬油も渡したとき、日本の伝統的なだし汁の作り方は省略したのだろうか。

「ミック・ジャガーにはねえ、日本式のだし汁じゃないと駄目だよ。ソフリートもだし汁かい？」

と弦矢はオニオンスープのなかで煮立ち始めた細長い米を見ながら訊いた。

ソフリートはプエルトリコの料理ではだしの基本なのだとロザンヌは言った。

「コリアンダー、ピーマン、パプリカ、しし唐、トマトを細かくみじん切りにします。それとニンニク、玉葱、塩とをフードプロセッサーにかけるんです。冷凍しておけば何日ももちますよ。このソフリートは万能のだしなんです。プエルトリコでは、いろんな料理に使うんですよ」

弦矢はロザンヌの口から出た材料によるソフリートというだしで作った日本の肉じゃがの味を想像した。

なるほど、ロザンヌの作った肉じゃがを「ニック・ジャガー」ではなく「ミック・ジャガー」とあえて名づけた息子と娘はウィットに富んでいるなと弦矢は感心した。

「それはI do everything. じゃなくて、I try everything. だね」

弦矢は笑いながら言った。

米を煮る水分がなくなると、ロザンヌは大きなスプーンで混ぜて、

「完成よ」

と笑顔で言った。

「じゃあ、ぼくはサラダを作るよ」

弦矢はレタスとズッキーニを洗いながら、ロザンヌにご主人はどんな仕事をしているのかと訊いた。

鍋に蓋をして中身を蒸らし、ロザンヌは鍋敷きをダイニングテーブルに置いた。

「中くらいの規模の建設会社でブルドーザーやフォークリフトを操作する仕事です。いまの会社に採用してもらってもう十二年です。いまはＵＳＣのキャンパス内の工事をやってます。新しくなにかの記念館が建つそうですよ」

そう答えて、ロザンヌはしばらく弦矢の手さばきを見ていたが、見るに見かねたらしく、サラダ用の皿に自分でレタスをちぎって並べていった。

午後の水撒きを終えたダニーが洗濯室に道具をしまってからキッチンへやって来た。

「ロザンヌのお得意料理は、日本ではシチュー・ライスってとこかな。じゃがいもやかぼちゃやハム、それからキドニー・ビーンズ。それをトマトソースで煮て、ライスにかけるんですよ。あれはうまいです」

とダニーは英語で言い、ダイニングテーブルの椅子に腰かけてペットボトルのミネラルウォーターを飲んだ。

「もう五時ね。ダニーも食べていく？」

ロザンヌはオニオンスープで炊いた米を皿に盛りながら訊いた。

ダニーは腕時計を見て、慌てて立ちあがった。

「孫を小学校に迎えにいかなきゃいけないんだ。授業が終わってから学芸会の練習をしてるから、いつもより遅いんだよ」

八歳の孫娘は、ダップルグレイ・エレメンタリー・スクールという名の小学校に通っているが、パロス・ヴァーデス半島内ではいろいろな点でかなりレベルが高いので、親はあえて越境入学させたのだとダニーは言って帰って行った。

だが、すぐに引き返して来て、

「こんなこと、ゲンに頼みにくいんですが、あさってのいまごろ予定はありますか？」

と弦矢に訊いた。

「墓地の銘板が出来上がるまでは暇ですよ。なんの予定もありません」

サラダの皿をテーブルに運びながら弦矢は言った。

「あさっての五時半に私の孫を小学校に迎えに行ってもらえませんか。私は造園業者たちのパーティーに出席しなきゃいけなくて……。父親はフロリダに出張中ですし、母親も夕方から病院で検査なんです。私の家内は末娘のお産でマンハッタン・ビーチの近くに行ってましてねぇ」

「いいですよ。お孫さんを車に乗せて、この家につれて来て、ダニーが迎えに来るのを待ってたらいいんでしょう？」

「お願いできますか。学校には私から連絡しておきますし、孫にもゲンヤ・オバタって名前の日本人が迎えに来てくれるって、ちゃんと説明しておきます」

「まかせて下さい。その小学校までの道のりはナビで調べるから大丈夫ですよ」

ダニーが帰ってしまうと、弦矢はロザンヌの作った米の料理を、最初はスプーンにほんのわずかだけすくい、口に入れてみた。

「うまいなぁ。ロザンヌ、これはうまいよ」

「そうですか？　お口に合いましたか？　やっぱり豚の脂の塩漬けじゃなくてベーコン

にしたのがよかったのね」

　ロザンヌは弦矢よりも倍は太い二の腕に力こぶを作った。

　要するにプエルトリコ風炊きこみご飯と呼んでもいい料理だが、こくがあって、素朴な玉葱のうまみが米に浸《し》み込んでいた。

　菊枝おばさんの作ったオニオンスープでは、この米料理の朴訥《ぼくとつ》な味わいは出ないし、日本の米では嚙みごたえがなくなるのだなと弦矢は思った。

　しかし、これとサラダだけではどうも夕食という気がしなくて、

「ねえ、ぼくがレシピを見て作ったスープを飲む気はある？」

と弦矢はロザンヌに訊いた。

「ええ、いただきますよ。わたしたちはこれをたくさん食べたらお腹がいっぱいになりますけど、きょうは少ししか作りませんでしたからね」

　すでに米料理をたいらげてサラダを口に運んでいたロザンヌはスープ用の鍋をコンロに置いた。

　弦矢はダイニングルームのドアから中庭に出て、イタリアンパセリの葉をちぎって来ると、ブロードを鍋に入れ、鶏卵をふたつとチーズと調味料をボウルでかき混ぜ、さっき買ったフランクフルトソーセージを一センチくらいの厚さで輪切りにした。

　いちど作って気に入ってしまった「卵とパルミジャーノのスープ」にフランクフルト

ソーセージを入れたらどうだろうと思ったのだ。

沸騰したブロードに溶き卵とソーセージを入れてよく混ぜ、もういちど沸騰したときにすぐにガスの火を消すと、弦矢はロザンヌが並べてくれたふたつのスープ皿に盛った。

「これはすばらしいですよ。きょう、こんなに豪華なディナーをご馳走《ちそう》になるなんて……。人生には生きてみなければ経験できない幸福が無尽蔵に満ち溢《あふ》れているんだよ、って祖母が朝起きるといつも言ってましたよ。おまじないみたいに」

とロザンヌは首を左右に振りながら言った。

弦矢もスープと溶き卵とソーセージをスプーンにすくって口に入れ、

「うん、ソーセージを輪切りにして入れて、ブロードの味に余計なものが混じるかもって心配したけど、最高のスープになったね」

と言った。

しばらく互いに無言でスープを味わい、ときおり顔を見合わせて笑って、弦矢とロザンヌは夕食を終えた。

「このスープと、ロザンヌ・ペレスのアーオロン……」

「ゆっくり言いますから覚えてね。アロス・コン・セボーリャ」

ロザンヌは米の料理の名を何度も繰り返した。

「うん、アロス・コン・セボーリャ。ぼくには発音が難しいからセボーリャだ。ねえ、セボーリャとこのスープは特別に相性がいいんだと思わないか？」

「そうですよ。美しい結婚ですよ」

そのロザンヌの言い方がおかしくて、弦矢は笑った。

菊枝おばさんのスマートフォンが鳴った。ダニーからだった。

孫の名を教えるのを忘れていたという。

「リサ・スベンソンです。それと、もうひとり、孫の同級生も車に乗せてやってくれませんか。ハンナ・ペトニカって女の子です。私はあさってのパーティーでは幹事役なんで、午後からの水遣りには行けません。孫とハンナを迎えに行ったときに水遣りをします。午前中の水遣りは朝の七時に行きます。勝手に入りますので、ゲンは寝てて下さい」

ダニーからの電話を切ると、こんどはeメールの着信音が鳴った。

菊枝おばさんのスマートフォンにeメールが送信されてきたのは初めてだった。

画面には「Ｊｅｓｓｉｃａ　Ｃｏｔｔｅｎ」という名が表示されていた。

――ウォーキングはたったのいちにちで終わり？――

弦矢は、ジェシカが菊枝おばさんのスマートフォンにeメールを送ってきたのは、スーザンから事情を聞いたからであろうと思い、

――珍しくいそがしかったんだ。朝から来客ばっかりでね。――

と返信して、食器や鍋を洗い始めたロザンヌを身振りで制した。

――スープが届くのを待ってるのよ。お腹が減って倒れそう。――

すぐにそう書かれたジェシカからの返信が届いた。

腕時計を見ると六時半だった。

――七時過ぎにはジェシカの家に着くと思うよ。バゲットも一本持って行くよ。――

そう返信してキッチンのシンクの前へ行くと、ロザンヌはすでに使った食器類を洗ってしまっていた。

「ぼくが洗うから、いいのに」

と言い、ダイニングテーブルに移しておいた二缶のスープと、きのう買ったバゲットを紙袋に入れて、弦矢は一階の窓をすべて閉めた。

「まったく窓の多い家だぜ」

と舌うちをしてつぶやき、弦矢はロザンヌと一緒に家を出た。

車に乗り込み、海の側からパロス・ヴァーデス通りを左に曲がった。なんだか気がせいていた。ロザンヌは右に曲がって家へと帰って行った。バックミラーで見ると、ロザンヌの小型のシルバーメタリックのセダンは夕日を浴びて真っ赤になっていた。

きのう、パトカーが停まっていた道をのぼって行くのがいちばん近道だと知ったので、弦矢はパスポートをジーンズのポケットに入れてきたのを確認し、海沿いの道を丘のほうへと曲がった。

犬を散歩させている人たちが、パトカーが停まっていたあたりに立ち止まって話をしていた。ジャカランダの並木道といってもよさそうな緩やかな上り道の両側には、建ってからかなり年数を経たと思える邸宅が並んでいて、それらは丘のてっぺんあたりまでつづいた。

夕日は巨木の並木に遮られて、一キロほどのその道だけが夜の暗さのなかにあった。

「ここを左に、次を右に」

と声に出して言いながら、弦矢はジェシカの家の近くの、小さなロータリーになっている無料駐車場に車を停めた。

ロータリーの真ん中には直径一メートル以上もある木が一本生えている。樹皮のない木で、弦矢はまるでサルスベリのお化けみたいだと、見るたびに思うのだ。

スープを待っているとeメールで催促してくるのは、俺のことをいやなやつと感じてはいない証拠だなと弦矢は思った。

紙袋をかかえて、弦矢はジェシカの家の前に立った。表のフィギュアの店のほうからチャイムを鳴らそうか、裏のコーヒーショップの戸を叩こうか迷ったのだ。

「俺、ひょっとしたら本気かも」

と思いながら、留学中に惹《ひ》かれた女は三人だったなと、弦矢はそれぞれの顔を思い浮かべた。

そのうちのひとりには歯牙にもかけられなかった。金髪で青い目の、典型的な白人娘で、どういう理由か大学院を一年で辞めていった。

あとのふたりも白人だが、ひとりはフランス系で、もうひとりは遠い祖先にアフリカ系の人がいたことを示す容貌だった。

アジア人の男が白人の若い美人と歩いているといやがらせをされる。しかし、白人の男とアジア人の女のカップルは容認される。

そう断言したのは韓国系アメリカ人のアンソニー・ハンだ。アジア系の移民が多いロサンゼルスでもそうなのだ、と。

弦矢は、アンソニーの言葉を思い出し、二階の一部屋だけについている明かりをしばらく見つめてから、ジェシカの家の裏に廻った。

コーヒーショップの戸を叩くと、真上の部屋の明かりが灯って、ジェシカが窓から顔を出した。

「コーヒーを淹れるわ。さっきコーヒー豆が届いたの」

とジェシカは言った。

「お腹が減って倒れそうなんだろう？　スープとバゲットはここに置いとくよ」

弦矢は、椅子を載せてあるテーブルに紙袋を置いてジェシカに小さく手を振った。

車のところへと歩いているとジェシカは追って来て、

「ありがとう」

と言った。

そして、あのロータリーの真ん中から見える夕日は、このランチョ・パロス・ヴァーデスでいちばんなのだと言いながら、弦矢の手を引いて、高さ一メートルほどの石積みをのぼった。

「このへんには、この木が多いね。なんて名の木？」

と弦矢はサルスベリに似た巨木の樹皮のない幹を撫でながら訊いた。

「シュガーガムよ」

とジェシカは教えてくれて、私はカリフォルニア大学アーヴァイン校を卒業したときの成績が良かったので、大学院に入学するための試験は論文提出だけでいいということになったのだと言った。

「ぼくは、たぶんそうなるだろうって思ったよ」

弦矢は、きのうジェシカから大学院に進みたいと聞かされたとき、一瞬確かにそう考えたのだ。

「へぇ、私の成績が良かったことなんて、ゲンはなぜ知ってるの？」

「ジェシカが努力する人だってことはわかるよ。だから、大学での成績が悪かったはずはないもんね」

真昼よりも燃え盛っているかに見える夕日の半分が、水平線に隠れていた。

ジェシカは恥ずかしそうに鼻に皺を寄せて笑った。

これが照れているときのジェシカの笑顔なんだなと弦矢は思った。

「でも、論文提出は五月十五日なの」

「えっ、あと二週間ほどだぜ」

「もっと早く大学の担当教授に逢ってたらよかったわ。手続きの書類に不備がないかを確かめるために、きょう学校に行って、食堂で偶然に逢ったの。逢ってなかったら論文を提出できなくて正規の試験を受けなきゃいけないとこだったわ」

「グッドラックだと思って、あと二週間血眼になるんだな」

そう言って、弦矢は石積みから降り、車のエンジンをかけた。

キョウコ・マクリードの娘メリッサは、モントリオール大学の教育学部に入ったと手紙に書いてあったなと弦矢は思った。

メリッサはレイラ・オルコットと歳は同じくらいと推定できるから、いまはカナダのどこかで教師をしているのだろうか。それとも、結婚して主婦になっているのだろうか。

「わざわざデリバリーしてくれてありがとう」

とジェシカは車の窓越しに言った。

弦矢が四輪駆動車をバックさせて大きくハンドルを切りかけたとき、ジェシカが小声で何か言った。

よく聞こえなかったので、弦矢は訊き返した。

「私が論文を書くのを手伝って」

「冗談だろう。ぼくは経営学だぜ。教育学のことなんか、まったくわからないよ。ジェシカが目指してるのは、障害児教育だよ。ぼくがどうやって手伝えるんだよ」

「これから、私はものすごい量の文献を読まなきゃいけないわ。二週間では到底読めない量のね。その半分をゲンが読んでよ。ここは大事だ、ってとこに印を入れてくれるだけでいいわ。だって、ゲンは優秀で、暇でしょう？」

「優秀なのに、なんで暇なのか、それが疑問だけどね」

と笑いながら言ったが、弦矢は手伝う気はまったくなかった。

自分が南カリフォルニア大学の経営大学院で学んだことと教育学とは畑が違いすぎるし、菊枝おばさんの遺骨をお墓に納めたら日本に帰らなければならない。

ニコライ・ベロセルスキーがたとえわずかでも手がかりに近いものを得てボストンからロサンゼルスに戻って来る可能性はゼロに近い。いや、ゼロだと覚悟しておいたほうがいいのだ。

自分が相続した巨額な遺産をどう運用するのか、レイラのような子供のために具体的になにができるのかは、俺の生活基盤が固まってからの課題とすべきなのだ。

俺は、菊枝おばさんの遺産で食っていこうなどとは考えていない。

レイラは、失踪して生死もわからない。

そのレイラのものになるはずだった遺産に手をつける気はない。いずれにしても、俺は日本に帰る。弦矢はそう思った。

だが、ジェシカの頼みはまんざら冗談ではなさそうな気がした。

「よっぽど困ったら手伝うけど、ぼくは役にたたないと思うよ。かえってジェシカの論文作成の邪魔になるよ。あと一週間くらいで、ぼくは日本に帰るつもりなんだ。延ばしても、あと十日かな」

と弦矢は言って、長い夕暮れがようやく終わりかけているパロス・ヴァーデス半島の南西端へと帰って来た。そして菊枝おばさんの住所録から選んだ人たちへの死亡告知カードの作成にかかった。

百枚近いカードを封筒に入れ終わったのは十時過ぎだった。そのうち、日本在住の日本人は十六人だ。

宛名のない封筒が一枚残った。キョウコ・マクリードへのものだった。

ひょっとしたら修善寺の住所はでたらめではなく、キョウコの実家かもしれないと考えて、弦矢は自分のパソコンで静岡県の地図を拡大した。正確には静岡県伊豆市修善寺となっている。この二十年近くで、住居表示が変更された地域はたくさんあるし、修善寺町も合併されて伊豆市の一部になった。しかし修善寺は有名な温泉地なので郵便物は届くだろうが、合併前の「田方郡《たがた》」を省くだろうかと弦矢は考えた。

これはでたらめの住所だ。

弦矢はそう結論を下して、キョウコ・マクリードへのカードの入った封筒をリビングルームの本棚の抽斗にしまった。

それからキョウコ・マクリードの手紙を英語に翻訳して、十通すべてをプリントアウトした。

ニコに頼まれたからだが、これによって何がわかるものでもあるまいと弦矢は思った。

終わったのは十二時を廻ったころだった。

面倒な作業を根を詰めて一気にやってしまったので、弦矢は背中や腰が痛くて、中庭に出てビールを飲みながら煙草を吸った。

「きょう、二本目の煙草だな」

とつぶやき、ビールをらっぱ飲みして、キッチンの棚という棚をあけてなにか別の酒はないかと探した。

パソコンに向かっているあいだ、しょっちゅうレイラのCGによる三十一歳時の顔写真が浮かびつづけて、なんとなく気分が落ち込んでしまっていた。

弦矢は酒に強くなかったが、ウィスキーかバーボンでも飲んで、酔ってシャワーを浴びて寝ようと思ったのだ。

キッチンのいちばん右端の天袋にまだ封を切っていないスコットランドのウィスキーがあった。それ一本だけが隠すように天袋の奥に置いてあったのだ。

「菊枝おばさんは、いけるくちだったからな」

とつぶやき、弦矢はグラスに一センチほど注いで、ミネラルウォーターで割り、氷を入れた。

高いスコッチを買ったが、闘病中のイアンに遠慮して封さえ切らずに天袋の奥に隠していたのかもしれないと思い、弦矢はグラスを持って、また中庭に出ると、裸足のまま濡れた芝生を歩いて花畑の小道に行った。

あしたはなんの予定もない。朝、ウォーキングをしよう。

ジェシカのコーヒーショップには寄らないでおこう。もういちどジェシカに論文の手助けを頼まれたら、こんどは断り切れない気がする。

日本に帰らなければならない火急の用事などないにしても、俺はジェシカに惹かれてしまっている。気をつけなければ。弦矢は自分にそう言い聞かせた。

俺は白人女性とはうまくいかない。微妙な部分での考え方ややり方が異なるからではない。根本的に価値観や思考形態が違うのだ。

人種が異なっても同じ人間同士ではあるが、だからといって男女のつながり合い方も同じということにはならない。男と女であるからこそ、民族的な差異が生じてしまう。

弦矢はこれまでの経験で、その差異を思い知っていたので、ジェシカとは仲のいい友だちになれたらいいのだと考えた。

だが、いつどんな突発的な衝動に突き動かされるかわかったものではない。つねに距離は取っておかなければならない、と。

椅子に腰かけてスコッチの水割りを三口で飲み干してしばらくすると気分がほどけてきた。

「でもまぁ、ここはのびやかで、あったかくて、樹木や草花が多くてすごしやすいよ」

と弦矢は夜空を見上げてつぶやいた。

第四章

翌々日の午後、弦矢はトーランス市の南にあるＣＯＳＴＣＯでステーキ肉三枚とステーキソース、それにガーリックやアイスクリームや乾燥パスタなどを買って、ダニーの孫娘とその友だちを迎えに行った。

巨大スーパーのＣＯＳＴＣＯは大量に食料品を買う人には重宝されている有名なチェーン店で、電化製品から寝具や調理道具まで、扱う商品は多岐にわたっていて、日本にも進出している。

日本人はコストコと呼ぶが、アメリカ人のほとんどはコスコと発音するのだ。

牛乳をいちどに十ガロン買う人、ステーキ肉を三十キロ買う人、大きな紙パックに入ったアイスクリームを三十個も四十個も買う人たちでいつも混んでいる。

弦矢は、コスコの南隣りにある自家用飛行機や商業用のセスナ機専用の空港の横を、ときおりナビに目をやりながら走りつつも、レジの近くの台に並べられていたチラシが頭にちらついて離れなかった。

　どれも行方不明の子供の顔写真が載せられていて、「私を捜して」とか「この娘の居場所を教えて下さい」とかのキャッチコピーが、人々の関心をひくよう工夫されて目立つ文字で印刷されていた。

　しかし、それらのチラシを持って帰る人は、弦矢が代金を払うためにレジにいたあいだはひとりもいなかったのだ。

　クレンショウ大通りから一号線へ曲がり、幾筋も枝分かれする道を避けて、弦矢はいったんウエスターン通りに出た。時間は充分にあったので、わかりやすい道を選んだのだ。

　墓地の北側からパロス・ヴァーデス通りへと曲がってしばらく行くと、道は多くの樹木に包まれているような高級住宅地のあいだを抜ける格好でつづいた。

三叉路《さんさろ》にはバス停があり、ナビはそこを右に曲がれと指示していた。

　弦矢は、ゆっくりと坂道をのぼって行き、小学校の校門の前で車を停めたが、もっと先にUターンする場所があると気づいた。反対側の車線には、子供を迎えに来た親たちの車が列を作っていた。

　弦矢は車の列の最後尾にはつけずに、Uターンする場所に邪魔にならないように停めて、校門まで歩いて行った。

もうほとんどの生徒たちは帰ってしまったらしく、校内は静かだった。校門のところで、警備会社の制服を着た黒人にパスポートを見せ、三年生のリサ・スベンソンを迎えに来たのだと説明すると、警備員はすでに聞いていた様子で、

「あと十五分くらいで終わるそうだから、なかで待ってたらどうです。藤棚の下に椅子がありますよ」

と言った。

校門の前の芝生に坐りかけていたが、弦矢はアメリカの小学校を見たくなり、警備員に礼を言って校内に入った。

遠くで子供たちのコーラスが聞こえたが、コーラスのなんたるかがまったくわかっていない不揃いな歌声で、

「こんなのを聞かされたら、頭の芯が痛くなるよ」

とつぶやき、弦矢は藤棚の下のベンチに坐った。

教室も職員室もすべて平屋で、壁は煉瓦色で、ゆるやかな坂道をのぼったところにグラウンドがあるらしい。

小学校全体はこぢんまりとしているが窮屈な感じはなくて、弦矢は肩を上げたり下げたりという運動をしているうちに、コスコで見たチラシの顔々のちらつきを消すことができた。

体は漆黒なのに頭部だけ白い二羽の野鳥が藤棚の横にある通路の向こう側の広場でつむじ風のように飛び交っていた。

交尾の時期なのかなと、弦矢がぼんやりと二羽の野鳥を見ていると、三十半ばの、教師らしい女がグラウンドのほうから坂道を降りてきて、

「ミスター・オバタ？」

と訊いた。

そうだと答え、弦矢は立ちあがって教師と握手をして、

「ハンナって子も一緒につれて帰ってくれってリサのおじいちゃんに頼まれたんです」

と言った。

「もうあと二、三分で向こうから降りてきますよ」

と教師は通路を指差して笑顔で言い、小さな広場の横の職員室に入って行った。

「こんなのびやかなところで育つのはいいなぁ。俺の小学校なんてコンクリートの檻《おり》だったよ」

とつぶやいて、弦矢が右側にもある教室の前に行き、なかを覗いていると、にぎやかな声と物音がグラウンドのほうから押し寄せて来た。

待ってよ、とか、デビッドがうしろから突いた、とか、ぼくのダンスを見てよ、とかの声が、キャリーバッグの車輪の音と混じって近づいて来て、藤棚の横の広場は三年生

たちで埋め尽くされた。

ここに集合することで終礼となるわけかと思いながら、弦矢は藤棚の下に戻り、どの子がリサで、どの子がハンナだろうと子供たちの顔々を見た。

白人、アジア系、アフリカ系、アラブ系、ヒスパニック系……。

その比率はほとんど同じくらいで、弦矢は、世界中の民族が集まったようだなと思い、自然に笑みが浮かんだ。

南カリフォルニア大学のキャンパスもこれとまったく同じようなものだったが、こっちは小学生だけに余計に人種の差異を意識していないのであろうと思った。

ほとんどの子が勉強道具をキャリーバッグに入れて転がしているが、リュックサックの子も数人いる。

女の子の九割がピアスをして、マニキュアとペディキュアを施している。

髪をどう染めようが、どんな服を着ようが自由だが、差別的な言葉や政治的スローガンを書いたTシャツなどを着て来ると処罰される……。

弦矢は、アメリカで生まれた韓国系のアンソニー・ハンの言葉を思い出していた。

長い栗色の髪の、色の白い、華奢《きゃしゃ》な体つきの女の子が近づいて来て、

「あなたはゲンヤ・オバタさん？」

と訊いた。

ダニーとはまったく似ていないなと思いながら、

「きみはリサかい？」

と弦矢は訊いた。

頷きながら、リサはＩＤを見せてくれと言った。

「ＩＤ？　きみのおじいちゃんのダニーに頼まれて迎えに来たんだって言っても駄目かい？」

弦矢の言葉に、リサ・スベンソンは、

「ＩＤを見せられないの？　なぜ？」

と疑い深そうに訊いた。

「きみ、しっかりしてるね」

生意気なちびだなと思いながら、弦矢は自分のパスポートを見せた。

その写真と弦矢の顔とを見比べてから、リサは広場のほうに手を振った。金髪の、時間がかかったであろうネイルアートを施した背の高い女の子が走って来た。

職員室から出て来た教師が、全員を集合させているあいだに、弦矢は校門を出て、車を停めてある場所へと急いだ。

「彼女に逢えたかい？」

とうしろから黒人の警備員が声をかけた。

「ああ、生意気なちびだったよ。ＩＤを見せろって言うんだぜ」

警備員は笑いながら、

「彼女の要求は正当だよ」

と言った。

リサとハンナを後部座席に乗せて、弦矢は小学校からパロス・ヴァーデス通りへの、大きく右に曲がる坂道を降り、三叉路で停まって信号が青に変わるのを待った。

乗馬服を着た男女が馬に乗って前を渡って行った。ここは乗馬用の道ですという意味の標識が立っていた。

信号機を取り付けてあるポールには、かなり高い場所に、馬に乗っている人のための信号用の押しボタンがあった。

「乗馬をする人が優先なんだね」

という弦矢の言葉に、

「当たり前でしょ。馬は急に止まれないわ」

と答えて、リサはハンナになにか耳打ちした。ハンナはバックミラーに映っている弦矢を見て、口を手で押さえて笑った。

このくらいの歳の女の子ってのは、どこの国でも意地悪だよな。女ってのはそういうふうに出来てるんだな。

弦矢はそう思い、ふたりと目を合わせないようにしてローリング・ヒルズ・エステーツ市の中心部のほうへと右折しかけたが、リサにうしろから肩を叩かれたので両手でハンドルを握ったまま振り返った。

「オルコットさんのおうちに行くんでしょう?」

とリサは訊いた。

「そうだよ。そこでダニーが迎えに来るのを待つんだ」

「じゃあ、もうひとつ向こうの交差点を曲がったほうがいいわ」

そのリサの言葉で、ハンナはまた口を押さえて笑った。

こいつら、なにか企んでやがるなと思ったが、ふたりはいわば地元の子なのだから、オルコット家へのもっと効率のいい道を知っているのかもしれないと考え直し、弦矢はリサの指示に従った。

「ここよ。ここを右に」

言われたとおりに右折し、曲がりくねったのぼり道に車を進ませていると、こんどはハンナが、次の交差点を左にと言った。

左折すると小さな森のようなところを抜けて、アイスクリームとか、マフィン・サンドイッチとかの店舗が五、六軒並ぶところへと出た。

「ねえ、ミスター・オバタ、ここのコットン・キャンディーはすごくおいしいのよ」

とリサがさっきよりも強く肩を叩きながら言った。その言い方にはなんとなく媚《こび》に似たものも含まれていた。

コットン・キャンディー？　ああ、綿菓子か。そうかあ、こいつらの企みは、俺に綿菓子を買わせようってことだったのか。そのために、ふたりでいろいろと作戦を練りやがったんだ。さっきの道を右折させずに、この道へと指示したのは、コットン・キャンディーの店の前にいざなうためだったのだ。

弦矢は、おかしくて笑いそうになったが、車を停めてから、毅然《きぜん》とした表情を作って振り向いた。

「コットン・キャンディーは駄目だ。もう六時だよ。いつもなら夕食の時間だろう？　いまぼくがきみたちにお菓子なんか買ってあげたら、きみたちの両親に叱られるよ」

弦矢の言葉で、リサとハンナは作戦の練り直しといった表情で声をひそめて相談しあった。

「でも、私もリサもお腹がぺこぺこよ。いまなにか食べないと病気になるかもしれないけど、コットン・キャンディーを食べといたらおうちに帰るまでは大丈夫よ」

とハンナは言った。

「きみたちにはスープとパスタを用意してあるんだ。食べたければ、だけどね」

そう言い返したが、弦矢はふたりの女の子に料理を作るのは面倒だなと思った。

たしかにハンナの言うとおり、いま綿菓子を食べさせておけば、ふたりが家に帰るまで何も食べさせなくていい、と。

しかし、こいつらの術中にはまるのもいまいましい。もう少し作戦に工夫を加えさせよう。

弦矢はそう考えて、

「ハンナのお母さんだって、リサのおじいちゃんだって、夕飯の用意をしてるかもしれないだろう？」

と言った。

するとリサはシートベルトをはずして後部座席から身を乗り出し、弦矢の耳元でささやいた。

「紫色のはラベンダーの匂いがするし、ピンク色のは苺《いちご》の匂い、白いのは、ジンジャー味のと普通のとがあるのよ。ミスター・オバタにはジンジャーのほうを勧めるわ。絶対気に入ると思うわ」

弦矢はジンジャー味の綿菓子を食べてみたくなった。ロサンゼルスに着いてから甘いものをまったく食べていないことにも気づいたのだ。

交渉術を心得てるなぁ。たいしたもんだよ。

弦矢は感心して、ポケットから紙幣を出し、

「じゃあ、ぼくはジンジャー味。ミスター・オバタじゃなくて、ゲンて呼んでくれ」と言った。

ドル紙幣を握って店へと走って行くふたりを見て、そうだ、八歳の女の子をふたりだけにしてはいけないのだと気づき、弦矢は慌ててあとを追った。

何色かの原色のペンキを塗ったコットン・キャンディー屋で、弦矢はリサとハンナを守るように立ち、機械から噴き出る無数の糸が長いスティックに巻き取られていくのを眺めた。

リサとハンナはさほど身長の差はないのに、ハンナの腰の位置ははるか上にあった。手足の長さが違うのだ。ハンナはクロアチア系らしい。

東洋系アメリカ人とクロアチア系アメリカ人の体型は、もうこの歳ではっきりと異なっている。

リサは日本人の同年齢の女の子と比べると手足が長くて顔の彫りも深い。ハンナの足が長すぎるのだろうな。

弦矢がそんなことを考えているうちに三つの綿菓子は出来上がった。

再びリサの指示どおりに車を走らせているうちにパロス・ヴァーデス通りへと出た。

この道は、要するにパロス・ヴァーデス半島をぐるっと一周しているのだと弦矢はやっと知ったのだ。

「半島の山手線ってところだな」

とつぶやき、弦矢はリサに、日本語はわかるのかと訊いた。

「ほんの少しだけね。おじいちゃんがときどき教えてくれてたけど、いまはもう教えてくれなくなったの」

リサは綿菓子を食べながら言った。

オルコット家に帰り着き、ふたりに客用のスリッパを履かせると、弦矢は中庭に出た。

リサとハンナは、家の前でも、

「ワオ！」

と驚きの声をあげ、玄関に入ったところでも、中庭に出たときにも同じ言葉を繰り返した。

蔓バラの棚の下に行き、ガーデンチェアに腰掛けて、弦矢はジンジャー味の綿菓子を食べた。リサとハンナは裸足で芝生の上を走り廻った。

電話が鳴った。ニコライ・ベロセルスキーからだった。

「あさっての午前中の便でロサンゼルスに帰るよ」

とニコは言った。

「少しは手がかりがあったのかい？」

弦矢の問いに、

「手がかりになるかどうかっていうＤＶＤをゲンに見てもらいたいんだ」

とニコは答えたが、携帯電話の電波状態の悪さと、近くで芝生を走り廻っているリサとハンナの歓声とでよく聞こえなかった。

弦矢はスマートフォンを耳にあてがったまま、蔓バラの棚の下からハーブ類を植えてある白い柵の近くへ移動した。

「ＤＶＤ？」

「ああ、レイラが消えたスーパーに設置してあった監視カメラの映像だ。いまその古いビデオテープをＤＶＤにダビングしてる最中だ。あと四十分でボストン市警の分署の地下にある捜査資料保管室にこっそり返さなきゃいけないんだ。内緒で持ち出したことがばれたら、俺は逮捕されるし、協力者もただじゃ済まないな」

「協力者って？」

「それは、あんたは知らなくていいんだよ。そんなことよりも、できるだけ早く俺の口座に三千ドルを振り込んでくれ。協力者への謝礼だ」

「三千ドルも謝礼を払うだけの価値のあるビデオテープなのかい？」

「ああ、俺はそう思うね」

弦矢は了解し、あすの朝一番に振り込むと約束した。

「あの手紙、英語に翻訳してくれたか？」

とニコは訊いた。

「ああ、全部訳しといたよ」

「じゃあ、すぐに送ってくれ。ファックスの番号を言うよ」

「ちょっと待って。手元にペンもメモ用紙もないんだ。家のなかに入るよ」

そう言って、弦矢は小走りで芝生を歩いて行った。

「子供の声がするな。いまどこにいるんだ?」

とニコライ・ベロセルスキーは訊いた。弦矢は事情を説明してリビングルームのホーム電話の前に行った。

ニコは、泊まっているボストン市内のホテルのファックス専用電話だと言って、番号を教えた。

それをメモ用紙に書いてから、どうしてキョウコ・マクリードの手紙がそんなに気になるのかと訊いた。からくり箱に隠してあったからか、と。

「ゲンは気にならないのか?」

「なんだか変だなとは思うけど、レイラの事件と関係があるとは考えられないよ。キョウコ・マクリードは菊枝おばさんとはとりわけ親しかったようだし、レイラのことにはひとことも触れてないし」

「そうだよ、そこがひっかかるんだ。なぜレイラのことに触れないんだ? 自分の子と同じくらいの歳の娘を誘拐されて、生死不明になって無駄に日がたっていくキクエに、キョウコ・マクリードがひとことも励ましの言葉を書かないってのは、どういうわけだ？　それどころか、自分の娘のことばっかり書いてる。乗馬クラブがどうのとか、メリッサはとても美しくなったとか、モントリオール大学の教育学部に合格したとか……。娘を失ったキクエにはつらい言葉だぜ。そんな文面を読んだら、キクエは、レイラが誘拐されなかったら、そして、もし十三、四歳くらいになって乗馬を楽しむようになったら、訓練された美しいサラブレッドの背に姿勢良くまたがって、厳しいコーチの指導に耐えながら、上手な乗り手でなきゃあ一歩も動かないぞって高慢な馬を御することに懸命になって青春を謳歌《おうか》してるかもしれないとか、その後、大学に進んでキャンパスライフを楽しんでるだろうとか考えてしまうだろう。キョウコ・マクリードってのは、そんな無神経な女なのかい？　他人の痛みがわからない友だちからの手紙を、キクエはどうして大事にからくり箱にしまっといたんだ？」

弦矢は、寡黙だと思い込んでいたニコの突然の雄弁に面食らいつつも、それらの不審をニコに教えられなければ気づかなかった自分の鈍感さに、なんだか打ちのめされるような気がした。

「あした、三千ドルを振り込んでくれ。現金で渡す約束なんだ」

とニコは念を押すように言った。

「必ず振り込むよ」

と弦矢は言った。

電話を切り、弦矢は翻訳した十通の手紙と、「ニコライ・ベロセルスキー氏に渡して下さい」と書いた紙を、備えつけてある家庭用ファックスでホテルに送った。

どういう手口を使ったのかわからないが、危険を冒してまで警察署の地下の保管室に眠っているビデオテープを手に入れて、それをＤＶＤにダビングして、ニコはなぜ俺に見せたいのかと弦矢は思った。

事件当時は、俺もまだ六歳だったし、俺はいちどもレイラと逢ったことはないのに、と。

しばらく英語に翻訳したキョウコ・マクリードの手紙を読み返していたが、弦矢は、もうそろそろダニーがリサとハンナを迎えに来るころだと思い、リビングルームの暖炉の上の、大理石の棚にある時計に目をやった。七時半を少し廻っていた。

高さ一メートル、幅六十センチ、文字盤の直径が五十センチほどある置時計は、いちにちに一回ゼンマイを巻かなければならない旧式のアンティークな代物に見えるが、電池で動くデジタル時計なのだ。

同じものが、このオルコット家には三つある。リビングルームと客間と二階の寝室だ。そのいずれもが暖炉の上に置いてある。

暖炉は薪《まき》を焚《た》く本格的なもので、さまざまな形の火かき棒を吊り下げるスタンドが横に並べてある。ロサンゼルスは温暖な地だが、冬には摂氏十度くらいまで下がる日もあって、そんなときはさすがに暖房が必要なのだ。

いやに静かなので、弦矢は、中庭に出てリサとハンナはどこに行ったのかと捜した。花畑で遊んでいるのかと思い、芝生の上を歩いて行った。日は落ちてしまったのにまだ空は淡い紺色で、照度を感知して灯る庭園灯はついていなかった。

ふたりは花畑にもいなかった。家のなかでは物音は聞こえていなかったので、弦矢は慌てて西端の白い柵のところへと走った。

あの柵を越えて遊んでいて、急な斜面から落ちたのではあるまいかと思ったのだ。

斜面から滑り落ちたら、二十メートル下の海岸にまっさかさまだ。海岸に沿って遊歩道があるが、いずれにしても怪我《けが》どころでは済まない。

弦矢は自分の顔から血の気がひいているのを感じながら、白い柵から身を乗り出して崖下を探った。

遊歩道には犬を散歩させている老夫婦の姿以外なかった。粗い土の斜面には刺のある背の低い木とサボテンが点々と自生しているだけだった。

その遊歩道に向かって弦矢は大声でリサとハンナの名を呼んだ。老夫婦も大型の犬も立ち止まって弦矢のほうを見上げた。

「子供が落ちたかもしれないんです」

と弦矢は表情も見えない老夫婦に言った。老夫婦は肩をすくめ、

「子供なんていないよ」

と夫のほうが言い返した。

弦矢は、洗濯室へと走った。すると、リサの声が反対側の菊枝おばさんの部屋のほうから聞こえた。

「おじいちゃんが来たの？」

ふたりは菊枝おばさんの部屋から中庭に出て来て、裸足で弦矢のいるところへと駈《か》けて来た。

「この家でかくれんぼしたら絶対に見つからないわよ」

とハンナが金色がかった茶色の目を輝かせて言った。

弦矢は、崩れるように芝生に坐りこみ、あの白い柵から海のほうへと落ちたのかと思って、頭が変になりそうだったと言った。

「あの柵は私たちより背が高いし、とても丈夫よ」

とリサは言ったが、弦矢の顔を見て抱きついてきた。

「心配したの？」

「ああ、心配どころじゃないよ。もしきみたちがあそこから落ちて死んじゃったりした

ら、ぼくも飛び降りて、死んでお詫《わ》びをしなきゃあって本気で思ったよ」

「誰にお詫びをするの？」

とハンナは訊いた。

「きみたちのお父さんとお母さんに」

そう言って、弦矢は立ちあがった。

ふたりと手をつなぎあって家のなかに戻り、弦矢は、出かけるときにすべての窓やドアを閉めたつもりだったが、南側棟の戸締りを忘れたのだなと気づいた。

「まだ心臓がどきどきしてるよ」

と言って、リビングルームのソファに深々と坐ってしばらくすると玄関のチャイムが鳴った。

ダニーは遅れたことを謝りながら、プラスチックの容器を弦矢に渡した。

「とびきりうまいフムスですよ。リビア人のおばあさんが作ってるんです。フムスは知ってるでしょう？　食べたことありますか？」

「ええ、トルティーヤにフムスを塗って、よく食べましたよ。セロリに塗ってもおいしいですよね」

「これをマフィンに塗って食べるのが私の朝食なんです。リビア人のおばあさんはお金なんかいらないって言うんですが、無理矢理彼女のエプロンのポケットに入れるんです。

本場のフムスのうえに上等のピーナッツ・オイルを使ってますからねぇ。私はこの容れ物に入れてもらったフムスを週に二個分たいらげるんです。リビア人のおばあさんには、いいお小遣い稼ぎになるでしょう?」

ＨＵＭＭＵＳかぁ。留学中、よくこれで食費の不足をしのいだなぁ。俺がスーパーで買うフムスもトルティーヤもアメリカの食品会社が大量に製造する安物だったが、健康にいい食品であることに違いはない。

フムスはインドや中東のほうから伝わったひよこ豆のペーストだ。

乾燥させたひよこ豆をひと晩水にひたしてから煮て、ナッツと一緒に細かく砕いてピーナッツ・オイルを混ぜてペースト状になるまで練るのだ。なんにでも合う。

弦矢はそう思いながら、リビア人のおばあさん手作りの本場のフムスをキッチンにおいた。

「六時くらいに綿菓子を食べたんですよ」

弦矢の言葉で、ダニーは孫娘に笑みを向けた。

リサは英語で喋ってくれと抗議するように弦矢に言った。

「コットン・キャンディーのことを告げ口したんだ」

このお喋りな裏切り者め、といった目で弦矢を見ているリサとハンナに、

「おじいちゃんは仕事を済ませてしまうから、もうちょっと待っていなさい」

と言って、ダニーは洗濯室へと行き、脚立をかついで花畑へと消えた。

「おなか、減ったんじゃないの？　スパゲッティー・トマトソースの用意をしといたんだ。卵とパルミジャーノのスープも作れるよ」

と弦矢が訊くと、ふたりは、食べたいと答えた。

菊枝おばさんが冷凍保存したトマトソースにはガーリックだけが入っていない。きっと、食べるときに入れるほうが匂いがきつくならないという配慮だろうという気がして、弦矢はきょうコスコでガーリックを買ったのだ。

スパゲッティーを茹《ゆ》でながら、フライパンに移したトマトソースに刻んだガーリックを入れ、弦矢は卵を三つ溶いた。

ガーリックは少なめにとリサが註文をつけた。

「イタリアンパセリがどれかわかる？」

と弦矢が訊くと、ハンナが頷いたので、三、四本を白い柵のところから取って来てくれと頼み、フランクフルトソーセージを輪切りにした。ハンナはバジルの葉もちぎって来た。家ではよくスパゲッティー・トマトソースを食べるが、お母さんは必ずバジルの葉を載せるとハンナは言った。

「うん、そうだな。バジルは大事だよ。ぼくは忘れてたよ」

と弦矢は言って、バジルの葉を洗った。

二種類の料理は十五分ほどで出来上がった。

「さあ、手を洗っといで」

とふたりに言い、弦矢はサラダを作った。

三人が食べ終わったころ、ダニーがやって来て、きょうはいつもより手を抜いたと申し訳なさそうに言った。

いつのまにか庭園灯が灯っていた。

帰って行くとき、リサは、ミニーマウスのキーホルダーが欲しいとダニーにねだった。もうじき、リサの誕生日なのだという。

「てごわいチビたちのお守りは終わったぞ。俺には大仕事だったよ」

そうつぶやき、ダニーの車のテールランプを見ながら、車内からずっと手を振りつづけているリサとハンナに応じ返して、弦矢は家のなかに戻って洗い物を片づけた。

とにかくなんでもすぐに片づける。これは、弦矢が留学中の四年間に身につけた習慣だった。男のひとり暮らしでは、そうしないとたちまち洗い物が溜《た》まって、部屋には悪臭がたちこめるのだ。

弦矢はコーヒーを淹れ、多めのミルクと一緒にマグカップに注いで、中庭の蔓バラの棚の下へと行った。

点滅する赤い光が夜空を西から東へと移動していた。かなりの上空を飛ぶ旅客機だった。ロサンゼルス空港から離陸した飛行機ではないなと弦矢は思った。

リサは鍵なんて持っていないだろうに、どうしてキーホルダーなんか欲しいのだろう。ミニーマウスというのは、たしかミッキーマウスの恋人だったな。そのミニーマウスの幼馴染《おさななじ》みがミッキーの恋のライバルで、えーっと、あいつはなんて名前だったかな……。

弦矢はきょう二本目の煙草に火をつけ、コーヒーを飲みながら、その鼠《ねずみ》の名を思い出そうとしたが思い出せなかった。

そのかわりに、リサとハンナが柵を乗り越えて海岸のほうへと落ちたのではないかと考えた瞬間の、全身が凍るような感覚が甦ってきた。

白い柵はぶ厚い板に念入りにペンキが塗ってあって、丈が一メートル半ほどあるし、土中に深く埋めてあるにしても、子供はなにをするかわからない。

いつだったか、射撃クラブの理事をしているという南カリフォルニア大学の教授が、

「毎年、アメリカでは数十人の子供が弾の入っていない銃で死ぬ」

と言ったことがある。

弾が入っていないと周りのおとなも思い込んでいる銃で遊んでいて、引き金を引いてしまう子供がいるということなのだ。

この白い柵を二重にしよう。柵の向こうにもうひとつ柵を設けるのだ。

おとなの予測の範囲を超えたことをするのが子供というものなのだ。安全のために念

を入れておかなければならない。

　このオルコット家に子供が遊びに来ることは滅多にないだろうが、あしたにでもダニーに頼もう。

　弦矢はそう考えて、ガーデンテーブルに置いた菊枝おばさんのスマートフォンを見た。

　菊枝おばさんにかかってくる電話は一本もない。eメールも送られてこない。広告メールのひとつくらいはあってよさそうなのに、それすらない。

　親しい人はみんなキクエが日本を旅行中だと知っているとしても、なんだか不自然だ。

　スマートフォンを持つ人は、自分のパソコンに送信されるeメールを転送されてくるように設定しているが、おばさんはそうしなかったのであろう。

　まるで世捨て人のようではないか。他人とのかかわりをすべて捨てたとでもいうのか。

　もしそうだとしたら、いつごろからだろう。レイラが失踪して無為に年月がたっていくごとに、おばさんはみずから、友人知人どころか日本の親戚たちともつながりを絶っていったのか。

　たしかに親戚のなかには、あまり逢いたくない人もいるだろうが、菊枝おばさんはたったひとりの兄とも接したがらなかった。

　兄の妻、つまり俺の母親とは、これまでにわずか二回逢っただけだ。

　俺が生まれる前に、菊枝おばさんはすでにイアン・オルコットと結婚してアメリカ国籍を取得し、ボストンでの生活に入っていた。それにしても、まるで永遠に小畑家と縁を切ったかのように疎遠になっていたのだ。

しかし、俺が知っている菊枝おばさんは、そんな利己的でかたくなな人ではない。いささかわずらわしいほどに面倒見のいい、機知に富んだ、いい意味での感情家だった。

イアンの両親は、キクエとの結婚に反対だったそうだが、アメリカの典型的な「よき家庭」を築くことに、一種の宗教的な価値として重きを置いていたので、日本人を嫁として受け入れるのに厄介事は起こさなかった。

イアンの両親は理性でキクエをオルコット家に迎えたのだ。

だが、それはあくまでも理性であって、心の奥にしまった感情は、ときとして表面化したかもしれない。

イアンがキクエを妻としてから十一年目に起こったレイラの失踪は、母親とともに出向いたスーパーで起こったのだ。

当時、イアンの父はすでに死に、二ヶ月ほど前には長男のトーマスも交通事故で亡くなっている。トーマスはその三年前に離婚していて、夫婦には子供はなかった。別れた妻は、すでに再婚していた。

イアンの母は、うつ病から軽い認知症にかかり、入退院を繰り返して、レイラ失踪の四年後に肺炎で死んだ。

レイラ失踪のあと、日本人の嫁とアメリカ人の姑《しゅうとめ》とのあいだに大きな波風はなかったのだろうか……。

弦矢は、あれこれと考えているうちに、ボストンの、かつてのオルコット家の近くには、キクエ・オルコットの真実の姿を知る人がいるのではないかという気がしてきた。オルコット家の近くというのは、なにも家の周辺に限らなかった。オルコット家を知る人々のことだと弦矢は思った。

交友のあった人々、トーマス率いるオルコット・インダストリー・グループの人々、イアンが経営するオルコット・ユーズドカー・センターで働いていた人々……。

しかし、弦矢はすぐに、そんなことを調べることがなんになるのだと考え直した。

リサとハンナが柵の向こうに落ちたかもしれないと思って走って行ったときの自分の胸騒ぎ、動揺、恐怖が一体となって、心が押しつぶされそうになったことを思うと、それと同じ、いやそれよりもはるかに巨大な苦痛を強いられつづけた二十七年間が、菊枝おばさんを途轍もない虚無の世界へと導いたとしても不思議ではないと弦矢は思ったのだ。

「死んだなら死んだと、せめてそれくらいは親に知らせてやれってんだ」

弦矢は犯人に向かって言い、家のなかへと戻った。スプリンクラーが作動する時間だったのだ。

日曜日の夜にマサチューセッツ州のボストンに行ったニコライ・ベロセルスキーは金曜日の昼過ぎにロサンゼルスに戻って来て、空港から電話をかけてきた。

「これからオルコット家に行くけど、いいかい？　ちょっと俺の事務所に寄るから二時くらいになるよ」

弦矢は了承して、葬儀会社に電話をかけた。担当者は、いまちょうど電話をかけようとしていたところだと言って、予定よりも早く、きょう銘板が完成したと伝えた。墓地の管理事務所に預けておくという。

弦矢は、あしたは土曜日だから、菊枝おばさんの遺骨を納めるにはちょうどいいと思い、墓地の管理会社に電話をかけて、何時に行けばいいかを訊いた。

朝の八時から夕刻の五時までならいつでもいいということだった。

弦矢はすぐにスーザン・モーリー弁護士に電話をかけた。スーザンは朝の十時はどうかと訊き、カミラもその時間なら行けるはずだと言った。

「じゃあ、ぼくは九時半に墓地に行ってます」

弦矢は、中庭に出て、広間に近い日陰のところで、きょう二本目の煙草を吸った。

見たところでどうにもなりそうにないと思いながらも、目を醒ましたときから弦矢は妙に落ち着かなくて、ニコが見せたいということは、スーパーの監視カメラの映像になにかを見つけたのではないかと期待を抱いてしまったのだ。

「なにか手がかりになるものが映ってるんなら、とっくに警察もそれに気づいてるよ」

期待外れでがっかりすることを恐れて、弦矢は今朝から何度も胸のなかで繰り返してきた言葉を、煙草の煙を吐き出しながらつぶやいた。

ダニーに電話をかけて、もっと頑丈な柵を新たに取りつけたいと伝えると、それなら専門の業者に頼んだほうがいいが、どうするかと訊かれた。

弦矢は、業者に頼んだほうがいいならそうしてくれと話し、墓地に敷く銘板ができたことを伝えて、あしたの十時に納骨すると言った。

「じゃあ、ゲンは日本に帰るんですか？」

とダニーは訊いた。

「ぼくは数日後に日本に帰るつもりです。納骨にはスーザンもカミラも来てくれるんです。ダニーも、あした来てくれますか？」

と言った。

ダニーは、自分は必ず行くが、ロザンヌにも都合を訊いてみると答えて電話を切った。

何度も腕時計を見て、落ち着かなくて、弦矢は芝生の上で腹筋運動をしたり、腕立て伏せをしてニコを待った。

今朝も軽い朝食のあと、ウォーキングに出たのだが、いつもと違うコースを歩いて、ジェシカの店には寄らなかったのだ。

ニコライ・ベロセルスキーがオルコット家のチャイムを鳴らしたのは二時十五分前だった。

約束の時間を絶対に守らないやつに違いないと思っていたが、そうではなかったなと苦笑しながら玄関の重いドアをあけると、大きなショルダーバッグを手に持ったニコは、

「なにがおかしいんだよ」

と機嫌が悪そうに言った。少し日に焼けたようだった。

「十五分も早く来たからね」

という弦矢の言葉になんの反応もせず、

「ゲンのパソコンの画面は何インチだ？」

とニコは訊き、靴のまま廊下を歩きだした。

だがすぐに思い出して戻って来て、弦矢が持っているスリッパを取って履いた。

「ぼくのパソコンは小さいよ」

「じゃあ、テレビにＤＶＤプレーヤーはついてるか？」

「リビングルームのテレビにね」

居間に行き、弦矢がＤＶＤプレーヤーのスイッチを入れると、ニコは中庭に面したガラス窓のカーテンを閉めて、ショルダーバッグからＤＶＤを出した。

「俺はこの三日間、たったの十秒間の映像を何回も何回も見たよ。いなかのモーテルよりもちょっとましなくらいのホテルの部屋でな。ＤＶＤを見せる前に、ちょいと説明しとかなきゃいけないことがあるんだ」

ニコはメモ用紙とボールペンを出し、レイラが姿を消したスーパーの見取り図を描いた。

そしてそこに三つの×印をつけた。

「二十七年前にオープンしたこのスーパーには、天井の三ヶ所に監視カメラが取り付けてあったんだ。警察はビデオテープを三つとも押収してた。ひとつは入口に向けてた。二台目はレジだ。もうひとつは店のいちばん奥に。そこには事務所と倉庫へ通じるドアがあるからだ。レジに溜まった現金は三十分置きに事務所の金庫に運ぶことになってたからさ」

それからニコは、ここがレジ、ここがトイレと○印を描いた。

レジからトイレまでは約十メートル。トイレのなかに窓はない。

週末はオープン記念で、食料品のすべてが七十パーセントオフだったので、開店と同時に客が殺到して店内はごった返していた。

スーパーから、子供がいなくなったという通報で警官がパトカーで到着して十五分後に、市警本部から全署員に緊急配備の指令が出た。レイラのためではない。コロンビアの麻薬カルテルの幹部で、殺人、麻薬密売で手配されている男が港近くのレストランにいるところを、ボストン市警の刑事が見つけたからだ。

全米の麻薬捜査官が血眼になって追っている男で、銃を持っていることは間違いない。レイラ・オルコットがいなくなったことでスーパーに来ていた刑事や警官は緊張し、色めきたった。

五人が来ていたが、現場の指揮官であるルーカス・バウアー警部補は、よくある幼児失踪事件よりも、麻薬カルテルの幹部の逮捕を優先して、たったひとりだけ警官を残して港のレストランへと向かった。

そのひとりだけになった警官は、まだ警察学校を出て三年もたたないデニス・ガリストン巡査だ。

だが、この新米の巡査は優秀だった。店内やトイレやスーパーの周辺を捜索しているうちに、これは広域捜査の指令を出すべきだと考えた。勿論、うろたえて青ざめているレイラの母親にも的確な質問をしている。

こういう事件での第一容疑者は子供の親だからだ。

二十二歳のデニス・ガリストン巡査がキクエ・オルコットに幾つかの質問をしているときに、やっと女性警官が到着した。

幼児が女性用トイレから失踪したことを、最初に警察に通報したスーパーの店員は、ただ女の子がうちの店からいなくなったとしか言わなかったのだ。

警察の捜査といえども女性用トイレに男の警官が入るわけにはいかない。トイレを封鎖して立ち入り禁止にするには、店はあまりに混みすぎていたし、警察官たちが到着したときも女性用トイレは満員だった。

たとえば、トイレ内で人が殺されたのなら、いかに混んでいようとも警察は封鎖して現場検証をしただろうが、レイラ・オルコットが女性用トイレで何者かにつれさられたという確証はない。

女性警官に来てもらわなければトイレ内を調べることはできないと判断したのもデニス・ガリストン巡査だ。

だが、女性警官が到着したときには、レイラがトイレに入ってから一時間五分がたっていた。

麻薬カルテルの男が逮捕されたのは、それから十三、四分後だ。

ルーカス・バウアー警部補は、自分たち分署のチームが凶悪犯を無傷で逮捕したことで意気揚々と署に帰り、無線でデニス・ガリストン巡査に監視カメラのビデオテープをすべて押収するよう指示を出したが、スーパーには戻らなかった。身代金などの要求があったら自分の出番だと考えたらしい。

きっと大物を捕まえたことで気持ちが高揚していたのであろう。

「俺たちは署長賞だぜ」

と部下に言ったという。署長賞どころか、昇進も有りうる手柄に浮き足立っていたのだ。

ガリストン巡査は、すぐに監視カメラのビデオテープを持って分署へ行った。

彼はそれを再生しかけたが、途中でルーカス・バウアー警部補に、それはお前の仕事ではないと言われて、また現場に戻ることにした。

だが、バウアー警部補が熱心に見る格好だけで再生したビデオテープを、ガリストン巡査は、近くに立ったまま十五分ほど見ていたのだ。

もし、レイラがトイレ内で誘拐されたのなら、犯人は女だし、かなり大きな鞄が必要だ。レイラが知らない人間に簡単についていくはずはないので、犯人はレイラが泣き声をあげたり、暴れたりしないような方法を使わなければならない。

何等かの方法で意識を失わせるか、ガムテープで口をふさぎ、手足を縛る……。

五つあるトイレボックスのなかで、そのいずれかの処置をして、大きな鞄か、それに類するものにレイラを入れ、トイレから出てスーパーの駐車場に停めておいた車のトランクに放り込んで、車と一緒に迅速にそこから逃走したとしたら、その女はよほど幼児の誘拐に慣れていたということになる。

これくらいは警察でなくても、だれにでもわかることだ。

デニス・ガリストン元巡査は、いまでも自分のとった捜査手順を悔やみつづけているそうだ。

上司たちすべてが麻薬カルテルの手配犯のいる港のレストランに急行したとき、とにかく自分がまず最初に取るべき行動は、空港や鉄道の駅、港に連絡し、広域捜査にすることだった、と。

しかし、レイラ・オルコットが姿を消してからすでに五十分以上もたっているという先入観が、デニス・ガリストン巡査に、母親からの事情聴取を優先するほうがいいと判断させた。

犯人がレイラを車に乗せて五十分以上ものんびり走っているはずはない。いまから検問をして、すべての車を調べても無駄だとも考えた。

女の子がいなくなったことを知らされた警備員たちのなかに機転のきく者がいなかったことも、同時刻に麻薬カルテルの凶悪犯がボストン市内にあらわれたことも、現場の指揮官がルーカス・バウアーという能無しだったことも、犯人にとってはこれ以上ないほどの幸運が重なったと言っていい。

バウアー警部補が鑑識に女性用トイレ内の指紋採取を要請したのは、驚くことに事件発生から三時間後だった。

もう百人以上の客たちが触れたであろうトイレのドアノブや水洗用のレバーからは当

然ながら指紋の採取は不可能だったが、鑑識は、レイラがどのボックスに入っていたかだけは特定しようとして、五つのボックスの内側のドアや便座や、その後方の壁、左右の壁についた指紋を採取した。

数十人の指紋が採取されたが、レイラのものはなかった。

だが、これは逆に奇妙なことと考えなければならない。

ほとんどの人が必ず触れる場所以外にも、トイレのボックス内では、トイレットペーパーのホルダーや壁のどこかに触れるものだ。

いちど試しにトイレに入って用を足してみればいい。思いも寄らないところに触れたりするものだとわかるだろう。

幼い女の子は、便座に坐って、左右の壁に指で絵を描いたりするかもしれない。

では犯人はドアの取っ手以外には触れなかったのか？　狭いトイレボックスのなかで、外にいる客たちに気づかれないようにレイラの意識を失わせるか、声をあげたり、暴れたりさせないための措置を講じるとき、どこにも触れなかったというのか？

採取できた指紋は数十人分。誰の指紋かが判明したのは四人分。なんらかの理由で指紋が警察のファイルに残っていたからだが、その四人はその後の捜査でシロとわかった。

ルーカス・バウアー警部補は、超満員のスーパーのトイレから指紋を採取することにも積極的ではなかったが、捜査マニュアルには従ったというだけだった。

彼はイアン・オルコットのアリバイを調べた。イアンは前日からデトロイトに出張していて、ボストンには事件の翌日に帰る予定だった。

オルコット・インダストリー・グループの社員だけでなく、デトロイトのホテルの者たちも、その間、イアンが間違いなくホテルに滞在して、デトロイト工場の幹部たちと頻繁に会議をしていたことを証明した。

イアンとキクエの夫婦関係なども調べたが、争いのない円満な夫婦だとわかった。

三日たっても四日たっても、一週間たっても、犯人からの身代金の要求はなかった。


そこまで低くて太い声で前置きして、ニコはいったん中庭に出て煙草を吸うと、

「入口に向けた監視カメラに不審なカップルが映ってるよ。レイラがトイレに入ったとされる時間の二十分前だ。だけど、ゲンに見てもらいたいのはそのカップルじゃないんだ。そのうしろから入口のドアへと歩いて行く女と子供だ」

と言った。

「子供？　レイラに似てるのかい？」

「わからないんだ。顔が映ってるのは一瞬だからな。とにかくビデオテープは二十七年間、分署の地下の捜査資料保管室に眠ってたんだ。テープそのものも劣化してるし、当時の監視カメラも、いまみたいな高性能なものじゃなかったから、画像が粗い。劣化し

てる箇所が切れないようにダビングするのは難しかったし、画像処理で鮮明にするのはこれが限界だ。ダビング中に切れないようにするのが精一杯だったんだ」

ニコライ・ベロセルスキーはガーデンテーブルに置いてある灰皿で煙草をもみ消すと居間に戻り、ＤＶＤを再生した。

画面の左上にはタイム・スタンプが年月日を記していた。「05 APR 1986」。右側にはそのときの時間が秒を刻んでいる。

モノクロームの画面には客でごったがえすスーパーの入口周辺が映っている。

「いいか、これからだぜ」

とニコは言った。

画面の右側からアノラックのようなものを着た若い女が、ドラム缶を半分に輪切りにしたような形の、鞄とは呼べないビニールのような袋を押して来て、待っていた男に渡した。男は巨漢で、フットボール選手のような体つきだった。金髪を海兵隊員のように短く刈っている。

どちらも穿いているのはジーンズらしい。

おおきな袋状の鞄には底に車輪が取り付けてあるようで、男はそれを押してスーパーの外へと出た。女がそのあとをついて行った。

「これだけかい？　これをぼくに見せたかった理由は？」

と弦矢は訊いた。

「ゲンもこいつらに目が行くだろう？　ルーカス・バウアーって無能な警部補もそうだったんだ。刑事歴二十年のベテランだぜ。ところがなぁ、警察学校を出て三年足らずのデニス・ガリストン巡査だけは、別のふたりを見てた。そのふたりの映像が、警察を辞めてからも頭から消えなかったんだ。もう一回最初から再生してくれ」

ニコはそう言うと、やっとテレビの前のソファに坐った。

さっきと同じ映像が画面にあらわれた。

「こいつらが出て行ってすぐだよ」

ニコは言いながら、上体をテレビに近づけた。弦矢もそうした。

カップルが出て行くと、夫婦連れらしい太った男女が入って来た。それとすれちがうように野球帽をかぶった男の子とも女の子ともつかない幼児と、華奢な体つきの女が手をつなぎ合って入口へ向かった。

「ここだ。よく見ろよ」

とニコは言った。

女はすれちがう男女に隠れて、頭部しか映っていなかったが、五、六歳くらいに見える子供はうしろを振り返って誰かに手に持っているなにかを振った。

しかし、すぐにふたりの姿は新たに入口のドアから入って来た数人の女性客によって隠れてしまった。その女性客たちが店内の奥に消えたときには、スーパーの前の道を左へと歩いて行く膝から下しか映っていなかった。

「ここまでだ。たったの十秒だよ」

「男の子か女の子かさえもわからないよ」

「レイラは、この日は、長袖のブルーのワンピースを着て、白いタイツを穿いてたってキクエは言ってる。四月だったけど、ボストンは前日からの寒気で寒かったから、アノラックも着せたそうだ。そのアノラックは、レイラがトイレに行くときにキクエが脱がせてやった。でも、この監視カメラに映ってる子はセーターを着てジーンズみたいなのを穿いてるし、Ｂって字を縫い付けたキャップをかぶってる。地元のボストン・レッドソックスのキャップだよ。レイラは髪が長かった。腰骨の上くらいまであったそうだ」

ニコはもういちどＤＶＤを再生した。

二十七年間で劣化したビデオテープの映像には横に黒い筋がときおり混ざるし、染みのような汚れもあって、よほど目を凝らさなければ、ニコが指摘する女と子供の姿はただの灰色の影にすぎなかった。

「この横筋が邪魔だなあ」

と舌うちをしながら弦矢は言った。

「ここだ」

ニコは言って映像を一時停止させた。

たしかに幼児は振り返って手に持ったものをうしろにいる誰かに振っている。うすぼんやりとしか映っていない顔は笑っているようにも見える。

「いいか、この子のいる場所は、だいたいこのあたりだ」

と言いながら、ニコライ・ベロセルスキーは自分が描いたスーパーの店内の見取り図にRと書いた。

ニコはこの子がレイラだと考えているらしいが、もしそうだとしたら腑に落ちないことだらけだと弦矢は思った。

ニコは、ショルダーバッグからプラスチック製のホルダーに挟んだ二十センチ四方の写真を出した。

「DVDのこの瞬間をプリントしたんだ。これを見ながら、もう一枚のDVDと比べてみてくれ」

ニコがセットした別のDVDは、レジを映している監視カメラの映像だった。

七つのレジはどれも長い列が出来ている。買い物カートと一緒に並んでいる客たちの後方は監視カメラに映り切らないほどだ。

だが弦矢は、画面の右側に映っている女が菊枝おばさんだとすぐにわかった。その姿は二秒ほどで前を通る客たちによって消えた。

ニコは、菊枝おばさんが映っているところまで画像を戻し、そこで一時停止させた。レジの長い列から外れた場所に、菊枝おばさんは、買い物カートを脇に置いて、画面の左前方を見ていた。レジの長い列からは外れた場所に立っているのだ。


「この女はキクエかい？」

とニコはもう一枚の写真を出した。

いま一時停止させている画面をプリントしたものだった。

「菊枝おばさんだよ。間違いない」

と弦矢は言った。

ニコは煙草をくわえて、どうしてそう断定できるのかと訊いた。

「ここで吸っていいよ」

弦矢は中庭に出て、自分の煙草と灰皿をテレビの前に持って来た。

「この画像だって粗いし、横筋が走ってるぜ。どうしてキクエだってわかるんだ？」

と答えをせかすようにニコは訊いた。

弦矢は、煙草に火をつけてから、写真の女を指差した。

「黒い髪。顔の輪郭。体つき。立ち姿。それにこの指輪だよ」

「指輪？　左手の結婚指輪か？」

「いや、右の薬指の指輪だ。結婚指輪とは別にイアンがニューヨークの貴金属店に特別に註文して作らせたんだ。日本の修善寺温泉の浴槽で亡くなったときもはめてたよ。普通の指輪よりもリングの部分の幅が広いだろう？　真ん中に灰色に映ってる小さな点は翡翠だ。菊枝おばさんは小粒な翡翠が好きで、この指輪はとくに気に入ってたんだ」

弦矢は日本から持って来た菊枝おばさんの遺品を取りに菊枝おばさんの寝室に行き、ハンカチに包んだままの指輪を持って居間に戻った。

ニコライ・ベロセルスキーは、写真と指輪とを見比べて、それをテーブルに置いた。

「おんなじもんだな。この女は間違いなくキクエ・オルコットだ」

そう言って、ニコは煙草を吸いながら一時停止させたままのＤＶＤの画面に見入りつづけた。

煙草を吸い終えると、見取り図を引き寄せて、キクエが立っているのはこのあたり、男か女かわからない子供が振り返って笑ったのはこのあたり、と印を入れた。ふたりの目線は一直線につながった。

弦矢は、見取り図に引かれたふたりの目線をつなげる斜めの線から目を離せないまま、ため息をついて見つめつづけた。

「ビールをくれないか」

とニコは言った。

「きのうの夜、最後の一本を飲んじゃったんだ。お墓の銘板が出来たから、あした、菊枝おばさんの遺骨を納骨するよ。そしたら、ぼくの役目は終わるから、数日後に日本に帰るつもりなんだ」

「帰る？　いったん帰るのか？　それとも帰ったまま、一年も二年もここに戻って来ないのか？」

とニコは訊いた。

「ここにいなきゃあいけない理由がないんだよ。ぼくはいま職探し中なんだ」

弦矢に、不審気で機嫌の悪そうな表情を注ぎ、

「じゃあ、なんで俺にレイラ捜しを頼んだんだよ。俺は白旗を上げて戻って来たんじゃないんだぜ」

と言って、ニコはまた煙草に火をつけた。

「ねえ、ニコ、もしこの子がレイラだとしたら、顔も姿もほとんど映ってない女は誰なんだ？　レイラは知らない人にトイレで服を着替えさせられて、ボストン・レッドソックスの野球帽のなかに長い髪をたばねて入れられて、おとなしくついて行ったのかい？　離れたところに立って自分を見てる母親に笑顔で手に持ったなにかを振って？　理屈に合わないよ」

と弦矢は言った。

「ああ、理屈に合わないよ。でも、この子はレイラだ」

そう言って、ニコライ・ベロセルスキーは写真の子供を指差した。

たしかに監視カメラにおけるふたつの場所からの映像を結ぶと、ニコの推理は正しいような気もする。けれども、それならば、菊枝おばさんはレイラが誰かと手をつないでスーパーから出て行くのを見ていたことになる。

そのあと、娘がトイレで消えたと店員に助けを求めた？　そんな馬鹿な。

弦矢はその自分の考えをニコに言った。

「そんな馬鹿なことが起こったんだ。さっき俺は言ったろう？　この手の犯罪の第一容疑者は親だって。父親か母親か、その両方か」

そろそろダニーがやって来る時間だった。

ダニーにはニコとの話を聞かれたくないなと思い、

「テラニア・リゾートのバーへ行こうか」

と弦矢は誘って、財布を取りに二階へあがった。三時半だった。なんだか厄介な事態へと進んで行きそうな気がした。

菊枝おばさんの指輪を彼女の寝室に戻し、自分の寝室で財布をポケットに入れながら、弦矢はいやな予感を抱いて少しのあいだベッドに腰かけていたが、いや、あの子がレイラならば生きている可能性は極めて高くなったということなのだと思った。

犯人が誰であれ、もうそんなことはどうでもいい。レイラが生きているならばそれでいいのだ。

そう考えると、なんだか希望に燃えて一歩前進を始めたような心持ちになり、弦矢は何ものかに感謝したくなった。奇跡が起ころうとしているのだと思ったのだ。

テラニア・リゾートのバーに入ると、ニコライ・ベロセルスキーはカウンター席ではなく、窓ガラス越しにテラスやスパの屋根が見えるテーブル席に坐り、ウオッカ・ライムを註文した。フレッシュ・ライムを搾ってくれというニコの註文に、ラテン系の顔立ちの若いバーテンダーは、うちはいつもフレッシュですよと言って笑顔を向けた。

「大丈夫かい？　車でサンペドロまで帰らなきゃいけないんだぜ」

弦矢の言葉に、

「ウクライナ人の血はウオッカで出来てるんだよ」

とニコはかすかに笑みを浮かべて言った。

「デニス・ガリストン巡査は警官を辞めたって言ったけど、辞めてどうしたんだ？」

と弦矢は訊いた。

足元の壁にあるコンセントでは客の誰かがスマートフォンを充電していた。弦矢はそれに気づかずに危うく踏みそうになった。

誰のものかと周りを見回すと、カウンターでビールを飲んでいる太った赤毛の男が、立てた人差し指を左右に振りながら弦矢を見ていた。

薄く笑みを浮かべてはいたが、ケンカを売っているような目だった。

「なんでバーで煙草を吸っちゃあいけねえんだよ」

と言ってから、ニコは振り返って男を見た。

「そのビール代に電気代は入ってないぜ」

ニコの言葉に男は人差し指を元に戻し、その手を膝のところで切ったジーンズのポケットにしまうと、スポーツ雑誌に目を落とした。

「デニスは、三年弱の警官生活で、この国が徹底的に学歴社会だって思い知ったんだ。デニスは高卒で警察学校に入ったんだ。親父はボストン市内で小さな工具店をやってた。毎月の生活で汲《きゆうきゆう》々としてたから、デニスは大学に行くことなんか端《はな》から考えてなかったんだけど、警察を辞めて大学に行こうって決めたんだよ。二年間、猛勉強してニューヨーク州立大学に入ったよ」

と言い、ニコは運ばれてきたウオッカ・ライムを飲んだ。

「それから?」

弦矢もグラスに入っているビールをひとくち飲んでから、大学を卒業したあとのデニス・ガリストン元巡査がどんな道へ進んだのかを知りたくてそう訊いた。

「これ以上は、ゲンは知らないほうがいいんだよ。だけど、監視カメラのビデオテープを分署の地下保管室からそっと持ち出したのはデニスじゃないぜ。それだけは言っとくよ」

日本のバーで使うカクテルグラスの三倍はあるクリスタルも、ニコが持つと小さな盃に見えた。ニコはショルダーバッグから封筒を出して、これは領収書だと言った。

「ホテル代とレンタカー代のだ」

と言って、ニコはウオッカ・ライムを飲み干し、もう一杯註文した。

まあいいや。俺がニコを送って行ったらいいんだ。車はこのテラニア・リゾートの駐車場に置いておけばいい。

そう思いながら、家族連れが日光浴をしているテラスを眺めた。

初めてここに来たときも子供たちが走り廻っていたな。金髪と青い目の典型的な白人一家だった。末っ子の女の子はとりわけ可愛かった。お人形のようだった……。

その家族連れを脳裏に描いた瞬間、

「ニコ、『あれ』はタオルだよ」

と弦矢はニコの肩を叩いて言った。

「タオルがどうしたんだよ。あれって、どれだ？」

ニコはバーのガラス窓の向こうに目をやった。

何日か前にこのホテルのテラスで見た少女のことを話し、

「DVDに映ってたあの子が振ってたのはタオルじゃないのかな。もしあの子がレイラだとして、レイラにもおしゃぶりやぬいぐるみに替わるものがあって、それがタオルだったとしたら……」

と弦矢は言って、さらに自分の考えをニコに話しかけた。

ニコはそれを遮り、ウェイトレスが運んで来たウオッカ・ライムに長いこと見入った。

そして、

「ビンゴ」

とだけ言ってから、また黙り込んでしまった。

あまりに長く無言のままなので、

「メリッサは、レイラじゃないのか？」

と声を低くして弦矢は言った。

「そんなことは、もう誰にだってわかるさ。俺がいま考えてるのは、レイラがどうやってアメリカから出国してカナダに入国したかだよ。ルーカス・バウアー警部補がどんなに無能でも、幼児が誘拐されたとなれば、まず空港と鉄道の駅と港に連絡する。これは鉄則だからな。捜査資料にも、それが行われたことは記録してあったんだ」

「その手配は何時何分に出されたんだい？　カナダのすべての空港や駅や港にも連絡が行くのかい？　世界中の空港にも？　世界中の港にも？　そんな事件が起こるたびに、コンピューターが自動的に世界中に捜査依頼を配信するのかい？　携帯電話もなかった二十七年前に？　パスポート・チェックを人間の目だけでやってた時代に？」

弦矢の問いに、ニコはなにかを思い出そうとしているかのような顔をテラスに向けつづけた。

やっと二杯目のウオッカ・ライムに口をつけて、

「捜査報告書を作成したのはバウアーだ。あいつのサインがあった。だけど、捜査にあたった刑事や巡査がそれを全員でチェックするわけじゃない。分署の署長が最後にサインをすればそれで正式書類になる。バウアーが、レイラ事件での現場指揮官としての、自分の数々の失態に気づいたとしたら……」

ニコはそう言って、椅子の背凭れに巨体をあずけた。

バーのコンセントで充電をしていた男が、弦矢に笑顔で会釈して自分のスマートフォンを取りに来た。

ニコは男を一瞥《いちべつ》もせず、低い声で言葉をつづけた。

「空港や駅なんかに手配を依頼した時間を、バウアーは誤魔化すことができるんだ。ほんとは十三時二十分なのに、事件の通報で現場に着いてすぐ、十二時十五分って書くことは簡単さ。あとでばれたら記載ミスだって言い逃れることもできるからな。あいつは、監視カメラに映ってた車輪付きの大きなバッグを転がしてスーパーから出て行ったカップルに狙いを定めて、ふたりを追ったんだ。二日後に見つけ出した。ふたりは夫婦で、ボストン市内の西のはずれでクリーニング屋を営んでた。あの車輪付きのビニールのでっかいバッグは、ワイシャツならワイシャツ、セーターならセーターと分けて入れるための商売用の分類袋だったんだ。クリーニング屋の若い夫婦は二日間勾留されて取り調べを受けた。クリーニング屋の作業場も夫婦の住んでる家も徹底的に調べられたけど、なんにも出てこない。証拠不十分のうえに自白は取れない。で、帰されたのは三日後だ。でも、バウアーはあきらめなかった。なんと三ヶ月間、部下に夫婦の尾行をつづけさせたんだぜ。だけどそれも、一生懸命捜査をしておりますっていうバウアー警部補の格好づけさ。本心は、よくある幼児誘拐ならレイラをみつけることは不可能だって思ってたんだ。身代金の要求があるか、死体がどこかの湖で浮かぶか、公園の植え込みで見つかるかしたら、事件としてあらためて本格的な捜査に入ればいいってのがバウアー警部補の考えだったって、当時の部下が言ったよ」

弦矢は、ニコの口からキクエ・オルコットの名が出てこないのを奇異に感じたが、言わずもがなのことを口にする必要はないと考えているのかも知れないと解釈した。ニコにはそういうところがあると弦矢は短いつきあいのうちに知ったのだ。

弦矢は、菊枝おばさんの寝室にあるパソコンのことをニコに話した。

「あの花だらけの屋敷に戻ろうぜ」

そう言うと、ニコはウオッカ・ライムを一気に飲み干した。

勘定を支払ってホテルのエントランスに行くと、ニコは百メートルほど先の駐車場係となにか話をしていた。

制服らしいオレンジ色のポロシャツに茶色のバミューダパンツを穿いた若い女は、テラニア・リゾートへとやって来る客の車をそこで停めて、宿泊客かそうでないかを確かめて、駐車する場所を指示する役目を務めている。

「ぼくが払うよ」

と小走りで駐車場へと急ぎながら弦矢はその女に言った。

ニコに車を運転させたくなかったが、あの巨体ならウオッカ・ライム二杯くらいは大丈夫だろうと思うしかなかった。

宿泊客ではないので五ドル払わなくてはならなかった。

「バーの客なんだけどなぁ。でも、ここに来る連中が五ドルの駐車場代をけちるのもかっこ悪いよな」

弦矢はそうつぶやき、ニコの車のあとについてオルコット家に戻った。ダニーの車が停まっていた。

菊枝おばさんの寝室に入ると、ずっとかぶったままのパナマ帽を出窓のところに置き、ニコはパソコンの電源を入れた。

それなのに、

「俺は向こうで待ってるよ」

とニコは言って、部屋から出て行った。

「見たくないのかい？」

弦矢の言葉に、ニコは廊下を歩いて行きながら、

「俺がゲンに頼まれたのは、レイラが生きてるのか死んだのかを突き止めることだけなんだ」

と言った。

弦矢はパスワードを入力するところにｍｅｌｉｓｓａと打ち込み、エンターキーを押した。ロックは解除されなかった。

次に¥ｍｅｌｉｓｓａ¥と打ち込んでみた。ロックは解除されて、菊枝おばさんが自分で撮ったらしい写真の壁紙があらわれた。

「ビンゴ」

とつぶやいたが、弦矢は指や手の震えが治まるのを待って、画面全体を埋めている桔梗やバラやガーベラの写真の壁紙を見つめた。二の腕に鳥肌が立っていたので、手でこすった。

基本のアプリケーション以外には、三つのフォルダーが画面に出ているだけだった。

なんとまあ簡素なパソコン画面だろうと思い、弦矢は先にメールボックスを開いた。

からっぽの受信トレイに何通かのｅメールが入ってきたが、ほとんどは広告メールだった。だが、一通はキョウコ・マクリードからのものだ。

弦矢はそれを開封するのをあとまわしにして送信トレイを見た。からっぽだった。菊枝おばさんは、日本に旅立つ前に自分が送ったメールのすべてを削除していったのだなと弦矢は思った。

受信トレイに切り替えて、弦矢はキョウコ・マクリードからのｅメールを開封した。

――きょう出発ね。もうロサンゼルス空港に向かってるかもしれないわね。旅行中の健康と無事故を祈っています。四万十川の旅は羨ましいわ。私は河口から十キロくらい上流にしか行ったことがないの。瀬戸口《せとぐち》さんによろしく伝えてね。きのう、サミーがふたりめの子を授かったと知らせてくれました。メリッサがオタワからお祝いの電話をくれたそうよ。それを知らせたくてメールしました。メリッサも早く結婚すればいいのに。でも、本当に好きな人があらわれないんだから仕方がないわね。どうか楽しい旅を。――

その文章を何回も読み、弦矢は三つのフォルダーのうち、「ＦＰ」と書かれているのを開いた。花の写真ばかりが五百枚近く入っていた。

「Ｔ１」のフォルダーは、日本の旅の行程表で、それは弦矢が日本から送ったメールを移したものだった。

「C」のフォルダーには、膨大な数の料理のレシピが打ち込まれているだけだ。

「ごみ箱もからっぽだよ」

そうつぶやいて、弦矢はニコのいる居間に行った。

居間のソファに坐って中庭を見ているニコライ・ベロセルスキーに、

「ビンゴ」

と言い、弦矢もソファに坐った。

「ｍｅｌｉｓｓａか？」

「うん、最初と最後に円の記号がつくんだ。￥ｍｅｌｉｓｓａ￥だったよ」

まだ少し手の震えが残っていて、弦矢はそれをニコに気づかれたくなくて立ちあがって居間を歩き廻った。

「キョウコの住所とか電話番号はわかったか？　震えてないで、俺に教えなきゃいけないことは教えろ」

弦矢はソファに腰かけて、パソコンの中身についてニコに話した。

「菊枝おばさんは、どうしてパソコンのごみ箱のなかまでもきれいさっぱりと削除していったのかなあ。まるで、これから死にに行く人みたいだよ。まさか自殺したんじゃないだろうな」

「そうじゃないよ。こないだもそう言ったろ？」

とニコは首を横に振りながら言った。

「どうしてそう断定できるんだ？　修善寺の警察にもバウアーがいたかもしれないだろう？」

「日本の鑑識は優秀だ。浴槽で自殺するためには、首を吊るか、ドライヤーでの感電死か、手首を切るかしかないんだ。のぼせて心臓発作が起こるのを待って、その発作で風呂の湯を肺に吸い込んで、なんて自殺の仕方を選ぶほどキクエは馬鹿じゃないさ」

「じゃあ、おばさんの身辺の片づけ方はなんなんだ？」

「自分の身になにか起こったときに、ゲンがレイラのことに気づくようにしたんだ。そうでなきゃあ、なんであのからくり箱にキョウコからの手紙を隠しとくんだよ」

「おばさんはまだ六十三歳だぜ。狭心症の持病があったって、深刻な症状じゃなかったんだ。もしものことなんか考えるかなぁ」

「普通なら考えないだろうさ。でも、レイラのことを二十七年間も胸に秘めてきたんだ。いつかは解決しなきゃあいけない。もしものときには、ゲンにそれをやってもらおう」

ニコがさらになにかを言おうとしたとき、ダニーが北側棟から廊下を歩いて来て二階へとあがりかけた。

弦矢は、ニコにダニーを紹介した。オルコット家の庭師で、ウエスターン通りでスカンクを轢いてしまった人だ、と。

ダニーは苦笑しながら居間にやって来て、

「いやなことを思い出させてくれますよ」

と英語で言った。

ニコは立ちあがってダニーと握手しながら、

「災難でしたね」

と言った。

アメリカで生まれ育ったダニーは大男には慣れているはずだったが、びっくりしたようにニコを見あげると二階へあがっていった。

「この家はどうするんだ？」

とニコは声を落として訊いた。

「このままにしとくよ。これはレイラの家だからね」

小さくため息をつき、ニコライ・ベロセルスキーはテーブルに置いてある二枚のＤＶＤを見ていた。

弦矢は、深い皺が額に二本、両頰にも二本ずつ刻まれているニコの、ところどころ茶色が混じった銀髪と鳶色の目を盗み見た。

いかつさのなかに憂愁に似たものがときおり浮かぶ容貌は、人生が顔を作ることを如実に、しかし寡黙に語っていると弦矢は感じた。

指を下腹のあたりで組んで考え込んでいたニコは、テーブルに置いた二枚のDVDを顎で指し示し、

「この子が振り返ってタオルを振った相手がキクエだってことは、まだあくまでも推定なんだぜ。監視カメラの映像は不鮮明で、キクエらしい女が映ってるのはたったの二秒だ。子供が振り返ったときと、キクエらしい女がかすかに微笑んだときとは、古いビデオテープのタイム・スタンプでは同じ時刻を表示してる。だけど厳密に比較したら、ふたりの目はそれぞれ違う人間に向けられてたかもしれないんだ」

とニコは言った。

弦矢はニコが何を言いたいのかよくわからなかった。

「お前さんの頭には、マーケティング用語と数字しか入ってないみたいだな」

とニコは言って立ちあがり、菊枝おばさんの部屋へと歩いて行った。

うしろからついていく弦矢に、

「キクエのパソコンには、俺が見ても差し支えのないものしか入ってないんだな？」

と念を押して、ニコはパソコンの前の椅子に坐った。

弦矢は、キョウコ・マクリードからの日本語のｅメールを訳して聞かせた。

「メリッサはオタワにいるのか……」

とニコはつぶやいた。

「サマンサって名の友だちはみんなからサミーって呼ばれてたよ。キョウコの娘かな。正式にはサマンサ・マクリードだな。メリッサはサミーよりも歳上なのかな。歳下なのかな」

その弦矢の言葉にはなにも返さず、ニコは広告メールのうちの安全そうなものだけ開封していった。

そのなかに有名な家具店からの私信があった。日付は四月二十七日だった。

――ご註文の品が届いております。イギリスのメーカーは、発送は五月十日になると申しておりましたが、品物が予定よりも早く揃ったとのことで、本日、当店に到着いたしました。

現在、ご旅行中と承っておりますので、お帰りになりましたらご連絡下さい。支払いは納品後で結構でございます。

品物はオルコット様の家の廊下に置くマホガニーの飾り台七台と丸テーブル三台でございます。ご要望どおりの家具が揃い、担当者として喜んでおります。今後とも当店をご愛顧下さいますように。

なお、飾り台も丸テーブルも廊下の中庭側ではなく内側の窓と窓のあいだに置くほうが直射日光による影響が少ないので、当店としてはそちらをお勧めいたします。――

「キクエは、帰国後にこの家の殺風景な廊下を飾るつもりで註文したんだ。代金はまだ払ってない。ゲンのおばさんは、イギリスから上等の家具を取り寄せて、代金を払わないまま旅先で自殺する女か？」

とニコは言った。

弦矢は、ニコと替わってもらってパソコンの前に坐りながら、

「うん、自殺じゃないのかって疑問は完全に消すよ」

と言い、画面をキョウコ・マクリードからのｅメールに変えた。

「キョウコに何を書くんだよ」

とニコは訊いた。

「まず、キクエ・オルコットが日本で死んだこと……」

「それから？」

「まだわからないよ。なにをどう書いたらいいのか、まるでわからないね」

するとニコは中庭側の出窓のところに行き、弦矢に背を向けたまま言った。

「いいか、ＭＢＡとＣＰＡを取得したエリートさんよ、幼児誘拐は重罪なんだぞ。表向きだけであっても捜査は継続中なんだ。ゲンにとっては犯人が誰かなんて、いまとなってはどうでもいいんだろ。レイラの生死が判明して、そのうえ生きていて、しあわせに暮らしてるとわかったら神に感謝するだけさ。ブッダでもいいしアッラーでもいいさ。

もし、監視カメラに映ってる子供がレイラで、その手を引いてるのがキョウコで、キク

エはそれを見ていて、幼い娘を誘拐されて半狂乱になってる母親を演じてたとわかってなんになる？　キクエは死んだけど、キョウコとケヴィンは逮捕される。厳密にいえば、俺もゲンも犯人隠匿の罪で刑務所行きだ」

「黙ってたらいいじゃないか。ニコライ・ベロセルスキー調査会社は秘密厳守なんだろう？」

「浮気調査じゃないんだぞ。この幼児誘拐には母親が絡んでて、いや、母親が主犯で、二十七年間、不幸な母親を演じつづけてたとなれば、アメリカ中のメディアが大々的に報じるぜ。アメリカだけじゃ済まないな。カナダでも日本でもありとあらゆるメディアが飛びついて、レイラが世界中にさらされるんだぞ。ここまで説明されないと、そんなこともわからねえのか。だから、俺はさっき、お前さんの頭のなかにはマーケティング用語と数字しかないのかって言ったんだよ」

　それくらいはわかっていると言い返したかったが、弦矢は黙り込むしかなかった。

　レイラが生きている可能性は高くなったという高揚感ばかりが先走って、それ以外のことには考えが及んでいなかったと弦矢は認めざるを得なかったのだ。

　俺の精神性は未熟で、瞬時にあらゆる想定をして、そのひとつひとつに的確な対応策を講じる能力に欠けていると思い知らされて、弦矢はただぼんやりとキョウコ・マクリードからのｅメールに目をやっていた。

ダニーが帰って行った。

「大事なことを言い忘れてたよ」

と言い、ニコは居間へと戻った。

あとからついて行った弦矢は、ニコが再生するDVDの画面の前に坐った。

ニコは一時停止ボタンを押してから、捜査報告書のコピーを弦矢の膝の上に投げて寄こし、

「読んだら焼却したほうがいいぜ」

と言った。

画像が動き出し、クリーニング屋だったというカップルのあとから女と手をつないだ子供が画面にあらわれると、ニコは再び一時停止させ、

「タイム・スタンプを見てくれ」

と言った。

画面上部の左側には「05 APR 1986」という日付を示す数字があり、右側に「11：15：03」と時間が表示されている。

ニコに捜査報告書の二ページ目を読めと促され、弦矢はそうした。

「店員は、キクエ・オルコットから娘がいないと知らされたのは十一時五十分ごろだと証言してる。それから警察に通報するまで、さらに十五分ほどかかってる。ルーカス・

バウアーの馬鹿野郎たちがスーパーに着いたのは十二時十五分になってる。報告書ではすぐに手配をしたことになってるが、実際にこの馬鹿野郎がボストン中に少女失踪を伝えて手配を命じたのは十三時二十分だ。監視カメラに映ってる子供がスーパーから出てから二時間五分後だよ」

弦矢は、菊枝おばさんはレイラがいなくなってから三十五分間も店員に知らせなかったのだと改めて理解した。キクエから聞いた話としてスーザンは、レイラがトイレに入って十五分後に店員に知らせたと言っていたなと弦矢は思った。

「デニス・ガリストン巡査が、広域捜査にしなかったことを悔やんでるのはこのことさ」

ニコはＤＶＤを停止させて煙草に火をつけた。

「二時間もあったら、六歳になってまだたった三日目の女の子を犯人はどこまでつれて行けるかな」

と弦矢は言った。

「ボストンは港湾都市だ。大西洋に面してる。北のカナダにも南の中南米にも船が出てる。客船もあればコンテナ船もあるよ。だけど、犯人にとっちゃあ客船は危険だ。手配は船にも及ぶからな。俺なら、車か飛行機だ。飛行機でマサチューセッツ州から出て、他の州に行く。それなら国内便に乗ればいいんだ。アメリカ国内の移動にパスポートは要らないよ」

「菊枝おばさんは、レイラがトイレにいないと知ってから警官が到着するまでのことをどう説明したんだろう……」

「それもその報告書に書いてあるよ。まず店内を捜し、駐車場を捜し、また店内に戻って捜し、スーパーの前の通りを渡っておもちゃ屋を捜し、その近くのドーナッツ屋を捜し、また駐車場に戻って捜し、スーパーに戻ってトイレと店内を捜し……。気が動転して、うろたえて、必死に捜し廻った。娘がいなくなってしまった母親がそういう行動を取るのは不思議じゃないんだ」

　太陽はわずかに朱色を帯びてきた。

　弦矢は居間の窓をあけて、また煙草を吸った。

「俺はあしたモントリオールへ行くよ。飛行機の予約をしてくれ。いちばん早いのがいいな」

　とニコは言った。

　自分のパソコンで空港のサイトにアクセスするとエア・カナダ便が最も早く離陸するようだった。

　カナダのモントリオールは、アメリカの東部時間と同じで、ロサンゼルスとは三時間の時差がある。こちらが朝の九時のときは昼の十二時なのだ。所要時間は約五時間と少し。

弦矢は航空券を予約して、あしたの早朝に調査実費を届けるとニコに言った。

「レイラがスーパーから出て行って六十分後にボストン市内に手配が廻ったなんてことはないんだ。バウアー警部補は報告書のなかで大幅な時間操作をしてるんだ。麻薬カルテルの大物幹部の逮捕っていう大手柄を、珍しくもない幼児失踪事件の手抜かりで帳消しにしたくなかっただろうからな。空港や駅や港への手配がじつは報告書よりもう六十五分あとだったとしたら、約二時間後ってことになる。スーパーからボストン空港までは車で二十分だ。道が混んでても三十分。手配が廻る一時間半前には空港に着いてる。女とレイラが飛行機に乗る時間は充分にあるよ。二十七年前の空港の手荷物検査はいまほど厳しくなかった。国際線でもぎりぎりに空港に着いても乗れたんだ。犯人がもしカナダ行きの飛行機に間に合うように計画してたら乗れるぜ。カナダのどこでもいいんだ。モントリオールだろうがオタワだろうがエドモントンだろうがバンクーバーだろうがトロントだろうがケベック・シティだろうがカルガリーだろうが、カナダ国内に入ったら成功さ。カナダはアメリカよりも大きい。世界で二番目に面積の大きい国なんだぜ。ボストン空港からカナダ国内へ行く飛行機がどれだけあるか調べてみろよ」

そのニコライ・ベロセルスキーの言葉を聞きながら、居間の椅子に足を組んで坐り、弦矢は、監視カメラに映っている菊枝おばさんの二十七年前の画像を見ていた。

背が高くて細面で目と目のあいだの鼻の骨が女性にしては太い。父親似なのだ。白黒画像では、その鼻梁《びりょう》の太さがきわだって見える。

「夕食を食べていかないか？　Tボーン・ステーキを焼くよ」

と言って、弦矢はニコに目をやった。

「ああ、腹が減ったなぁ。Tボーン・ステーキとはありがたいね」

ニコが微笑みながら言ったので、弦矢はおとといコスコで買ったステーキ用の肉を取りにガレージに向かったが、広間のところで立ち止まり、

「レイラにもパスポートが要るよ。パスポートはどうしたんだろうな」

とニコに訊いた。

「レイラと手をつないでスーパーから出て行った女に訊いてくれ。俺は犯人捜しを頼まれたんじゃないんだ。もう一回言っとくがなぁ、俺が引き受けた仕事は、レイラ・オルコットが死んだのか生きてるのか、もし生きてるなら、いまどこにいるのかを突きとめることだけなんだぜ。それ以上のことに、俺は関わらないほうがいいと思うよ。そうだろう？　犯人隠匿の罪で刑務所に入るのはゲンだけにしといてくれよ」

ニコの言葉になにも返さず、弦矢はガレージの冷凍庫からステーキ肉を二人分出すとキッチンに置いた。どちらも骨付きで四百五十グラムなので解凍に時間がかかると思い、弦矢はタンブラーとスコッチ・ウィスキーのモルトを瓶ごとニコの前に置いた。

ニコはウィスキーの瓶とタンブラーを持って中庭に出た。濃い朱色の太陽が太平洋に

落ちかけていたが、空はまだ青かった。

そうだ、ダニーから貰ったフムスがある。ここからすぐのスーパーでトルティーヤを買ってこよう。ニコはそれを食べながらウィスキーを飲んでいればいい。ステーキ肉の解凍には一時間ほどはかかるだろう。バゲットも買おう。トマトとセロリも。スーパーの惣菜《そうざい》売り場にはマッシュポテトがあった。それも買ってこよう。ニコは大食いだろうからマッシュルームも……。

弦矢はそう思い、蔓バラの棚の下でガーデンチェアに腰をおろしてウィスキーを飲んでいるニコには声をかけずにガレージに行った。

買い物をして海辺の家に帰って来ると、ニコはまだ蔓バラの下にいた。

弦矢はフムスを皿に入れ、トルティーヤと一緒に運んだ。ウィスキーはまったく減っていなかった。

「さっき、かぞえたんだ」

とニコは言った。

「なにを?」

「壁や窓に吊ってある植木鉢の数さ。ガーベラは三十三鉢あるよ。レイラは三十三歳だ。偶然かな」

このウクライナ系アメリカ人の大男の観察力と感性は並ではないなと弦矢は思った。

中庭の真ん中へ行き、芝生に裸足で立つと、まだまだ植木鉢を吊るす空間のある壁や出窓を見やって、弦矢は思いも寄らなかったことが現実になりそうなのに、それを実感として受け止められない自分の心に、

「喜べよ、レイラが生きてる可能性が濃くなったんだぜ。奇跡が起ころうとしてるんだぜ」

と語りかけた。

しかし、そのためには、多くの人間が不幸になるかもしれない現実と向き合わなければならないという予感があった。

菊枝おばさんは死んだ。イアンも死んだ。だが、事件に関わったかもしれない人間は生きている。

六歳になったばかりだったレイラはなにも知らない。レイラは被害者なのだ。可哀相な子なのだ。

もしレイラがカナダに行ってメリッサ・マクリードになったのだとすれば、キョウコ・マクリードは事件の実行犯ということになる。当然、夫のケヴィン・マクリードも関与していたことであろう。

そして菊枝おばさんは？

夫のイアンは？

なぜだ？　なぜイアン・オルコットとキクエ・オルコットは我が子をキョウコ・マクリードに誘拐させてカナダへと行かせて、二十五年以上も親子のつながりを絶ったのだ？

二十七年前、ボストンのオルコット家でなにが起こっていたのだ？

俺は、憎むべき重罪に加担するはめになるかもしれない。ニコの言うとおり、これ以上事件の真相を知れば犯人隠匿の罪が俺にかかってくるかもしれないのだ。

弦矢は蔓バラの棚の近くへ行き、

「怖くなってきたよ」

と言った。

「いまごろか？　さすがは優秀なおつむだぜ。俺は、一本目のビデオテープでボストン・レッドソックスのキャップをかぶってる子が斜めうしろを振り返って誰かになにかを振りながら笑顔を向けてるのを確かめたとき、まずいことになりそうだなってぞっとしたよ」

ニコは海に目をやったまま言った。

「よくあのふたりに気づいたね」

弦矢はガーデンチェアに腰掛けているニコの近くの芝生に坐りながら言った。

「あれ以上、画像を鮮明にはできなかったんだ。ビデオテープの映像をＤＶＤに保存する作業は綱渡りみたいなもんさ。テープが切れたら、誰かが再生したってことがばれるからな。でも、レイラ・オルコット失踪事件の捜査資料の入ってる箱は、『未解決』ってスタンプを捺されて、誰も封をきらないまま保管室の奥で眠りつづけるさ」

トルティーヤにフムスを塗りつけて、それを口に入れてから、ニコはウィスキーを飲んだ。小さなタンブラーに注いだウィスキーは二センチほど減っているだけだった。

イアンも知っていたのだろうかと言いかけて、弦矢は口をつぐんだ。ニコは、そのことに対しては決して自分の推理を喋らないと思ったのだ。

ニコが、レイラの生死をつきとめることだけに固執するわけを、弦矢はすでに充分に理解していた。

「ここから海沿いに北へ行くと灯台があるよ。この家からは見えないけどな。古い灯台じゃないから味わいはないけど、その灯台のちょっと北側に公園がある。行ったこと、あるかい?」

とニコは話題を変えた。

「いや、ぼくはここへ来て以来、パロス・ヴァーデス半島から出たことはほとんどないんだ」

と弦矢は答えた。

「そこもパロス・ヴァーデス半島のなかだよ。俺は、ときどき夜中に行って、公園から灯台を見るんだ。灯台のライトがぐるっと一周して俺のいるところを照らす瞬間が好きなんだ。世界中の灯台を夜中に眺める旅に出たいよ。世界には幾つ灯台があるか、調べといてくれよ。インターネットならすぐにわかるんだろう？　十七、八世紀に出来た石積みの灯台がいいな」

「世界中の古い灯台を調べるよ」

「どうせ暇だろう？」

ニコは笑みを浮かべて立ちあがった。

Ｔボーン・ステーキはいい焼き加減で、ステーキ用のソースも甘くなくて、バターと塩だけで炒めたマッシュルームとよく合った。

「ご馳走さま。こんなにうまいステーキは久しぶりだ。ほんとにうまかったよ。ランチョ・パロス・ヴァーデスでステーキハウスでもやれよ。ゲンのスープも最高だぜ。スープ屋をやると決めたら俺を雇ってくれ。用心棒でも配達でもなんでもやるぜ」

そう言い残してニコが帰って行くと、弦矢は洗い物を済ませてから、菊枝おばさんの部屋に行った。ニコに合わせて食べたので胃が少し苦しかった。

「大食いの連中には慣れてるけど、やっぱりニコは別格だよ」

そうつぶやき、弦矢はキョウコ・マクリードからのｅメールを長いあいだ見つめた。

そして、なんとなくふんぎりがつかないまま、菊枝おばさんの死を知らせるメールを打った。

——私は小畑弦矢と申します。キクエ・オルコットの甥です。このメールはロサンゼルスのランチョ・パロス・ヴァーデスの菊枝おばさんのパソコンで打っています。

さて、突然にこのようなメールを差し上げて、さぞ驚かれると思いますが、キクエ・オルコットは日本時間の四月十四日午後十一時くらいに旅先の修善寺温泉で入浴中に死亡いたしました。

警察の検死で、浴槽内で狭心症を起こしたことによる病死と判明し、東京で火葬して、夫であるイアン・オルコットの墓の隣りに納骨するために私が遺骨を持ってまいりました。あすの土曜日に納骨の予定です。

菊枝おばさんが日本に発った日に送信されていたあなたからのメールを、きょうやっと読むことができましたので、こうやって返信しております。

故人への生前のご厚情を深く感謝申し上げます。——

そこまで書いてあとがつづかなくなり、弦矢は腕組みをしてパソコンの画面に見入った。なにかをつけ加えなければならないと思う気持ちと、いや、あとはキョウコ・マクリードがどんな返事を送ってくるかで考えようという気持ちが交錯した。

弦矢は菊枝おばさんの部屋から中庭へと出て、芝生の上で煙草をくわえたが、きょうは六本も吸ったことを思い出し、火をつけないまま、しばらく夜の海を見つめた。

そして菊枝おばさんの部屋に戻り、eメールになにも書き加えずに送信した。マウスをクリックする瞬間、高いところから、えいやあと飛び降りるような心持ちがした。

そのあと、キクエ・オルコットは旅行中に死去したが註文した家具は届けてもらいたいと家具店の担当者に返信して、百以上もの料理のレシピがコピーされているフォルダーを開いた。

最初に、誤嚥《ごえん》しにくい料理のレシピがあった。主にスープ類だが、パンで作る粥《かゆ》もあった。画面をスクロールしていったがレイラに関するものはなかった。

他のふたつのフォルダーも丹念に調べたが、なにも見つけられなかった。

すぐにもキョウコ・マクリードからの返信が届きそうな気がして、三十分近く椅子の背凭れに体をあずけてパソコンの画面を見ていたが、十時になると弦矢はあきらめて菊枝おばさんの部屋から出た。

南側棟と北側棟の窓やドアを閉め、弦矢は二階でシャワーを浴びて、それからテニスコートくらいのだだっぴろい自分の寝室でテレビのニュース番組を見るともなしに見ていた。

十一時にもういちど菊枝おばさんの部屋でパソコンを開き、メールボックスを見たが、広告メールを一通受信しているだけだった。

廊下を歩いて広間へと行き、そこのドアから中庭に出ると、弦矢は花畑へ行った。

花々や自分の背丈ほどの草たちに、

「こんばんは」

とささやきかけ、弦矢は小道に置いたままのガーデンチェアにそっと坐った。ジャスミンの匂いがした。

草花たちはレイラのことを教えてくれという願いを叶えてくれたと思ったが、弦矢はまだ礼を言う気持ちにはなれなかった。

謎があまりにも多すぎる。俺もニコも希望的観測であの監視カメラに映っている映像を見たに過ぎないのだと思ったのだ。

第五章

あまりに広大なグリーンヒルズメモリアルパークを、火葬した遺骨を納めるための墓地だと弦矢は思っていたのだが、棺《ひつぎ》に遺体を入れて埋葬する墓もウエスターン通りから西に離れたところにたくさんあった。

ダニエル・ヤマダ、スーザン・モーリー弁護士、秘書のカミラ・ハント、そしてロザンヌ・ペレスが参列してくれて、墓地管理事務所の職員が納骨した場所に銘板を敷き、黙禱《もくとう》を捧げ、それで終わった。黒いレースの喪服を着た敬虔《けいけん》なカトリック教徒のロザンヌだけが長く祈りをつづけていた。

早朝にロサンゼルス空港へ向かうニコライ・ベロセルスキーにカナダで必要な費用を渡すために、弦矢は六時前に起きたが、銀行のATMから五千ドルを引き出して、サンペドロ地区の事務所兼住居へ行ったときには、ニコはもう出発してしまっていた。

両親の墓参に来たというヒスパニック系の家族連れとロザンヌは顔馴染みらしく、ダニーとスーザンとカミラが帰ってしまってからも、ピクニックシートに腰を降ろして、話に興じていた。

弦矢はロザンヌに礼を言って、駐車場に置いてある四輪駆動車に乗り、喪服の上着を脱ぎ、黒いネクタイを外した。

指を折ってかぞえ、四月二十三日にランチョ・パロス・ヴァーデスのオルコット家に着いてから十一日しかたっていないのに、五月に入ったことに気づいていなかったことを知った。

「五月の四日だよ。日本はゴールデンウィークの真っ只中《まただなか》だなぁ」

そう言って、弦矢は納骨のときにデジタル・カメラで撮った写真を見た。キクエ・オルコットの銘板も撮ったし、イアンのも撮った。ふたつ並んでいるのも写しておいた。もし、キョウコ・マクリードから返信があり、ただのお悔やみ以上のなんらかのメッセージが添えてあれば、墓地や銘板の写真を送信するつもりだったのだ。

自分の両親にも見せなければならない。

車をウエスターン通りからパロス・ヴァーデス通りのほうへと走らせ始めたが、弦矢は途中で別の道へと入り、オルコット家へと急いだ。

けさ目を醒ましてから、いったい何回菊枝おばさんのパソコンの前に行ったことだろうと弦矢は思った。

キョウコ・マクリードからeメールが届いていないかと気になって、そのたびに受信トレイを見るのだが、きのうのeメールに対する返信はまだないのだ。

弦矢は、ジェシカの店を訪ねようと思っていたが、やはり家に帰って、もういちどeメールを確かめてからにしようと予定を変えて、オルコット家に戻った。

墓地の近くにある家で喪服からいつもの作業着に着替えたらしく、ダニーは北側棟の植木鉢に水をやっていた。

キョウコ・マクリードからのeメールはなかった。

弦矢は二階の寝室で服を着替え、中庭に出て、脚立に乗っているダニーに、

「ガーベラは三十三鉢だけど、その数には意味があるのかい？」

と訊いてみた。

ダニーは首だけ廻して怪訝そうに弦矢を見た。

「へえ、どうしてわかったんです？」

そのダニーの問いに、

「どうして三十三鉢なんだい？」

と弦矢は訊いた。

「理由はわからないんですけどね、キクエがここに引っ越して来て、庭造りを私にまかせてくれたときに、ガーベラの植木鉢を三十一個、一ヶ所にまとめて吊るしてくれって

言ったんですよ。一年後に、もうひとつ増やしてくれって言われて、ことしも日本に行く前に、もうひとつ加えてくれって。だからいまは三十三鉢です」

「でも、ばらばらに吊るしてあるよ。ガーベラだけ一ヶ所にかためてないよ」

「キクエがいないあいだは、日当たりのいいところに、このロサンゼルスの南の日光にも強い花を並べ替えたんです。ベゴニアなんてのは、あまり長い時間直射日光を当てると枯れてしまいますし、蘭の仲間もね」

「ガーベラを三十三鉢、おばさんが好きだったところにまとめて吊るしておいてください」

ダニーは、わかりましたと言った。

ウォーキングなんてたったのいちにちだけで終わってしまった。毎日つづけなければなんの意味もないのに。

菊枝おばさんの四輪駆動車でジェシカの店に行こう。気持ちが落ち着かなくてウォーキングどころではない。

弦矢はそう思ってガレージに行ったが、やはりたまにではあっても歩いたほうがいいと考え直し、そのままオルコット家を出ると、海とパロス・ヴァーデス通りとをつなぐ道へと歩いた。

いつも行くスーパーの北側からホーソーン大通りの坂道をのぼり、ローリング・ヒルズ・エステーツ市の端にあるジェシカの店を目指して道なりに曲がっていくと、ピンク色の壁のようなものが目の前にあらわれた。

とんがり屋根の二階建ての豪奢な邸宅はピンク色の斜面の向こう側に建っていて、その斜面だけがふいに弦矢の視界いっぱいにひろがったのだ。

これか、サボテンの花はと弦矢は歩道に立ち止まって眺めた。一見、日本の芝桜のようだがサボテンの一種なのだ。

こんなきれいな花をたくさん咲かせるサボテンがあるのか。

それにしても、この豪邸にも植物が多い。オルコット家どころではない。いったい何本の樹木が植えられているのであろう。

もともと自生していた大木もあるのだろうが、家を建てるときに植えた木も多いようだ。

菊枝おばさんは、オルコット家の庭を樹木と花々で埋めたかったが、イアンは中庭の真ん中には芝生を張りたいと望んだので、仕方なく従ったのだとダニーが言っていたな。そのときダニーはおばさんが描いた庭のレイアウトを見せてくれた。色鉛筆を使って丁寧に描かれてあった。

イアンが芝生の庭に固執したのは、彼がアメリカ人だからだ。

アメリカ人にとっては、家に芝生の庭を持つことは、成功の証しであると同時に幸福な家庭の象徴でもあるとなにかの本で読んだことがある。

芝桜と見まごうピンクの花々に見入り、弦矢はいま来た坂道を下って行った。

キョウコ・マクリードからのeメールが気になり、弦矢は戻ることにした。スーパーの近くのコーヒーチェーン店でカフェラテをふたつ買い、オルコット家へ戻ると、ダニーは二階のベランダにいた。三十三鉢のガーベラはすべてベランダの柵に移されていた。

「ガーベラはねぇ、全部ここに吊ることになってるんですよ。キクエが日本から帰る前に戻しておくつもりだったんです」

と言って、ダニーは弦矢が差し出したカフェラテの容器を受け取り、西側の蔓バラの棚を指差した。

あそこへ行ってみろと促しているのだとわかって、弦矢は階段を降りて中庭に出ると海のほうへと歩いて行った。

振り返ると、ベランダの手すりすべてがガーベラで覆われて、濃い朱やピンクや白の、菊に似た花弁が海からの風になびいていた。

温暖な気候のせいなのか、日本のガーベラよりもはるかに花は大きかった。

「キクエの部屋からみるのがいちばんきれいなんですよ」

とダニーは言って、如雨露で水をやり始めた。

「菊枝おばさんが作りたがってた庭にしようと思うんだけど、頼めるかなぁ」

弦矢の言葉で、如雨露を傾けていた手を止め、

「本気ですか？」

とダニエル・ヤマダは訊いた。

「よほどの理由がないかぎりは、この家は売らないんだ。だから、おばさんが作りたかった庭を作ってあげようと思って」

「素晴らしい庭が出来ますよ。夢のような花園がね」

ダニーはベランダから姿を消し、すぐに階下の広間のドアから出て、弦矢のところにやって来た。

「私にまかせてくれるんですか？」

「この芝生をひっぺがして、もうきょうからでも始めてもらいたいくらいだよ。こんなだだっぴろい芝生の上で、サッカーやバスケットボールをするわけじゃないんだからね」

「ここからあそこへ小さな川を作りたいんですが、慢性的な水不足のロサンゼルスでは無理ですね。近くに川なんてありませんからね」

ダニーの残念そうな言葉に、

「それだけは無理だよね」

そう笑いながら言って、弦矢は、大雑把な見積書を作成してくれとダニーに頼んだ。

「もう出来てますよ。キクエが日本から帰って来たら正式な見積書を渡すことになって

たんです」

それをもっと早く言ってくれていたら、俺は、菊枝おばさんは自殺したのかもなんて考えたりはしなかったのにと思ったが、弦矢はダニーと契約成立を意味する握手を交わして菊枝おばさんの部屋に行った。

ベッドの足元側の出窓から、ベランダがよく見えた。北側棟の長いひさしがガーベラたちを午後の強い日光から守っていた。

レイラも三十三歳。ガーベラの鉢植えも三十三鉢。弦矢のなかでは、これはこじつけでもなければ偶然でもないという確信が生まれていた。

おそらくニコライ・ベロセルスキーの推理は正しい。ニコは己の推理の肝心なところはまだ語っていないし、カナダから帰って来ても語らないかもしれない。

だがそれは、はっきりとレイラが生きていると判明した場合だ。レイラが生きていて、現在の境遇がわかれば、ニコは肝心な事柄についての調査をやめるだろう。

俺も、いまのところ、ニコと同じ推理に行きつくしかないのだ。あの二十七年前のボストン市内のスーパーに設置されていた監視カメラのビデオからニコが見つけたわずか十秒間の映像と、キョウコ・マクリードからの十通の手紙が、ニコと俺を同じ推理へと導いている。

といっても、俺の推理はニコに無遠慮に罵倒されたことによって、やっと呑み込めたにすぎないのだが。

あの二本のビデオテープの、ほとんど誰もが見落とすであろう一瞬の映像がひとつの線で結ばれた時点でも、俺の頭脳は朦朧《もうろう》として、推理などが入り込む余裕はなかった。

こんなことは有り得ないという先入観が、ちらっとよぎりかけた推理を遮断して、それを頭から否定させたのだ。

菊枝おばさんは、レイラが誰かと一緒にスーパーのトイレから出て、自分に向かって笑顔で手に持ったタオルを振ってから人混みのなかを遠ざかって行くのを見ていた。

それがなにを意味するのかを、俺は認めたくなかったのだ。レイラ・オルコットを誘拐した主犯は、母親のキクエ・オルコットだという有り得ない真実に直面することから無意識に逃げたのだ……。

弦矢は、南側棟の植木鉢に水をやっているダニーに、見積書を見せてくれと頼んだ。

ダニーはたぶんそれを家に置いてあるのだろう。取りに行ってくると言って出て行った。帰って来るまで小一時間かかる。そのあいだに、ひとりきりであのＤＶＤを何回も見ようと思った。

ダニーの車が走り去って行く音を聞くと、弦矢はＤＶＤを持って居間のテレビの前へ行き、リモートコントローラーでスイッチを入れた。ダビングされた映像は最初から横に縞が入っている。

天井に取り付けられた監視カメラは、ひとつはスーパーの入口のほうに、もうひとつは、それとは逆にレジのほうに向けられている。

レジから入口までは十メートルほどだが、監視カメラが映すのは入口の五メートルほど手前からだ。映像は魚眼レンズのように少しゆがんでいる。

バウアー警部補が目をつけたというカップルは、店内に入って来る大勢の客たちをよけて壁側に寄った。

なるほど、間抜けな警部補でなくとも、この金髪の男が引っ張る風変わりな形状のキャリーバッグを怪しむであろうと弦矢は思った。幼児なら三人は優に入れそうな車輪付きの大きくて筒状のバッグなのだ。

画面の右上から、華奢な体つきの女と野球帽をかぶった男の子とも女の子ともつかない幼児が手をつないで歩いて来た。出て行く客よりも入って来る客のほうがはるかに多い。ふたりは人間の波を右によけたり、左に避けたりしたが、女がなにかを幼児に言って、スーパーの右の壁際に寄った。

そのために一秒ほど画面から消えた。

次にあらわれたとき、幼児が振り返った。

かぶっているキャップのボストン・レッドソックスのロゴは鮮明に映っているが、かたわらの女の腕と他の客の体とに邪魔されて、目から下は見えなかった。

客の一群が店内の奥のほうへと去った瞬間、幼児はタオルらしきものを振りながら、画面左下の誰かに向かって笑みを浮かべた。画面にはまた濃い横縞が走った。

女の手が動いたが、太った中年の女性客とすれちがったために、その手の動きがなんのためなのかわからなかった。肩から上も映っていなかった。

そして、ふたりの映像は足だけになり、入口のドアの向こうを左に歩きだしたところで消えた。

弦矢は、今度は同じ映像をスローで再生した。幼児と手をつないでいる女の顔はまったく見えない。幼児の顔が映像に映っている時間は三秒あるかないかだ。

その顔も、監視カメラの死角に近いために不鮮明で、男女の区別もつかない。

何度も何度も一枚目のＤＶＤを再生して、弦矢は二枚目をセットし、こめかみのあたりを揉みながら画面に見入った。

天井に設置して、レンズを反対側に向けた監視カメラのビデオテープは、女と幼児が映っているものよりも劣化が烈しかった。

しかし、菊枝おばさんの姿を見分けることができるまでに解像度を高めたのは、画像を処理した人間の技術の優秀さを示していた。

「ニコが持ってる人脈もたいしたもんだよ。俺がアメリカでなにかビジネスを始めるとしたら絶対にニコを雇うぞ。ああいう男は、なにをさせても有能なんだ。早起きもできるってわかったしな」

弦矢はつぶやきながら、菊枝おばさんの姿が映っているＤＶＤを再生した。

翡翠の指輪は灰色に映っていた。最高級の翡翠だが小粒で、台座とリングは贅沢な造りだった。翡翠よりも幅のある純金だ。

掃除や洗濯や料理などをするときは外さなければならないので面倒だ。柔らかいので凹みが出来たりする。貴金属店のオーナーの助言どおり十八金にすればよかった。

いつだったか、おばさんはそう言ったのだ。

弦矢は菊枝おばさんの寝室から指輪を持って来て、もういちどニコがプリントした写真と照らし合わせてみた。同じ指輪であることは間違いなかった。

「この女は百パーセント菊枝おばさんだ。断定できる。三十六歳のキクエ・オルコットだよ」

ニコが紙に書いて示したとおり、幼児の目線と菊枝おばさんのそれとは一直線につながっている。両方の監視カメラのタイム・スタンプは、ニコの指摘どおり同時刻を示している。

弦矢は店内の見取り図を頭に描いた。

菊枝おばさんは、監視カメラの死角に立っていたが、画面の右から少し歩み出て来て、トイレと入口の中間あたりに目をやり、そっと微笑んで、すぐに死角へと隠れた。

その隠れ方は、菊枝おばさんが、スーパーの監視カメラの位置も、それが捉える範囲の大方も把握していたのではなかろうかと思えるものだった。

これ以上前に出たら監視カメラに映ってしまうとわかっていても、なお一歩か二歩か前進しなければレイラと最後のお別れができない。だから、自分を抑えられず、互いの視界を邪魔している人混みをよけて、菊枝おばさんは画面の右側からわずかに前に出たのだ。

弦矢はそう思い、DVDプレーヤーのスイッチを切った。戻って来たダニーの車のエンジン音が聞こえたからだった。

中庭に出て、芝生を歩きながら、弦矢はボストンの街を思い浮かべた。

煉瓦造りの家々と石畳の道。古き良きアメリカの風情を頑固に守りつづける由緒ある住宅地。その中心部に、外壁のすべてを蔦に覆われるようにして建っていたオルコット家。イアン・オルコットが両親から譲り受けた瀟洒な二階建てだ。

レイラが消えたスーパーは、あの家から車で南に十五分ほどだと弦矢は思った。

ダニエル・ヤマダは、菊枝おばさんが描いて色を塗った画用紙と、それを基本にして自分が修正を加えた大きなデザイン画の両方を、蔓バラの下のテーブルに拡げた。

「ああでもない、こうでもないと、キクエと私とで協議しあって決めた最終案です。ここにキクエのサインがあるでしょう？」

ダニーはそう言って、自分の描いた図面の下を指差した。キクエ・オルコットと英語で署名してあった。

その図面と庭とを照らし合わせながら、ここに木を、あそこに花をとダニーは説明した。木や花の名前は、弦矢が知っているものもあれば、知らないものもあった。

「いつから工事を始められる？」

と弦矢は訊いた。

「重機を入れなきゃいけませんし、腕のいい職人も揃えますからね、五月半ばからはどうです？　近所の人たちの了解も得なきゃあいけませんしね」

菊枝おばさんの部屋の開け放した窓から、パソコンがｅメールを受信した音が聞こえた。

「じゃあ、それで進めてください」

と言い、弦矢は菊枝おばさんの部屋に行った。

「ご連絡ありがとうございます」というタイトルの新着メールがあった。キョウコ・マクリードからのｅメールだった。

ダニーは、まだ封筒に入れたままの見積書を持ち、中庭のちょうど真ん中あたりに立って弦矢を見ていた。

居間で待っていてくれと仕草で示し、弦矢はｅメールを開いた。

──菊枝が旅の途中で亡くなったというおしらせに驚き、平静を取り戻すのにしばらく時間がかかりました。弦矢さんのことはよく菊枝からお聞きしていました。私と菊枝とはとても仲良しで、とても長いおつきあいでした。心からご冥福をお祈りいたしますとしか、いまは他に言葉が浮かんでまいりません。わざわざお知らせ下さいましてありがとうございました。──

弦矢は何回もキョウコ・マクリードからのeメールを読み返した。

素っ気ないといえなくもない文章の奥になにかの信号が秘められていないかと探った。だが、なにも見つけることはできなかった。

このeメールへの返信は、ニコのなんらかの調査結果を聞いてからにしたほうがいいと考えて、弦矢は居間に行き、ダニーがテーブルに置いた見積書の金額を確認した。それにも菊枝おばさんの承諾を示すサインがあった。

四日後の五月八日の夕刻、ニコから電話がかかってきた。

「いま、写真を添付してeメールを送ったよ」

とニコは言った。

「そっちでの経費はニコの口座に振り込んどいたよ」

弦矢は、スマートフォンを耳に当てがったまま自分のパソコンの電源を入れた。

「ああ、受け取ったよ」

「いまどこだい？」

「オタワだ。きのうの夕方から朝までは寒かったぜ。冬の平均最低気温が摂氏マイナス十五度ってところだからな。五月に入っても、革ジャンが要るほど寒い日があるってのは本当だったよ」

そう言うと、ニコは電話を切ってしまった。

eメールには、写真が五枚添付してあった。

指が震えて、クリックできなかったので、弦矢は深呼吸をしながら、ニコライ・ベロセルスキーの短い文章を先に読んだ。

――彼女はメリッサ・マクリードだ。いま、オタワ市内の私立高校で数学の教師をしてる。週に二度、市内の馬術学校のコーチをして給料も貰ってる。俺の仕事は終わったと思うよ。約束の報酬をすぐに振り込んでくれ。金欠なんでね。――

弦矢は、掌の汗をバミューダパンツになすりつけるように拭いてから、最初の写真をクリックした。

まばゆいほどの新芽をつけた柳の木の横で、誰かと話しながら笑っている濃い茶色の髪の女の上半身が写っていた。

歳は二十七、八くらいにしか見えない。淡い青色がかった灰色の目。白人たちに混じると東洋の血が流れていることがわかるが、東洋人のなかで見ると、白人にしか見えない。そんな容貌だった。

二枚目は、メリッサが屋内の馬場で馬に乗っているところを遠くから望遠レンズで撮ったらしい写真だった。

乗馬服ではなく、白いトレーナーにジーンズを穿いている。よく磨かれた革の長靴が屋内馬場の照明を反射して光っている。

乗馬用のヘルメットを兼ねた黒い帽子が、メリッサの美貌を際立たせている。うしろに三頭の馬と、それに乗っている三人の少女がいる。

弦矢は乗馬のことはまったくわからなかったが、たづなを持つ手とまっすぐに伸びた背が、メリッサの乗り手としての技量の高さを示しているような気がした。馬を御している姿や顔が、弦矢に「凜然《りんぜん》」という言葉を思い起こさせた。

もう疑いようはなかったが、弦矢は二階の寝室に行き、スーザンから受け取ったファイルのなかの、レイラ・オルコットのコンピューター・グラフィックスによる写真を持って居間に戻った。

それは三十一歳時はこうなっているであろうとコンピューターによって想定されたレイラ・オルコットの顔だった。

「いまのコンピューターって凄いんだな」

と弦矢はつぶやき、ＣＧ写真をパソコンの画像に近づけた。

「レイラは生きてた。ほんとに奇跡が起こったんだ。俺の従妹はメリッサ・マクリードになってカナダのオタワでしあわせに暮らしてる。高校の数学の教師で、馬術学校のコーチでもある。見ろよ、この花のような美しさ……」

そう声に出して言い、両手を高く突きあげてから弦矢は残りの三枚の写真を見た。

勤務先の私立高校の校門を出るところ。職員用の駐車場で自分の車らしいホンダのドアをあけるところ。そして最後は、練習を終えた十二、三歳くらいの少女たちと談笑しながら馬の体を洗っているところ。

弦矢は、自分のパソコンに新しいフォルダーを作成し、その五枚の写真を移すと、スライドにして何度もメリッサ・マクリードの容姿に目を凝らした。

三十三歳のひとりの女が、いろとりどりのガーベラに見えた。パロス・ヴァーデス半島に咲く花びらの大きなガーベラだった。

イアンは二メートル近い長身だったから、メリッサはコンピューターの予想どおり背が高くなったのだなと弦矢は思った。百七十二、三センチといったところだろうか。メリッサが洗っている馬の背丈から目算すると、あるいは百七十五センチくらいあるかもしれない。

イアンに似て足が長く、均整がとれている。目元は菊枝おばさんにそっくりだ。

弦矢は、レイラという名を心から消すために、あえて自分の従妹をメリッサ・マクリードと呼ぶように努めた。

いずれ逢うときが来る。そのときうっかりレイラと呼んではいけない。メリッサなのだ。ケヴィン・マクリードとキョウコ・マクリードの娘、メリッサ・マクリードだ。

弦矢は自分にそう言い聞かせた。レイラ・オルコットは六歳になったばかりのときに、メリッサ・マクリードとなって今日に至った。メリッサは、かつてレイラという名だったことをもうすっかり忘れてしまった。

もし、かすかに覚えていたにしても、マクリード夫妻は何等かの理由づけをして、誤魔化して、そのことに不審を抱かせずに忘れさせようと努力してきたことだろう。

なんの裏づけもなかったが、弦矢はそう確信したのだ。

ノート型パソコンをいったん閉じて、弦矢は中庭に出た。そして、花畑へ行った。自分の背丈ほどあるジャスミンの木には、細かな白い花が無数に咲いていて、芳香があたりに満ちていた。

弦矢は、ジャスミンの香りを深く吸い込み、自分が興奮のあまり衝動的になっていないかどうかを確かめた。

冷静になろうと努め、今後進むべき方向について考えた。

慌てるな、冷静に考えろ、知恵を湧き出させろと自分に言った。

メリッサはレイラなのだと見当をつけて以来、弦矢には頭のなかで練り上げてきた計画があった。しかし、最悪の場合のシミュレーションはできあがっていなかった。

ニコは生涯口を閉じていてくれるだろうか……。

最悪のシミュレーションとは、そのことだった。ニコは、俺やマクリード夫妻を脅す材料を持っている。

依頼主からの調査結果を警察に報告する義務など私立探偵にはないはずだ。

しかし、キクエ・オルコットの甥である小畑弦矢は、二十七年前に失踪した従妹のレイラ・オルコットが、いまメリッサ・マクリードとしてカナダのオタワで暮らしていることを警察に届け出なければならないのではなかろうか。

事は幼児誘拐事件なのだ。事件は解決していない。建前では、捜査は続行中なのだ。

「犯人隠匿の罪で刑務所に入るのはゲンだけにしといてくれよ」

というニコの言葉には、極めて重い意味があったことになる。

ニコは、小畑弦矢がキクエ・オルコットから相続した遺産のことは知らない。スーザン・モーリー弁護士は決してニコには喋らない。喋ったら、弁護士の守秘義務に違反して罪に問われる。弁護士資格剝奪だ。

それでもニコは、その気になれば、俺やマクリード夫妻をゆすることができるのだ。

弦矢はそう考えて、花畑の小道から白い柵のところへと歩いた。ふいに恐怖を感じた。

ニコライ・ベロセルスキーは、そんな男ではないといまは思えても、人間の心がいつどう変わるか知れたものではないのだ。

弦矢は、ニコの風貌を思い浮かべながら二階のベランダを見た。海に沈みかけている夕日が三十三鉢のガーベラを黒ずませて、それがべつの輝きを生ませていた。ニコがeメールに添付してくれたメリッサの五枚の写真が、弦矢の胸一杯に浮かびあがった。

「ニコを共犯者にするんだ。口封じに買収だ。金を受け取ったら、ニコはもう俺たちをゆすれないぜ」

心のなかで言って、スマートフォンをポケットから出したが、いや、金を払っても、あとからあとからゆすりつづけられる、こっちは警察に訴えることはできないんだから応じつづけるしかないと弦矢は思い直した。

蔓バラの下のガーデンチェアに坐り、ため息をついてから、弦矢はニコにeメールを送った。他に相談できる人間はいない。ニコは信頼できるし、頼りになるという思いが、弦矢の指を自然に動かしたのだが、トランプ・ゲームにたとえればこっちの手の内を見せてしまったほうがいいとも考えたのだ。咄嗟の判断だったので、弦矢はそれが吉と出るのか凶と出るのかわからなかった。

だが、菊枝おばさんのパソコンのパスワードをつきとめたあとにニコが言った言葉が、そのときの表情と一緒に甦った。

——この幼児誘拐には母親が絡んでて、いや、母親が主犯で、二十七年間、不幸な母親を演じつづけてたとなれば、アメリカ中のメディアが大々的に報じるぜ。アメリカだけじゃ済まないな。カナダでも日本でもありとあらゆるメディアが飛びついて、レイラが世界中にさらされるんだぞ。ここまで説明されないと、そんなこともわからねえのか。だから、俺はさっき、お前さんの頭のなかにはマーケティング用語と数字しかないのかって言ったんだよ。——

弦矢は、そのニコライ・ベロセルスキーの言葉と、オタワからのeメールに書かれていた「俺の仕事は終わったと思うよ」という文章とを思い合わせた。

なぜだかわからないが、ニコはレイラを守ろうとしてくれている。縁もゆかりもないレイラのことを案じて、俺は犯人捜しは頼まれていないと噛んで含めるように言ったのだ。

弦矢は、ニコを信じるしかないと思った。凶と出たときは凶と出たときのことだ。ニコはすべてを知ったのだ。いまさらどうすることもできない、と。

——ぼくはどうしたらいいのかわからないよ。この事実を警察に知らせなかったら、ぼくは隠匿の罪に問われるのかい？　知らせたら、あの夫婦が逮捕されるよ。どうしたらいいのか教えてくれよ。——

その弦矢のeメールにニコから返信が届いたのは二十分後だった。

——あんたの捜してる人間はこの世に存在しない。知らせる必要がどこにあるんだ？心配しても仕方のないことは心配するな。今夜はこの夢のような奇跡を楽しめ。あしたのランチはTボーン・ステーキにしてくれよ。あのスープとサラダも付けてほしいね。一時ごろに行くよ。——

弦矢は、用心のために文面には個人名を使わなかったのだが、ニコからの返信にも、レイラやメリッサやマクリードなどの名はなかった。

ニコもあえて個人名を使うことを避けたのだとわかった。

弦矢は、菊枝おばさんの部屋に行き、パソコンの電源を入れた。キョウコ・マクリードに送るeメールの文案は頭のなかで出来上がっていたのだ。

私は、菊枝おばさんから巨額の遺産を預かっている。それはメリッサ・マクリードが相続すべきものだと思う。このことについて、お逢いしてお話をしなければならない。私がモントリオールに行くか、京子さんがこちらにお越し下さるかは、できるだけ早くお決めいただきたい。ランチョ・パロス・ヴァーデスの青い空と陽光を楽しもうと思われるなら、航空券やホテルの予約と費用はすべて私のほうで用意する……。

だが、弦矢はパソコンの画面に目をやったまま、その文案をキーボードで打つ気になれなかった。

ニコライ・ベロセルスキーという真相を知っている人間がいると気づいたときに身内

からせりあがってきた恐怖を思い浮かべて、弦矢はそれと同じものをマクリード夫妻に与えてはならないと思ったのだ。

キクエ・オルコットの甥からの真相にせまるeメールを読んだ瞬間から、キョウコ・マクリードとケヴィン・マクリードの恐怖の人生が始まる。ふたりは死ぬまで怯《おび》えつづける。

理由や事情はなんであれ、ふたりはレイラ・オルコットをボストン市内のスーパーのトイレから連れだした実行犯なのだ。

ケヴィンがどんな役割を担ったのかはわからないにしても、妻であるキョウコとは協力し合っていたはずだ。夫婦の連携がなければレイラがマクリード家の娘として育つことはできないのだ。

あのからくり箱に収められていた十通の手紙の、いちばん古いと思われるものには、ケヴィンはなんの心配もないと言っているという文言があった。夫妻は、キクエ・オルコットと共謀していたのだ。

弦矢はそう考えて、

「菊枝おばさん、なんでこんなことをしたんだよ。ボストンのオルコット家でなにが起こってたんだよ」

と声に出して言った。

以前にも同じ言葉を心のなかでつぶやいたことがある。しかし、あのときはメリッサがレイラだという確証はなかったのだ。

弦矢はそう思い、中庭に出た。七時半を過ぎていたが、まったく空腹を感じなかった。弦矢は中庭の中央部に行き、芝生の上に大の字になって横たわった。そして、次第に光を強くしていく星を見つめた。

まだ暮れ切っていないので、星の光は弱々しかったが、レイラが生きていてしあわせに暮らしているという事実が、たしかにニコのメールの言葉どおり「夢のような奇跡」としての実感をともなってくると、これからさらにたくさんの星が輝き始めるのに、俺はなにを怯えているのかと自分の小心さを笑いたくなった。

たとえいっときにせよ、俺はどうしてニコに頼ろうとしたのだろうと弦矢は思った。人間の弱さが如実に出たのだ。最も恐ろしい相手の情に訴えてすり寄ろうとしたのだ。だが、そのときにニコが返してきたメールは温かかった。ニコにとっても、メリッサは夢のような奇跡だったのだ。

心配しても仕方のないことは心配するな……。

うん、これは極意だなと弦矢は思って笑みを浮かべた。

気に病んでもどうにもならないことをつねに気に病む人がいる。不幸というものはいつもそこから生まれて来るのかもしれない。

俺は、いまはこれが最良だと思えることを実行するしかない。ルビコン川を渡ってしまったのだからな。不測の事態は、そのつど解決すればいいのだ。

弦矢はそう考えると、芝生から起き上がり、菊枝おばさんの部屋に行った。

そして、自分の頭にあった文章をキョウコ・マクリードにeメールで送った。メリッサ・マクリードという名は使わず、「あなたの娘さん」と変えて、最後に、

「私はあなたたちの味方です。叔母夫婦は死にました。なんのご心配もいりません。安心していて下さい」

という文章をつけ加えた。


翌日の朝、コスコでTボーン・ステーキ肉を買い、家に帰ってランチの用意を整えて、弦矢はニコを待った。

いつもより遅く仕事を始めたダニーが帰って行くと、入れ違いにニコがやって来た。

弦矢は握手をしてニコに礼を言った。

「ほんのちょっとだけメリッサの素行調査もしてみたけど、品行方正すぎておもしろくない女だったよ。カナダのナショナル馬術チームのひとりだ。つまりオリンピック候補選手ってわけさ。だけど、あくまで候補選手のひとりで、競技に出場したことはないんだ。自分の馬を持ってないからさ」

そう言って、ニコライ・ベロセルスキーはすぐに中庭に出て煙草を吸った。

「どうやってメリッサを見つけたんだい？」

弦矢の問いに、

「簡単だ。モントリオール大学の教育学部の卒業生名簿ですぐに見つかったよ」

とニコは答えた。

「キョウコ・マクリードは？　マクリード夫妻のことは調べなかったのかい？」

弦矢は煙草をくわえてニコの近くに行った。

「多少は調べたさ。でも、俺のカナダ行きはメリッサを見つけて、いまどこでどんな生活をしてるかを突きとめるだけさ。マクリード夫妻と逢う必要なんてないからな。メリッサがマクリード家でひどい仕打ちを受けて育ったんなら話は別だけどな。メリッサは、夫婦仲のいい平和な家庭で、ちゃんとしたしつけを受けて健康的に育ったんだ。それはちゃんと確認したよ。教師としての評判もいい。友だちも多いよ。モントリオール大学の教育学部は難関なんだぜ」

煙草を吸い終えてリビングルームに戻りながら、ニコは自分のカメラのＳＤカードを弦矢に渡した。

それから、ソファに坐り、二十七年前の監視カメラの映像がダビングされている二枚のＤＶＤと、スーザンから貰ったファイルのうちのレイラに関する資料をすべて焼却しろと言った。

「いますぐかい？」

「ああ、いますぐだ。もう必要ないんだ。必要ないどころか、あったら厄介なんだ。あのキョウコからの十通の手紙もだ。俺が焼却するからみんな持って来いよ。証拠隠滅は、このニコライ・ベロセルスキーがやったんだ。ゲンはメリッサのことを永遠に隠す。俺はその証拠を焼却する。同罪だな」

　そう言って、ニコはガレージへ行き、自分の車のトランクから小さなポリ容器に入れた灯油と四角いアルミの空き缶を持って来た。そのつもりで用意して来たのだ。

　弦矢は言われたとおりに、二階からファイルやＤＶＤを持って来て、ニコと一緒に洗濯室の前に歩いて行った。

　ニコはそれらを空き缶に放り込み、灯油をかけて火をつけた。そして無言で手を差し出した。

　弦矢が握手をすると、

「誰が握手しようって言ったんだよ。さっき渡したＳＤカードも焼くんだ。買ったばかりのＳＤカードだから写ってるのはメリッサばっかりだよ。心配なら確かめて来いよ」

　ニコはあきれたように肩をすくめて言った。

　ポケットのなかのＳＤカードを自分で火のなかに捨てると、弦矢はニコの目を見あげた。

「どうして同罪になることをするんだい?」

「俺が見つけたメリッサをメディアの餌食にさせないためさ」

とニコは少し微笑みながら言った。

弦矢はニコの言葉の意味がよくわからなかった。

「ウクライナ人を怒らせるな」という昔からのよく知られた格言のせいで、ウクライナ人はすぐに頭に血がのぼる過激な民族のように誤解されているが、そうではない。ウクライナ人は穏やかで朴訥で誠実な民族だ。だからこそ、自分たちの誠実さを利用して裏切るようなことをする人間への怒りは烈しい。

格言には、そういう意味が含まれているのだ。誠実には誠実をという万国に共通する教訓を秘めた格言なのだ。

そう教えてくれたのはスペイン人留学生のウーゴだったな。

弦矢はそう思いながら、

「これからどうなるかはわからないけど、ニコの言うとおり、夢のような奇跡が起こったよ」

と言った。

「俺も、長いことこの稼業をやってきたけど、誘拐された小さな女の子を幸福になったおとなの女として見つけだしたのは初めてだ。まあ、メリッサがいま幸福か不幸かはわからないけど、平和な家庭に育って、有名大学を卒業して、一流の私立高校で数学の教師をしてるっていう環境を不幸だとは言えないだろうさ。俺もこの大ホームランで引退したいけど、俺を雇ってくれる会社なんてないからなあ」

とニコライ・ベロセルスキーは言って、皺だらけの灰色のジャケットを脱いだ。いつもの黒いポロシャツの裾が半分近くはみ出ていた。

「そのシャツ、たまには洗濯してるのかい？」

「してるさ。おんなじシャツを五枚買ったんだ。カマリロのアウトレットで」

「ほんとかい？　黒のポロシャツなんてハードボイルドな代物がカマリロのアウトレットで売ってるなんて信じられないよ」

そう笑って言いながら、弦矢は四角いアルミの缶のなかで燃え尽きたＳＤカードやＤＶＤの残骸を見つめ、キッチンへと行った。

さすがに俺はもう卵とパルミジャーノチーズのスープには飽きたなと思い、弦矢はＴボーン・ステーキの肉が常温に戻ったのを確かめると、緑豆のスープを選んだ。

骨を外しても三百三十グラムはあるだろうステーキを二枚フライパンで焼きながら、緑豆のスープを温め、それをダイニングテーブルに運んでから、弦矢はマッシュルームをバターで炒めた。

それからニコを呼んだ。

「先に食べてくれよ。ぼくはサラダを作ってるよ。テラニア・リゾートのバーからウオッカ・ライムをデリバリーさせようか？」

ニコは声をあげて笑い、そうしてもらえるならありがたいが、いまはビールのほうがいいと答えながらダイニングルームへとやって来た。

冷蔵庫から出したビールの栓をあけると、ニコは椅子に腰掛けて、

「オルコット家はどのくらいの金持ちだったんだ？」

と訊いた。

「アメリカ人の一パーセントだけを占める大金持ちから見たらノミみたいなもんだな」

と答えながら、弦矢は、自分の言葉は嘘ではないと思った。

「コピーする時間がなかったから、ゲンに見せた捜査資料や報告書は全体の六十パーセントくらいなんだ。コピーできなかった部分に、レイラが発育の遅れで三歳くらいから数回専門家の診察を受けたってことが記載されてた。イアンもキクエもレイラを小学校に入れるのを一年遅らせるつもりだったそうだ。メリッサがモントリオール大学に入学したのは十九歳のときだ。同じ歳の高校生よりも一年遅れたことになる。マクリード夫妻は、メリッサの小学校入学を遅らせたんじゃないかな」

ニコの言葉に、

「発育の遅れ？」

と訊き返し、弦矢はマッシュルームのバター炒めとサラダをテーブルに運んで椅子に坐った。

現在のメリッサの写真からは、発育の遅れなどは感じられなかったのだ。

「報告書は、そこのところには詳しく触れてない。ただ、三歳と四歳のときに数回診察を受けたってことをオルコット夫妻は警察に話してたよ。診察の結果は、医学的異常はなし、だ。他の同年齢の子供たちと比べると、かなり奥手だったんだと思うよ。子供の成長には個人差があるからなあ」

そう言って、ニコはビール瓶を掲げて乾杯の仕草をした。

州によって異なるが、アメリカでは子供の就学年齢を親の判断で遅らせてもいいことになっている。

同年齢の子供と比してあまりに体が小さかったり、知能の発達が遅い場合は、入学を一年遅らせてもいいのだ。無論、医師か専門家の意見書が必要だが。

無理をして入学させても、いじめられたり、自信を失くしたりして、学校生活から脱落していくからだ。

ニコはそう説明して、

「メリッサがマクリード夫妻に大事に育てられたってことが、それでわかるさ」

と言った。

ビールを二本飲み、Tボーン・ステーキの肉を骨に沿って丁寧に切り取って食べ、マッシュルームをすべてたいらげ、スープをうまそうに味わい、大きなボウルに入れたマッシュポテトとトマトとレタスのサラダのお替わりをして、ニコはランチを終えるとジャケットの胸ポケットからドル紙幣を出した。

「カナダで使った調査費の残りと領収書だ」

そう言ってから、椅子の背凭れに巨体を預けて、ニコは弦矢に微笑を向けた。

「レイラ・オルコットの生死が判明したら五万ドルっていう俺の要求をゲンがあっさりOKしたときはびっくりしたよ。相場は一万ドルか二万ドルだからな」

「ぼくは相場なんか知らないし、レイラの生死がわかるなら幾ら払ってもいいと思ったんだ。アメリカの大富豪から見ればノミだけど、貧困層から見れば、オルコット家は途方もない金持ちだからね」

ニコがオルコット家の経済力を知りたがっても、弦矢はもう不安を感じなかった。

ステーキもサラダも、自分のぶんをまだ半分も食べていなかったが、弦矢はニコのためにコーヒーを淹れた。

そして、ジェシカに話したスープ屋の事業計画についての意見を求めた。

「本気なのか？」

とニコは訊いた。

「九回裏に大ホームランを打って、スタンディング・オベーションの歓声のなかをドジャー・スタジアムから華麗に去って行くニコライ・ベロセルスキーに、やりがいのある仕事が待ってないなんて、卓越した人材をみすみす逃がすようなもんだろう?」

弦矢が大きなマグカップに入れたコーヒーをテーブルに運ぶと、ニコと目が合った。ニコは弦矢の目から視線を外さなかった。

笑っているのでもない。怒っているのでもない。困惑しているのでもない。驚いているのでもない。その感情の読めない目の底に沈んでいるのは、やはり感情というしかないものだった。

こんな不思議な目に見つめられるのは生まれて初めてではあるまいか。そう思った途端、弦矢は自分が受け取ってもいい遺産の三十パーセントを約一千二百万ドルと大雑把に計算した。

そしてさらに大雑把に八百万ドルで事業計画を組み立てた。アメリカに納める相続税を引いた額だったが、それも税理士の戦略次第でもっと多くなる可能性はあった。

またモーリー&スタントン法律事務所とつきあいが始まるなと弦矢は思った。

テーブルに戻って、ぶ厚いステーキをナイフで切っていると、

「さっきの事業計画をもっと詳しく聞かせてくれよ」

ニコは言って煙草を吸った。

「あれ以上詳しいビジネスプランはまだ考えてないんだ。それどころじゃなかったからね。ポリシーはひとつだよ。いい商品を作って、たくさんの顧客を得て、利益を従業員たちに還元する。経営者だけが潤う会社なんて作る気はないんだ。つまり、従業員が働き甲斐《がい》のある会社に育てる。ひとにぎりのアメリカの強欲な資本家とはまったくスタンスが違う会社さ」

「まだ理想を絵に描いてるだけか？」

ニコは煙草を消しながら訊いた。

「いや、さっき本気になったよ」

「さっき？」

ニコライ・ベロセルスキーは小首を傾《かし》げながら訊き、新しい煙草に火をつけた。

「レイラが生きていて、しあわせに暮らしてるってことがはっきりしたときさ」

弦矢は、さっきニコライ・ベロセルスキーの目を見たときだということは黙っておいた。

「俺を雇ってくれるのかい？　ビジネスに関してはまったくの素人だぜ」

とニコは言った。大きな鼻全体に脂が浮き、こめかみにひとすじ汗が伝っていた。

弦矢は豪華な昼食を終え、コーヒーカップを持って中庭に出ると、ニコと一緒にジャカランダの木の下に行った。

いつのまにか紫の花は満開になっていた。

蔓バラの棚の下に坐ったニコは二階のベランダに移した三十三鉢のガーベラを無言で見つめていた。

よし、やろう。いま、やると決めよう。資金集めからの出発ではないのだ。資金はすでにある。必要なのはまず人材だ。

弦矢はそう決心して、ニコが帰ったらモーリー&スタントン法律事務所に行こうと思った。アメリカ国籍を持っていない日本人の自分がアメリカでビジネスを興すために必要な法的手続きから始めなければならない。

ダニエル・ヤマダが再びやって来た三時にニコは帰って行った。

腕のいい庭師を五人揃えた。工事は五月二十日からと決まった。正式な契約書はあした持参するので、ゲンのサインが欲しい。

ダニーは用件を先に話してから、孫のリサが欲しがっているミニーマウスのキーホルダーはキクエの部屋にあったらしいので見せてくれないかと苦笑しながら言った。

「キーホルダー？　ミニーマウスの？　そんなの叔母さんの部屋にないよ」

弦矢は何日か前に午後のおおかたの時間を費やして菊枝おばさんの部屋から捨ててもいいものを選ぶ作業をしたが、ミニーマウスのキーホルダーなどは見なかったのだ。

「こないだ、ハンナと家のなかで隠れんぼをして遊んだときに、キクエの机の下にあったっていうんですよ。それと同じものが欲しいってきかなくて。わたしが買ってやったものは気にいらないんです。遠慮して黙ってたみたいで。きのう、オルコットさんのがやっぱり欲しい、って」

とダニーは言った。

「机の下？」

弦矢は小走りで菊枝おばさんの寝室に行き、机の下を見た。なにもなかった。しかし、弦矢は念のために体を机の下に潜り込ませた。

中央の抽斗の裏側にそれはあった。

細く切った布製のガムテープでミニーマウスのキーホルダーは貼り付けてあったが、キーホルダーとつながっているのがＵＳＢメモリーだということはすぐにわかった。

弦矢は机の下に潜り込んだままＵＳＢメモリーを外してポケットにしまい、菊枝おばさんの部屋を出て、ダニーが待っている洗濯室の前へと行った。

「これだね。見えにくいところに転がってたからわからなかったよ」

ダニーは自分のスマートフォンのカメラでキーホルダーを写し、礼を言っていつもの水遣り作業を始めた。

たしかにどこにでもあるミニーマウスとは違うなと思いながら、弦矢は二階の寝室へと急いだ。

ミッキーマウスの恋人・ミニーマウスは頭に大きなリボンをつけているが、菊枝おばさんのキーホルダーのミニーマウスはそのリボンが顔よりも大きくて派手なのだ。赤地にオレンジ色の水玉模様になっている。

弦矢は寝室に入ると、自分のパソコンの電源を入れて、ＵＳＢメモリーをセットした。ファイルがひとつだけあった。メリッサ・マクリードとなってからのレイラの写真が三十六枚収められている。

小学校にあがる前のプレスクール時代の写真。小学校の入学式での写真。それには、クラスメートと並んで撮った記念写真もある。

確かに他の子供たちよりも体が小さかった。

校門で、メリッサとケヴィンらしき三十代後半の、頭髪が薄くなりかけている小太りの男が笑顔で写っている。

さらには、同じ場所でキョウコ・マクリードに違いない女も混じっての、いわば家族揃っての三人の写真もある。

サミーは？　キョウコの娘と思われるサミーはメリッサよりも歳下なのか？

この写真のキョウコはケヴィンと同じくらいの歳に見える。

小柄で華奢な体つきはスーパーの監視カメラに写っていた女と同じだ。あの女はやはりキョウコだったのだ。

メリッサはショートヘアにしているが、容貌は六歳の誕生日のときのものと変わっていない。

他の同年齢の子供たちと比べてメリッサは顔つきも幼くて体格も貧弱だったが、発育が遅れているようには見えない。

弦矢は、そう思いながら、メリッサが学芸会でクラスメートたちと舞台で踊っている写真を見た。

うしろの垂れ幕で、二年生だけの学芸会だとわかる。親も一緒に参加する催しのようで、さまざまな衣装を着た父親や母親たちも踊っている。

ケヴィンは、風変わりな衣装を身に着けている。

弦矢がそれをチューブ入りのマヨネーズを模した着ぐるみだと気づくまでに少し時間がかかった。キョウコは写っていなかった。

その理由は次の写真でわかった。乗馬クラブで馬と一緒に写っているメリッサとキョウコの写真だった。キョウコは小さな女の子を連れていた。

ということは、メリッサがカナダでの生活を始めたあとにキョウコは妊娠したのだ。

弦矢にはそうとしか考えようがなかった。

さらにメリッサの成長の節目節目に撮影された写真を見ていくうちに、菊枝おばさんはこの古い写真を自分でスキャンしたのだろうかと考えた。各家庭にパソコンやデジカメが普及するずっと以前の写真が多いのだから、ＵＳＢメモリーに移すにはスキャナーが必要なのだ。

だが、これだけ慎重に事を運んできたおばさんが秘密の写真を業者に頼んでスキャンしてからＵＳＢメモリーに移したりするだろうか。写真は、キョウコがメールのやりとりをするようになってから送ってきたものかもしれない。

弦矢は一瞬、我が子の誘拐には菊枝おばさんだけではなく父親のイアンも加担していたのではなかろうかとも考えたが、大きな危険を冒してそんなことをしなければならない理由がどうしても思いつかないのだ。

メリッサの小学校時代の写真をすべて見て、弦矢は、サミーという血のつながりのない七、八歳も歳の離れた妹と遊んでやっているときのものが多いのに気づいた。

キョウコがあえてそういう写真を選んで送ってきていたのではないかと弦矢は思った。

メリッサが乗馬クラブで本格的に馬術を習い始めたのは中学生になってからのようだった。馬に乗っているメリッサの写真が一気に増えたのだ。

そしてそのころからメリッサは背が伸び始めて、同年齢の女の子と遜色がなくなり、中学校の卒業記念写真では、クラスで三番目に背の高い生徒に成長していた。

高校時代の写真のほとんどは乗馬クラブで撮ったものだった。

馬術競技の大会で優勝した際の、トロフィーを持って笑っている正式な乗馬服姿のメリッサの美しさは弦矢がしばらく見惚《みと》れるほどだった。

ケヴィンの誕生日パーティーにおける写真。旅行でパリへ行ったときの写真。マクリード家のキッチンでキョウコと一緒にケーキを作っている写真。十歳くらいのサミーとなにかのゲームをしている写真。

サミーはケヴィンにそっくりだった。

それらのあとに、モントリオール大学の入学式の記念写真や大学生時代の幾つかの写真がつづいた。

大学の卒業式の写真は多かった。独特の四角い帽子をかぶったメリッサと家族は、誇らしげにモントリオール大学のキャンパスでカメラに向かっている。

卒業式後のパーティーで、学友たちとどんちゃん騒ぎをしているメリッサはお茶目で、はなやかで、弦矢はまた見惚れた。

欧米において、有名大学を卒業するということが本人にとっても家族にとってもどれほど誇らしい偉業であるかを日本人はわかっていないのだと弦矢は思った。

日本の有数の大学は、入学するのは難しいが卒業するのは簡単だというのは本当なのだ。だが、欧米の大学や大学院はそうではない。入学してから過酷なふるい落としが待っている。

毎週、ぶ厚い教科書や膨大な文献を読んで、レポートを提出しなければならないし、予告なしのテストもしょっちゅうある。

教授陣は容赦しない。成績が悪ければ、そのつど呼び出されて叱責され、それが二、三回つづくと先に進ませてもらえないどころか、退学を示唆される。

日本では「東大中退」と履歴書に自慢そうに書いたりするが、欧米ではかえって馬鹿にされる。さまざまな事情があろうとも「中退」は落伍したという証しだからだ。

菊枝おばさんが、大学院の修了式に俺の両親が来ないことをなぜあんなにも怒ったのかは、たぶん日本人のほとんどが理解できないだろうと弦矢は思った。

インド人留学生のシンの家族たちは修了式の朝にデリーから飛行機を乗り継いでロサンゼルス空港に着いた。両親、祖父母、兄弟、叔父さん、叔母さん、従妹たちの総勢十五名は、シンが壇上で修了証書を受け取るとき、持参した民族楽器を鳴らして大歓声で祝福した。シン一族にとってもおおいなる誇りの瞬間だったからだ。

つらい勉強に耐えて、きょう修了という栄誉を摑んだ。おめでとう、よく頑張ったな。私たち一族にとっても誇りだ。

そういう喜びの爆発だったのだ。

「あいつらには負けたよ」

テキサスからやって来たカーター家の父親は、カウボーイハットにカントリー風の服を着込んだ親戚たちに悔しそうに言ったという。いまだに悔しがっているそうだ。

メリッサの大学の卒業式の写真にも、同じ喜びが横溢《おういつ》していた。三歳と四歳のころに発育の遅れを案じられていたメリッサがモントリオール大学の教育学部を卒業したのだ。菊枝おばさんはどんなに嬉《うれ》しかったことだろう。だが、卒業式には行けなかったのだ。

弦矢は、そう思ったが、いや菊枝おばさんは行こうと思えば行けたはずだと思い直した。理由をこしらえてカナダのモントリオールに行き、式典の会場の一隅でメリッサが卒業証書を学長から受け取る瞬間を見ることは可能だったのだから、と。

大学を卒業してからのメリッサの写真を時間をかけて見ていくうちに、弦矢は精神的な疲れが一気に自分の全身を包んでくるのを感じた。

大金持ちたちが作りあげたパロス・ヴァーデス半島の、とびきり素晴らしい景観の地に建つ豪邸で、長いゴールデンウィークをすごしたようなものなのに、この全身の重い疲れはいったいなんだろう。

ニコは大ホームランをかっとばしたが、俺も大仕事をやってのけた。俺がメリッサを捜すためにニコライ・ベロセルスキーという私立探偵を選ばなかったら、メリッサの現在を知ることは不可能だったはずなのだ。

だが、どこかが詰まっているような、自然にため息が出てくるような、この暗い心はなんなのだ。

理由はただひとつだ。菊枝おばさんが、なぜ我が子をキョウコ・マクリードに誘拐させたのかが、まったくわからないからだ。どうにも解せないからだ。

ニコは、イアンまでが共謀していたなどということは有り得ないと断言した。俺もそう思うし、ニコの推理には彼なりの論理的裏づけがある。

ニコの調査は大きな目の網で乱暴にすくっているように見えて、じつは細かな目の網で魚が隠れている死角を巧妙にすくう。その職人的な技を俺はすでに何回か見たのだ。ニコライ・ベロセルスキーは結果を出す男なのだ。結果に至るためには原因へ遡るための媒介が必要だ。ニコの頭脳はその媒介へと反射的に動く能力があるに違いない。

俺にもそんな能力が欲しい。

弦矢はそう考えて、USBメモリーをパソコンから取り外した。午後の四時半だったが、真昼のような太陽が中庭の芝生を照らしていた。

ダニーが二階のベランダにやって来たので、弦矢は菊枝おばさんの部屋へ移った。

期待はしていなかったが、キョウコ・マクリードからの返信はなかった。

体を動かそうと弦矢は思った。

ダニーに、ちょっと出かけてくると言って、日本から持って来たバックパックにミネラルウォーターとパスポート、それに緑豆のスープを入れるとウォーキングシューズを履いた。

ローリング・ヒルズ・エステーツへの坂道はきつかったが、七十歳くらいの夫婦連れに追い越されて、弦矢は背筋を伸ばし、歩幅も大きくしてジェシカの家へと歩きつづけた。

この数日で、弦矢は、パロス・ヴァーデス半島には網の目のように道が配されていることを知った。その道すべてに名がつけられている。

リッジゲート・ドライブ、ヘッジウッド・ドライブ、ロモ・ドライブ、シーマウント・ドライブ、ジェロニモ・ドライブ……。

どの道にも幾種類もの巨木が茂り、リスが走り廻っている。ジャカランダの花は満開だ。ヤシの木が、それらの巨木の上で葉を拡げている。

人の頭に落ちないようヤシの実は大きくならないうちに市の係員によって切り取られるのだ。

坂道が大きく右に曲がるところで弦矢は振り返って眼下の海を眺めた。

「腹が立つほど青いぜ」

とつぶやき、下り道へと向かった。

「えーっと、この道を右に曲がって、ふたつめの道を左に曲がったら、最後の上り道の前に出るんだ。あの上り道がきついんだよなぁ」

そう声に出して言いながら、あしたはスープを作ってみようと弦矢は思った。自分で作ってみなければ、スープ屋の商売なんかできるわけがないと思ったのだ。

ジェシカに手伝ってもらいたいが、論文の提出期限は迫っている。かなり焦って、頭のなかは煮詰まってしまっていることだろう。

とんでもないとはねつけられても、たまには気分転換をしたほうが能率が上がるからと誘ってみよう。

弦矢はそう決めて、最後の坂道をのぼった。

ロータリーの中央の、円形の石積みとシュガーガムの巨木が見えてくると、弦矢はしばらく立ち止まって息を整えた。

心臓もなまってしまったらしく、強く打っていて、それが鎮まるまで、弦矢は石積みに腰をおろしていたが、ジェシカのフィギュアの店から客が出て来たので、

「あれ？　店を営業してるよ」

とつぶやき、太い木々のあいだを抜けてコーヒーショップのほうへと行った。客は六人いた。

弦矢が奥のテーブルにつくとジェシカが飛び跳ねるようにして笑顔でやって来て、

「きのう、論文を提出してきたのよ」

と言った。

「へえ、おめでとう。予定よりもずいぶん早く仕上げたんだなあ」

「ほんとに死ぬんじゃないかって思うほど頑張ったのよ。きのう、論文を提出して家に帰って来てからずっと寝てたわ」

「なにかお祝いをしないとね」

「まだ合格したわけじゃないわ」

ジェシカは言って、裏口へと行き、五分ほど姿を消したが、コーヒーカップをふたつトレイに載せて戻って来て、弦矢の横に坐った。

「フルタイムコースを選ぶつもりだったけど、パートタイムのコースに変えたの」

ジェシカの言葉で、昼間はこの店を営んで、夜に大学院に通うことにしたのだなと弦矢は思い、

「そのほうがいいよ。店を閉めたら、煙草好きの常連客が悲しむよ」

と笑顔で言った。

「コーヒーショップのほうは惜しくないんだけど、フィギュアの店は祖母が作って母が育てたのよ。私がつぶしてしまうわけにはいかないわ。お客さんもたくさんついてるし、最近はフィギュアとダイオラマを組み合わせて、自分の好きな世界を作る人が増えたの。私が店を継いでから、ダイオラマのパーツも扱うようにしたら、お客さんが増えたのよ。その人たちに説得されたの。なにも二年で大学院を修了しなくてもいいだろうって」

ダイオラマ？　ああ、日本ではジオラマと呼ぶ模型のことかと弦矢は思った。

フィギュアやダイオラマの世界は弦矢にはよくわからなかったが、世界に熱狂的なファンがいるということだけは知っていた。

「あんなちっちゃなおもちゃのどこがいいんだってゲンは思ってるんでしょう。マニアックな連中の偏執的な趣味だって」

とジェシカは声を落として言った。

「そんなふうには思ってないよ。なにによって癒されるかは、人それぞれだからね。ボンサイだってフィギュアだろ？」

そのとおりだというふうに頷き、ジェシカはアメリカ人なら誰もが知っているウォール街の金融投資家の名をささやいて、この人は十五年かけて家と農場と住人たちの世界をたったの一フィート内に作りあげようとしているのだと言った。

それはもうじき完成するが、彼は満足していない。一フィートのいわば模型の世界を、いまの一フィート内でもっと緻密にしようと思っている。ジェシカの店の上客だ。

彼は、フィギュアとダイオラマの組み合わせ作業に没頭することで、自分の心の均衡を保ちつづけてきたことに最近になって気づいたのだ。そんな効果があるとは知らないままに精神療法を実践してきたことになる。

国によって呼称は異なるが、ユング理論を心理療法に応用したのが「箱庭療法」だ。木や花壇や噴水やベンチやブランコなどのフィギュアを与えて、これで好きなように庭を作ってみなさい、というカウンセリング方法があり、心の治療に大きな効果をあげている。

フィギュアやダイオラマの世界は、じつは人間がそれとは知らずにみずから摑んだ心の療法だったのだ。

弦矢は、そのジェシカの話にいつしか聞き入っていた。そして話を遮って、

「それは小さな、せいぜい一フィート四方くらいまでの大きさじゃないと効果はないのかい？」

と訊いた。

「小さければ小さいほどいいのよ」

「オルコット家の庭は？」

「うーん、広すぎて、私なら自分の心の世界からはみ出るかも。ちっちゃなぬいぐるみに話しかける感じがいいのよ」

弦矢は、オルコット家の中庭に花園を作ろうとしていた菊枝おばさんの計画をジェシカに話した。

その見取り図の概要を聞くと、

「毎年、新しい球根を植えたり、一年草の種を蒔《ま》いたり、植物に話しかけながら枯れた葉や枝をちぎったり、雑草を抜いたり、いろんな花や木を植え替えたりっていう作業を

自分でつづけていくことは、箱庭療法よ」

そうジェシカは言った。

「オルコット家の庭は広すぎるんだろう？」

「それはその人の受け取り方次第よ」

「ちっちゃなぬいぐるみに話しかける感じかあ。木も草も花も受け身で無言だなあ」

フィギュアの店のほうで電話が鳴ったので、ジェシカは家のなかに入った。

弦矢は、ニコからメリッサの写真が送られて来たあとに、自分のなかからせりあがって来た息が苦しくなるほどの恐怖を思い出した。

菊枝おばさんは、きっとあれよりもすさまじい不安と恐怖のなかで二十七年間を生きてきたに違いないと弦矢は気づいた。

その絶え間ない怯えは、マクリード夫妻の比ではあるまい。

いつ、なにをきっかけにばれるかもしれないという不安は、瞬時として消えたことはなかったはずなのだ。

「もう安心して肩の荷を降ろしていいよ」

と弦矢は胸のなかでキクエ・オルコットに言った。

「スープ屋さんのことはどうなったの？」

戻って来たジェシカは訊いた。

「やるよ。やると決めたよ。まず店のオープンからだ。一号店の場所を決めないとね。でも、ぼくはまだいちどもスープを作ってないんだ。キクエがどこで材料を仕入れてたか、ジェシカは知ってる？」

「知ってるわ。鶏はファウンザー農園。そのファウンザー農園の紹介で、オーガニックの野菜を売ってもらってたのよ」

パロス・ヴァーデス半島からはフリーウェイで北東に一時間ほどのみちのりだと言いながら、ジェシカは自分のスマートフォンのナビで場所を示してくれた。

試しに作るのなら、いつも買い物をするショッピングモールのオーガニック専門店で買えばいい。しあさっては日曜日で休みなので、朝からスープ作りを手伝ってあげる……。

ジェシカはそう言って、やって来た三人連れの客のところへと行った。

弦矢は煙草を一本吸い、持って来た緑豆のスープとコーヒー代をテーブルに置いて立ちあがった。

「あした、電話するわ」

とジェシカは言い、コーヒーを淹れるために裏口から家のなかに入って行った。

三人連れの男たちは太くて長い葉巻を吸い始めた。

大繁盛ではないか。ジェシカのコーヒーショップにはいちにちに平均何人の客があるのだろう。

そう思いながら、弦矢が数本の巨木を縫うようにして通りに出ると、べつのふたり連れがコーヒーショップに入って行った。

いま店では十一人の客がコーヒーを飲んでいる。以前、ジェシカは、昼時がいちばん忙しくて、次が夕方で、その次が朝の十時ごろだと言っていた。

コーヒーショップでいちにちに五、六十杯売れたら、どのくらいの利益があるのだろう。

弦矢はジェシカのコーヒーショップの純益を概算しながらローリング・ヒルズ・エステーツからオルコット家へと帰り、菊枝おばさんの部屋に行った。ダニーは仕事を終えて帰ってしまっていた。

パソコンを開いた。キョウコ・マクリードからの返信は永遠にないのではないかと弦矢は思っていたので、受信トレイに「ありがとうございます」という日本語のタイトルを見て、慌てて本文を読んだ。

――私たち夫婦も弦矢さんにお話をしなければならないことがたくさんあります。手紙やeメールのやりとりでは意を尽くせません。ケヴィンとも相談して、ふたりでロサンゼルスへ行くことにしました。ご都合は弦矢さんに合わせます。日時が決まりましたらおしらせ下さい。なお、お逢いする前にこれだけは御承知おき下さい。私どもは、菊枝が遺したものを頂戴するつもりはございません。——

予想していたよりもはるかに早く逢うことを承諾するeメールだったので、弦矢は、菊枝おばさんの部屋の椅子に腰をおろしたまま、きのう自分が送ったeメールを読み返した。

来るべき時が来たとマクリード夫妻は腹をくくったのであろう。しかし、夫妻が腹をくくるための根回しを、菊枝おばさんはすでに何らかの形で行っていたのかもしれない。そうでなければ、マクリード夫妻の決断は早すぎる。幼児誘拐の実行犯として警察に突き出される可能性があることを夫妻が考えに入れないはずはないのだ。

この小畑弦矢が、キクエ・オルコットの信頼に反して、遺産をひとりじめにしようと画策するような人間だったらどうするのか。

最後の一行は、そのことへの牽制《けんせい》かもしれない。

いずれにしても、夫妻はカナダのモントリオールからこのランチョ・パロス・ヴァーデスへと来ることを決めたのだ。

弦矢はそう考えて、パソコンの電源を切り、バックパックを持ってガレージへ行くと、菊枝おばさんの四輪駆動車のエンジンをかけた。

マクリード夫妻が善人であることを祈るような心持ちだった。夫妻もまた小畑弦矢に対して同じような思いでいてくれることを願った。

テラニア・リゾートのフロントは混んでいて、女性の予約係が弦矢に応対するまで二十分もかかった。

一泊だけというのはお断りしている。来週の五月十四日から三泊なら海の見えるツイン・ルームがあいている。海が見えない部屋ならもっと広い部屋がある。愛想の良くない予約係は早口でそう言った。

このリゾートホテルで海の見えない部屋に泊まってどうするんだよ。駐車場とローリング・ヒルズ・エステーツへの道でも眺めてろっていうのか。

弦矢はそう思いながら、クレジットカードで三泊分の宿泊料金を支払い、予約を済ませると、フロント横のあけはなった通路からスパへとつづく階段を降りて行った。週末をすごすのであろうカップルや家族連れで、テラスの席には坐る余地がなかったのだ。

——私どもは、菊枝が遺したものを頂戴するつもりはございません。——

その最後の文章だけが映像として弦矢の脳裏に浮かび出ていた。

それならば、俺と逢う必要もなく、小畑弦矢からのｅメールを黙殺して、今後のやりとりを拒否すればいいではないか。

あるいは、あなたの言っていることはなんのことだかさっぱりわかりませんとしらを切りつづければいいのだ。

だが、ロサンゼルスのランチョ・パロス・ヴァーデスに来るということは、俺からの二通目のeメールを読んで、いちどは小畑弦矢に逢っておかなければならないとマクリード夫妻が判断したということだ。

無視しつづければ、小畑弦矢はモントリオールにやって来るだろう。それならば、こちらから出向いて、さっさと決着をつけよう。

マクリード夫妻はそう考えたのであろうか。

「駄目だ。俺にはニコみたいな洞察力がないよ。俺はビジネスには向いてないいんじゃないかなぁ」

頭をかきむしってそうつぶやき、弦矢は階段を降りてスパの建物の前に行った。煉瓦色の瀟洒な建物には四角い煙突が数本突き出ていた。花壇には幾種類かのバラが咲き、ユーカリの並木が海のほうへとつづいている。

レストランがあるらしく、ユーカリとねむの木の左側へと道は曲がっていた。

海沿いの遊歩道にもつながっているようだったので、弦矢は道に沿って歩いて行った。

風が強くなり、日は赤みを帯びていた。

家族連れのためのカジュアルなレストランがあり、その周辺には一棟単位で泊まるための建物が幾つもあった。ほとんどは二階建てだが、三階建ての棟もある。どの棟もベッドルームは五つか六つありそうだった。

レストランの横の道は下っていて、弦矢は、右からの明るい夕日に目を細めながら海への断崖まで行くとサングラスをかけた。

ホテルの遊歩道の柵に凭れていると波しぶきでTシャツが濡れた。

ジョギングをする宿泊客たちが、弦矢のうしろを走りすぎていく。

「なんでこの国の連中は走りたがるんだろうなあ。そんなに健康志向なら食う量を減らせってんだ」

そうつぶやいて、弦矢は遊歩道を歩き始めた。この道はホテルの敷地のどこに出るのだろうと思ったのだ。

道は細くて、ジョギング中の人が来るたびに立ち止まって海側の柵か丘陵のほうへと身を寄せなければならなかった。

「遊泳禁止」の立札があるところにベンチが置いてあったので、弦矢はそこに坐った。

こんなに強い海風に吹かれるのは、このパロス・ヴァーデス半島へ来てから初めてだなと思った。波は大きくうねって、岩にぶつかって弦矢に飛沫《しぶき》を浴びせた。

けれども、弦矢は少しずつ幸福感にひたっていった。

二十七年前に、あのスーパーの監視カメラの、不鮮明なモノクロームの画面から消えていった小さな女の子が美しく成長していて、元気に暮らしているのだ。

発育が遅れていると案じられた幼女は、いまはカナダの馬術競技における有数の選手であり、次代の選手を育てるコーチでもあるのだ。

俺はニコのお陰で「夢のような奇跡」と現実に向き合ったのだ。

もうそれでいいではないか。キクエ・オルコットの莫大な遺産を一切受け取らないとマクリード夫妻が固辞するなら、いつかそれが必要になるときまで俺が預かっておけばいい。

二十七年前にオルコット家でなにが起こっていたのかなど、もうどうでもいい。下種《げす》の勘ぐりかもしれないが、イアンだけが蚊帳の外だったとしたら、考えつくことはひとつだ。幼い娘を父親から引き離さなければならなかったのだ。その理由はひとつしか考えられない。

ニコはすでにあの特殊な勘によってわかっている。わかっているが口にしないだけなのだ。

しかし、それももうどうでもいい。

弦矢はそう思い、

「メリッサに逢いたいなあ」

と言った。

別れてまだ数時間しかたっていないのに、弦矢はニコと逢いたくなり、スマートフォンをバミューダパンツのポケットから出した。電話の着信があったことを知らせる小さなライトが点滅していた。ニコが二回電話をかけてきていた。

波の音で聞こえなかったのだなと思いながら、弦矢はニコに電話をかけた。

「いまどこだ？」

とニコは訊いた。

弦矢は波音から遠ざかるために遊歩道を早足で歩いて、ホテルの敷地の東側へと急ぎながら、

「テラニア・リゾートの海沿いの遊歩道で波を浴びてたんだ」

と言った。

「俺はビヴァリーヒルズのロデオ・ドライブって通りから一ブロック北側にあるスープ専門店に来てるんだ。あした、このスープ屋の工場の見学会があるんだけど、ゲンも行かないか？　どうせ暇だろ？」

弦矢は笑いながら、行くと答えた。

プールを過ぎたところから遊歩道はのぼり道になり、高価なワインを揃えているらしいカリフォルニア料理店の前を通り抜けると、駐車場とゴルフコースとのあいだに出た。

「定員は七十人だけだから申し込まなきゃいけない。あと三人で受付終了だ」

ニコはそう言って電話を切りかけたので、弦矢は自分の車のドアをあけて運転席に坐りながら、キョウコ・マクリードからのｅメールの内容を伝えた。

「ニコは、俺の仕事は終わった、もう関係ないって言うだろうけど、ぼくには他に相談

できる人がいないんだよ」

「俺になにを相談するんだ？」

「キクエが遺したものをメリッサに渡さないといけないんだ。キクエはそれをぼくに託したんだからね」

「遺産をメリッサに渡すとき、どう説明するんだよ。なにもかもメリッサに話さなきゃならなくなるんだぞ。マクリード夫妻は、それを恐れてるんだ。ゲン、慌てるなよ。時間をかけて、ゆっくりとメリッサに渡すべきものを渡していけばいいんだ。知恵を使えよ」

そう言ってニコは電話を切った。

第六章

スーザン・モーリー弁護士に、約束のディナーに招待されたが、弦矢はアメリカで興す会社の詳細な事業計画を練るという理由をつけて延期してもらった。

ジェシカとスープを作るという約束も適当な理由をつけて先延ばしにしたので、ケヴィンとキョウコがカナダからやって来る日までに弦矢がやったのは、ビヴァリーヒルズに本社があるスープ会社の工場見学会にニコライ・ベロセルスキーと参加したことだけだった。

スープの価格は十四ドルを超えてはいけない。

単なるポタージュスープやコンソメスープではアメリカ人は金を払わない。

買った人がそのスープに野菜や肉類を加えて調理しなければならないものは売れない。

少なくともいちにちに三百人分のスープを作りつづけるためには、特別な調理器具を註文製作しなければならない。

瓶詰か缶詰が最良の方法だが、それを請け負ってくれる会社を見つけなければならない。

スープ作りのための工場が必要で、そこでは厳格な衛生管理を徹底させなければならない。

工場でスープを作るスタッフはとりあえず五人は必要だ。

いまのアメリカでは、牛も豚も鶏も野菜も、オーガニックに徹することでビジネスとして成り立つが、そのような材料を調達するためには十数軒の牧場や農家と専属契約を結ばなければならない。

いずれにしても、パロス・ヴァーデス半島のどこかにまず一号店をオープンさせなければならない。

そしてなによりも出資者である日本人の小畑弦矢がアメリカで事業を興すために必要な法的手続きを急がなくてはならない。それが済まなければ法人申請ができないのだ。

ニコは、すでにトーランス市内に事務所兼工場にうってつけの建物を見つけてきていたし、玉葱と人参《にんじん》とセロリだけを有機農法で作っている農家との交渉を始めた。

有機農法の農家といっても、畑全体の三分の一をそれにあてているだけなので収穫量は少ないのだ。

弦矢は自分も動きださなければならなかったし、具体的な事業計画書も作成しなければばならないのに、その文案や数字だけが頭のなかで錯綜《さくそう》するだけで、なにも手につかないまま、マクリード夫妻がやって来る五月十四日の朝を迎えた。

いつもの水遣りを終えたダニーが帰って行きかけたとき、弦矢は、きょうは来客があり、大事な話をするので、午後の水遣りは休んでくれと頼んだ。

「お客さんが帰ったら、ぼくが自分でやるよ」

「わかりました。でも、脚立に乗るのはやめて下さい。慣れないと危ないですからね。脚立ごと倒れて地面に落ちたりしたら大怪我じゃ済みませんよ」

そう言って、ダニーは洗濯室に戻り、再びホースと如雨露を出した。午後の分も水遣りしておくつもりらしかった。

弦矢は十時半にオルコット家を出て、四輪駆動車でロサンゼルス空港へ向かった。

マクリード夫妻は、自分たち一家のこれからの人生を賭けてランチョ・パロス・ヴァーデスに来るのだという思いは、目覚めた瞬間から弦矢の心を占めつづけていた。

ロサンゼルス空港の、エア・カナダ機からの乗客が出て来る到着ゲートの近くに立ち、とにかくまず夫妻を安心させることだと弦矢は思った。

モントリオールからのエア・カナダ機が到着して四十分ほどたったとき、税関からの長いスロープ状の通路から、頭頂部の毛のまったくない赤ら顔の白人男性と小太りの日本人女性が、ふたつのスーツケースを載せたカートを押しながら出て来た。

出迎えに来た人たちのなかには韓国人も中国人もいるのに、夫妻は、弦矢だけを見ていた。

弦矢は作り笑いにならないようにと気をつけながら、

「マクリードさんですか？」

と笑顔で先に声をかけて、ふたりと握手を交わした。

「わざわざお迎えに来て下さってありがとうございます」

とキョウコ・マクリードは日本語で言った。

薄い紫色のフレームの眼鏡をかけて、麻の薄緑色のパンツスーツを着ているキョウコは、スーパーの監視カメラに写っている二十七年前の姿よりもはるかに大柄に感じられた。東京のどこにでもある住宅地で買い物袋を持って歩いている初老の婦人といった風情の女性だった。

青い格子柄のシャツの上に濃いグレーのジャケットを着た優しい目のケヴィンは、首から上が汗まみれで、残り少ない茶色の側頭部の髪を短く刈っているので、頭から水をかぶったようになっていた。六十七、八かなと弦矢は思った。

「あそこで待っていて下さい」

弦矢は駐車場の出口を指差して、観光バスやタクシーがひしめく道を渡り、菊枝おばさんの四輪駆動車を停めてあるところへと走った。

ふたりを車に乗せ、フリーウェイへの道を左に曲がってから、ホテルのチェックインは午後四時からだそうだと弦矢は言った。

フリーウェイに入ってすぐに、

「私たちはロサンゼルスは初めてなんです。こんなに暑いとは思いませんでした」

とケヴィンは言った。

「昼からはもっと暑くなります。ゆっくりと日光浴を楽しんで下さい。たったの四日間ですが、モントリオールへ帰るときは日焼けして、ハワイで遊んで来たのかって思われますよ。マクリードさんが泊まるホテルは太平洋に面してます。部屋からの景色は素晴らしいですよ」

それから、弦矢は空港への道で考えた言葉を明るい口調で言った。

「マクリードさんには心配することなんかなにひとつありません。ぼくは菊枝おばさんとの約束を果たせて恩返しができます」

けれども、マクリード夫妻はなにも返してこなかった。

フリーウェイを南に行き、ホーソーン大通りへと入ると、弦矢はローリング・ヒルズの北側にある植物園の横の道を進んだ。

「菊枝おばさんはこの植物園によく来てたそうなんです。ここで、いろんな花の苗や球根を買ってたそうです。ぼくはまだいちどもなかに入ったことはないんです」

と弦矢は言った。

「この植物園はとんでもなく広くて、いちにちでは全部見て廻れませんからね」

その弦矢の言葉にも、マクリード夫妻は笑みを返しただけだった。

安心してくれと言われても、はいそうですかと安心できるものではあるまいと弦矢は思い、オルコット家への幾つもの道で最も景色のいいところを選んで車を走らせた。

ときおりバックミラーで夫妻の表情を盗み見たが、ふたりはたまに互いに目を合わせるだけで会話はなく、眼下にひろがってきた海に目をやるばかりだった。

パロス・ヴァーデス通りからオルコット家へとつながる広い私道に入ると、キョウコは英語で、

「太平洋と大西洋とでは、海の色がまったく違うんですね。私は大西洋側しか知らないんですよ」

と言った。

オルコット家のなかに一歩入るなり、立ち止まって、夫妻は顔を見合わせた。

「この家は土足厳禁です。菊枝おばさんの法律なんです」

「私の家も同じです」

キョウコはそう言って硬い笑みを浮かべた。

ふたりはスリッパを履き、広間の高すぎる天井を見あげた。弦矢は夫妻を居間に案内

したあと、家のなかの窓という窓をすべてあけてから、コーヒーを淹れた。

まず先に、自分のほうから口火を切らなければならないが、メリッサに関しては多少の嘘を交えても許されるだろうと思った。

ニコライ・ベロセルスキーという私立探偵が真相を解明したことをマクリード夫妻に決して話してはならないのだ。

それを話せば、夫妻は生涯怯えつづける。

小畑弦矢を信用できても、ニコライ・ベロセルスキーという男はいつ態度を豹変《ひょうへん》させるかわからないと考えるであろう。

そう弦矢は思った。

まだ正式な雇用契約は結んでいないが、ニコライ・ベロセルスキーは俺が立ちあげる事業の頼りになるパートナーとなった。きょうは、ロサンゼルスのかなり内陸部にある小さなトマト農園に行っている。

マクリード夫妻との話し合いが終われば、すぐに俺はスーザン・モーリー弁護士とともに移民局へ行き、審査に必要な手続きを開始するのだ。

スープ製造販売会社を設立し、取引銀行を決めて法人口座を持つ。ニコ以外のアメリカ人をまず五人雇う。トーランスに工場兼事務所を借りる……。

これからの手順が鮮明になってきて、弦矢は、マクリード夫妻からどんな話が飛び出してこようとも動揺しない自信が湧いてくるのを感じた。

弦矢は、ビヴァリーヒルズのスープ工場を見学したときのニコの精気に満ちた面構えや立ち居振る舞いを心に甦らせて、マクリード夫妻にコーヒーを運んだ。

「中庭のあの蔓バラの棚の下で話しましょうか？　それともここで？」

弦矢の問いに、夫妻は同時にここのほうがいいと答えた。

弦矢はソファに坐るなり、菊枝おばさんは東京に着いた夜、ぼくにだけレイラのことを打ち明けてくれたのだと言った。

「びっくりしたどころじゃありません。ぼくも家族も、レイラは六歳のときに白血病で死んだと信じ切ってたんですから。それが、いまはカナダでキョウコとケヴィンの娘、メリッサ・マクリードとして暮らしてる……。いったいそれはどういうことなのか。当然のことながら、ぼくはその理由をおばさんに問いただしました。おばさんは、この旅を終えてまた東京へ戻って来てから詳しく説明するって言ったんです。ただそのとき、レイラは私がある人に頼んでスーパーから連れ去ってもらったのだが、そのことはイアンは知らない。イアンは幼い娘が誘拐されて、まったく行方がわからないという二十六年間を生きて、去年死んだ、って告白しました。ぼくはおばさんが東京に帰って来るのを待つことにしたんです」

弦矢はそこでいちど言葉を区切り、コーヒーを飲んだ。自分の手がまったく震えていないことで自信は増した。必ず誰も傷つけずに「レイラ失踪事件」に幕を下ろすという自信だった。

「ところが、おばさんは修善寺温泉の旅館の浴槽で狭心症の発作を起こして死んでしまいました。ぼくはおばさんの告白を父にも母にも内緒にしたまま、遺骨を持って、このランチョ・パロス・ヴァーデスの家に来ました。そして、保志京子さんからの手紙を十通見つけました。そこにはメリッサという名がたくさん書かれてありました」

弦矢は、そこでまた言葉を区切った。

さあ、これからどう話を進めようかと考えながらも、マクリード夫妻にはこれだけで充分ではないのかという思いがあった。

それで弦矢は夫妻のどちらかが口をひらくのを待った。海からの風が幾種類ものハーブの香りを運んで来た。

「私からの手紙……。差出人の住所が静岡県修善寺町の手紙ですね」

とキョウコ・マクリードは英語で言った。

「ええ、レイラがモントリオールに着いてすぐにあなたが書いた手紙だと思います」

そう答えながら、弦矢は自分の嘘に疎漏はなかったか、マクリード夫妻が不審に感じる矛盾点はなかったかと考えた。

「イアンには絶対に読まれてはいけない手紙でした。その手紙は読んだらすぐに焼き捨てることになってたのに、キクエは残してたのね」

「手紙はぼくが全部焼き捨てました」

弦矢が言うと、それまで無言だったケヴィンが、

「なぜです？」

と訊いた。

「キクエとキョウコとケヴィンがやったことを永遠に消してしまうためです。イアンも死んだ。キクエも死んだ。レイラも二十七年前にボストンのスーパーから消えた。この手の幼児誘拐で生きて見つかった例は皆無といっていいんです。もう見つからないでしょうね」

そして弦矢は、ロサンゼルスに着いた日にスーザン・モーリー弁護士から伝えられたキクエ・オルコットの遺志を夫妻に話し、居間のテーブルに用意してあった遺言書をふたりの前に差し出した。

「この正式な遺言書には記載されていませんが、キクエはイアンから相続した遺産の七十パーセントをレイラに譲るという意思を弁護士に伝えていました。これが、キクエの遺産目録です。ぼくには、メリッサ・マクリードにこの七十パーセントを渡さなければならない責任があるんです」

弦矢は遺言書をひらいてケヴィンに渡した。けれども、ケヴィンは中身を読もうとは

せず、少し夫婦だけで話したいのだがと言った。

「どうぞ。ぼくはなにかランチを買ってきます。もう一時半ですから、おふたりともお腹がすいていらっしゃるでしょう」

弦矢は、四輪駆動車でいつものショッピングモールへ行き、ラップで包装されたサンドイッチを六個買った。

それから十五分ほど車の運転席で時間をつぶしてオルコット家へ向かったが、途中、車から降りて、海に向かって延びる私道脇の幅広い芝生の上に立ち、水平線に見入った。

海岸沿いの遊歩道には犬を散歩させている夫婦連れが多かった。

もし仮にマクリード夫妻が、キクエが何を言ったのかは別として、メリッサは私たちの娘であり、レイラ失踪についてはなにも知らないし、関わってなんかいないと言い張ったとしたら、それはそれでよしとして、俺は追及しないでおこうと弦矢は思った。

レイラがカナダでメリッサ・マクリードになったなんて、とんでもない妄想だ。偏執的な言いがかりだ。キクエは長い悲しみで精神を病んでしまっていて、いつのまにかそんなおとぎ話を作りあげていたのであろう……。

マクリード夫妻が、そうしらを切りつづけたとしても、俺は受け入れることにしよう。

俺はニコの言葉どおりに、焦らず、知恵を使って、時を待つのだ。

そう腹が決まると、弦矢はオルコット家に戻った。

マクリード夫妻は、中庭の蔓バラの棚の下にいた。ふたりとも立ったまま二階のベランダを見ていた。三十三個の植木鉢すべてに溢れるように咲いているガーベラを見ていたのだ。

弦矢は、夫妻の近くまで行き、振り返ってガーベラの夥《おびただ》しい花で作られたようなベランダを指差して、

「メリッサですよ」

と言った。

なんの計略も作為もなく言ったのだが、キョウコもケヴィンもオルコット家に来て初めての笑顔を弦矢に注いだ。

弦矢がいぶかしく思うほどの屈託のない笑顔だった。

「どこでお話をしましょうか」

とキョウコは言った。

「ここではどうですか」

弦矢の言葉に、キョウコは少し考え込んでから、

「そうね、そのほうがいいかも」

と答えた。

ケヴィンはそれまで着ていたジャケットを脱いだ。キョウコもパンツスーツの上着を

脱ぎ、蔓バラの棚の下に並べてあるガーデンチェアに坐った。

そしてキョウコ・マクリードは日本語で話し始めた。

――キクエは、弦矢に真実を打ち明けたら、メリッサの歳と同じ数のガーベラの鉢を二階のベランダに並べておくって私へのeメールに書いていたの。

でもそれは二年ほど前だったし、なぜそんなことをするのか、まるでわからなかったから、私もケヴィンも忘れてたの。

だって、花を並べなくても、弦矢さんに話したってことはeメールでも電話でも、私たちに伝えることができるでしょう？

だから、弦矢さんからキクエの死をしらされたときは自殺っていう言葉がすぐに頭をよぎったわ。

警察の検死で病死と認定されたってことを弦矢さんが教えてくれなかったら、私たちはこれから先もずっと自殺を疑わなかったと思うの。

たぶん、キクエは東京に着いた日に弦矢さんに真相を話したあと、この庭を管理する人に三十三鉢のガーベラをひとところに並べるようにって頼んだのね。

そんなに急ぐこととは思えないけど、キクエはいっときも早くそうしたかったのね。

そうとしか思えない……。

さっき、ケヴィンと庭に出て、二階のベランダのガーベラに気づいて、鉢の数をふたりでかぞえたとき、私もケヴィンも心から安心したわ。

さあ、なにからお話ししましょうか。話の順序を整理するのに少し時間をいただきたいけど、このまま話しつづけるほうがいいかもしれないわね。――

弦矢は、それならば軽く昼食をとるというのはどうかと英語で提案して、ガーデンチェアから立ちあがった。ケヴィンは弦矢に微笑みながら頷いた。

蔓バラの棚の下でサンドイッチを食べると、キョウコ・マクリードは上目づかいで空や屋根を交互に眺めながら、話の進め方を考えているようだった。

そして、澄んだ目で悠長なほどにゆっくりとした口調で話を始めた。弦矢は腕時計を見た。午後二時半だった。

――私がキクエと六年半ぶりに再会したのは、キクエがレイラを産んで一年ほどたったときだったわ。

私とキクエとは日本で同じ自動車メーカーに勤めてたの。私のほうが二年先輩。

私は技術開発室でエンジニアとして働いてたけど、本社の秘書室に勤務する小畑菊枝という人のことはよく噂《うわさ》を耳にしてたし、ほんのたまに同じエレベーターに乗り合わせたりして、顔も知ってたの。

美人で英語が堪能で頭が切れる小畑菊枝さんは当時五十人近くいた大卒の女性社員たちの憧れでもあり、妬みの対象でもあったの。いろんな意味で目立つ女性だったのよ。入社して五年目に、会社はボストンに北米の拠点を持つことになって、そこで働きたいという女性社員を社内公募したの。

アメリカのボストンに初めて開設する支社には日本人の女性社員も必要だという会社側の判断で、エンジニアとしてではなく、総務と渉外を兼務する女性社員を公募したのよ。

私は英語が得意だったし、アメリカで生活してみたいという夢があったしエンジニアとしての限界を感じてたから、駄目でもともとで応募したの。女性枠はたったのひとりだったから、落ちると思ってたら通っちゃった。二十七歳のときね。

半年間、日本で英語の講習を受けて、その年の十二月にボストンに赴任したわ。そしてすぐに、北米支社に採用されてたアメリカ人と恋人関係になって親の猛烈な反対を押し切って結婚したの。

知り合って半年後に、ボストンの北側に家を借りて新婚生活に入ったわ。

私は、小畑菊枝さんがオルコット家の次男と結婚してボストンで生活をしているなんて知らなかったの。

オルコット・インダストリー・グループは、ボストンどころかアメリカ中で知られた会社で、私と夫が勤めてる会社にとっては重要な取引先だったわ。

チャールズ川の南側の大きな公園でベビーカーに女の子を乗せて散歩してる日本人女性が小畑菊枝さんだと気づいて、思わず声をかけてしまったの。私は結婚して六年くらいだったわ。

でも、たったの六年で、私は夫の酒癖の悪さと暴力で身も心もぼろぼろになってた。離婚して日本に帰ろうって決心したところにキクエ・オルコットとばったり再会したことになるわ。

俺は子供の産めない女と結婚した。お前はそれを知ってて隠してたんだ。詐欺師め！夫が私を殴るときの口実よ。酒を飲まないときの夫は、借りてきた猫みたいにおとなしくて、いつも静かに伏し目がちにしてるの。

私は子宮が未成熟で、正常な女性よりも子宮が少し小さかったの。でもそれはボストンの病院で調べてもらって初めて知ったことだったの。妊娠しにくい体だったのよ。

キクエと逢ったときの前の夜にも、私は夫にひどく殴られて目の周りに痣《あざ》ができてたわ。

キクエに声をかけたあとで、自分がひどい顔をしてるのに気づいて声をかけたことをとても後悔したわ。冬の長いボストンにやっと春が来たって感じられるいいお天気の日曜日よ。

公園のベンチでお互いの近況を話してるときには、キクエは私の顔の腫れについてはなにも訊かなかった。

結婚してる女が顔に殴られたとわかる痣や腫れを作ってたら、理由は誰でも想像はつくわね。でも、キクエは知らんふりをしてくれた。

私は、顔の腫れや痣が消えるまでは会社に行けないから、よく休むようになってたわ。腫れは引いても、青い痣って、三日や四日では消えないのよ。

キクエと再会して二週間ほどたって、私は会社を辞めたわ。

その三日ほどあとに、こんどはキクエのほうから私の家に訪ねてきてくれたの。キクエは私の会社に電話をかけて、私が辞めたことを知ったのよ。

私は、レイラを抱っこしてリビングのソファに坐ってるキクエに、夫の酒癖と暴力を話したわ。人に話したのは初めてだった。

酒を飲んで妻に暴力をふるう夫とは別れなければならないってキクエは断固とした口調で言ったわ。

「別れたほうがいい」のではなくて「別れなければならない」って。

私は、日本の両親や兄弟たちの反対を押し切って結婚したことや、このボストンという街から離れたくないことや、夫が酒を飲んでないときの優しさをキクエに話したわ。

夫婦のベッドでのことまで包み隠さずね。キクエになら話せたのよ。なぜか正直に話せたの。

「それなら酒をやめさせるしかないわ。断酒会に相談してみたら?」

ってキクエは言ったわ。

それでその夜、私は夫に断酒会に行ってほしいって切り出したの。

そしたら、夫は怒って暴れ出して、テレビを壁に投げつけて、私の髪の毛をつかんで何回も何回も殴ったの。倒れてる私の頭を蹴ったりもしたわ。

隣りの家の耳の遠いおばあさんが、たまたまその日は孫たちに買ってもらった補聴器をはめてたの。

だから余計に、私の家での物音が尋常じゃないことに気づいたのね。

玄関横の小さなポーチから私の家を覗いてびっくりしてすぐに警察に通報したの。そのエミリーっていうおばあさんは、窓のカーテン越しに見えてる夫の顔が、いつもとあまりに形相が違ってたので、キョウコの夫じゃなく強盗かレイプ魔だとばかり思ったって、あとで言ってたわ。

すぐにパトカーが来て、私は救急車で病院へ運ばれた。鼻と頬の骨が折れてたし、肋《ろっ》骨《こつ》の二本にひびも入ってたわ。

病室に事情聴取に来た黒人の婦人警官は、私の顔を見るなり、すべてを理解したのね。

この暴力はきょうが初めてじゃないってこともね。私にはアメリカに自分の家族はいなかったし、頼れるのはキクエ・オルコットだけだった。私は、夫に殴られているときに、もうこの人とは別れようと決めたの。それで、その婦人警官に、誰か呼んでほしい友人はいるかって訊かれてキクエの名をあげたの。夫と別れることを決めたと伝えておきたかったの。

キクエはすぐに病院に来てくれたわ。レイラは家でイアンが見てるそうだった。

婦人警官は、夫を訴えるよう勧めたわ。夫婦だろうがなんだろうが、これほどの暴力は殺人未遂とおんなじだって。

あの男は、酒を飲むとまた同じことを繰り返す。あなたが彼を愛そうが憎もうが、そんなことは関係ない。次は殺されると思いなさい。私はこういう事例をうんざりするほど見てきたのよ。

四十半ばくらいの婦人警官はそう言ったわ。

その翌日、もういちど警察の事情聴取を受けたあと、キクエがレイラを連れて見舞いにきてくれて、オルコット・インダストリー・グループの系列会社がデトロイトにあるが、そこで働かないかって勧めてくれたの。あなたのキャリアなら安心して推薦できるし、イアンもそうすることに賛同してくれたって。

そのとき、キクエは離婚してからもつきまとわれて暴力をふるわれないようにするためには、彼を訴えるのが最良の方法だって私を説得したの。

婦人警官は、もっと烈しく怒りをあらわにして、あなたのように泣き寝入りする妻がいるから、夫の妻への暴力が絶えないのだって言ったわ。

いわゆるドメスティック・ヴァイオレンスがアメリカでは深刻な社会問題となってたころだったわ。

私は、心を決めた。夫と離婚することも、彼を告訴することも、このままアメリカで暮らして行くことも、キクエとイアンの好意にすがって、オルコット・インダストリー・グループの一社で働くこともね。

夫を告訴したのは、それによって彼が酒を断つことになるかもしれないと考えたからよ。

夫がその後どうなったのか、私は詳しくは知らない。二年ほど刑務所に入って、出所したあとジョージア州の親戚を頼って行ったことを知ったのはその五年くらいあとよ。オルコット・インダストリー・グループの系列会社に就職できたことは、言葉では表現できないほどの幸運だった。

当時、アメリカ人と結婚してアメリカ国籍を取得した日本人の女が離婚したら、雇ってくれる会社なんかほとんどなかったし、仕事にありついてもスキルのいらない単純作業と安い賃金に甘んじるしかなかったの。

私がどれほどキクエに感謝していたか、弦矢さんにはわかってもらえると思うの。

そして私は、その事件のあと、オルコット・インダストリー・グループの系列会社の面接を受けるまで、いちどもイアンとは顔を合わせたことはなかったの。

キクエに頼まれて、お兄さんのトーマスに相談してくれたイアンにも感謝してもしきれないわ。だって、イアンは逢ったこともない日本人の女を採用してくれってトーマスに直談判してくれたのよ。

私はデトロイトで生活を始めて、ボストンに行く機会はなかったけど、キクエとは電話でよく話したわ。

レイラが三歳になったころ、私は勤めてた会社の技術開発部門を統括する総務事務担当としてボストンに転勤になったの。

チャールズ川の南側のボストン大学に近いところに古いけどとても住み心地のいいアパートメントを見つけてくれたのもキクエよ。

すぐに私とキクエは休日の午後にチャールズ川の畔《ほとり》で一緒にすごす時間を持つようになったわ。

目的は、レイラを遊ばせること。うんと歩かせたり、走らせたり、公園で鉄棒に掴まらせたり、ブランコを漕がせたり、同じ歳頃の子供たちと交わらせることよ。

レイラは予定よりも一ヶ月ほど早く生まれたせいか、体が小さかったし、言葉も遅くて、もの覚えもよくなかったの。

私は、たくさんの兄弟のなかで育ったから、同じ三歳でも、体格や知能にそれぞれ差があることを知ってたけど、キクエはレイラの発育の遅れをとても気に病んでたわ。

だから、レイラの体を鍛えるために、よほど寒い日以外は、チャールズ川の畔の公園とか、こぢんまりとした森で遊ばせるのを日課にしたの。

キクエがイアンと小さないさかいを起こすのは、レイラのことでだけだったわ。イアンは、まだ三歳の女の子なんだから、他の同年齢の子と比べるのはよくないと思うと、遠回しに意見を言う。キクエは、レイラはあきらかに虚弱なのだから、うんと体を動かすようにさせて、他のたくさんの子供たちと一緒に遊ばせることが大切だって主張する。

あの夫婦に、たまにいさかいのようなものがあったとしたら、原因はひとつなの。お互いがレイラの幼さを案じてのことよ。

私は、レイラの体格や運動能力なんかはまったく気にならなかったけど、言葉の遅さと精神的な発達の遅れのほうが少し気にはなったわ。

でもそんなものは、そのうち同年齢の子たちと遜色がなくなると思ってたの。

レイラは私にとてもよくなついてくれて、土曜日の午後に私が用事があってチャールズ川のいつもの待ち合わせ場所に行けないときなんかは、深い苦悩に沈んでる老婆みたいな目をして、しょげてしまったそうなの。

キクエも美人だったけど、イアンも渋い整った顔立ちで、レイラはその両方のいいところだけ受け継いだって容貌で、人見知りが強くて口数は少なかったわ。

その口数の少なさは、持って生まれた性格ではなくて、まあつまり他の同年齢の子よりも幾分遅れてる言語能力のせいだったと思うの。

でも、私はレイラがとても敏感で繊細な優しい子だってことを知ってたわ。おとなのちょっとした表情を読むことができたし、樹木の多いボストンのビーコンヒルに棲む野鳥と心のなかで会話を楽しむようなところもあったの。

オルコット家のあるチェスナット通りも、ボストンで最も高級な住宅地のビーコンヒルのチャールズ川に近いところよね。

煉瓦や石積みの古典的な造りの家が樹木に包まれるように並んでる静かな住宅地。

冬の寒い日とか雨の日は、キクエはチャールズ川の畔じゃなくチェスナット通りとビーコン通りのあいだの歩道でレイラを運動させてた。

遊ばせるんじゃなくて運動させてるって感じで、私はキクエがレイラの成長に関して少し神経質になりすぎてる気がしたけど、イアンもそう思ってたみたいね。

あのビーコンヒルで、レイラはキクエに促されるままに走ったり太い木の枝で懸垂運動をしながら、息をはずませて小鳥に話しかけるの。

「私のおばあちゃんとビッキーのおばあちゃんは、どっちがお料理が上手か知ってる？」

なんてね。

ビッキーは、ビーコンヒルのどこかに巣を作ってる小鳥で、レイラが名前をつけたの。そんなことができる三歳の子を心配する必要があると思う？

でも、いま思うと、そのころのキクエの根気強い鍛錬がレイラを丈夫にしたのかもしれないわね。

週末に逢って遊ぶだけの私よりも、母親のほうがはるかにレイラを日常的に観察しているんだから。

レイラが四歳になる直前に、キクエはイアンと相談して医者に診せたの。同時に児童相談所の専門家にも診てもらったわ。

総合病院の小児科の医者は、何の異常もないって言ったけど、児童相談所の顧問医師は、特別なカリキュラムに従ってレイラ・ヨーコ・オルコットのための幼児教育を実践するようにって強く勧めたの。

そのカリキュラムに則《のっと》った治療ガイドを見て、私はあきれたわ。レイラを一種の発達障害と見立ててたからよ。

私が口出しすべきことじゃなかったけど、友人として反対したの。あの穏やかなイアンも珍しく気色ばんで、こんな児童相談所の顧問医師はいんちき野郎だって怒ったわ。

でも、キクエは、幼児の心身の成長に関しての研究では有名な顧問医師を頼ろうとしたのよ。総合病院の、まだ四十前の小児科医よりもね。

母親というのはそういうものなのね。

だけど、児童相談所に併設された特別教室に通い始めて一週間ほどで、レイラに異変があらわれたの。

朝食をまったくとらなくなって、児童相談所に行くために家を出るときには体を硬くして、目にいっぱい涙を浮かべるの。ときには熱を出したりもしたわ。

キクエは、かりに児童相談所での特別な教育を受けるにしても、五歳になってからでも遅くはないと判断して、レイラをもとの生活に戻したの。

だけど、たった一ヶ月ほどにせよ、児童相談所の特別教育なるものを受けさせた後遺症はレイラから消えなかったわ。外へ出かけたがらないの。以前よりもはるかに言葉を喋らなくなって、食欲も落ちたし、大好きなマミーともダディーとも目を合わせなくなった。

外へ出たらまたあそこにつれて行かれると思ったらしいの。

だから、自分を車に乗せてあそこへつれて行かなかったキョウコとなら、ビーコンヒルの公園でもチャールズ川の畔でも、ヨットハーバーでも、どこへでも喜んで出かける。

それで、私はオルコット家に行かないようにしたわ。キクエに気がねしたのよ。いろんな理由をこしらえてビーコンヒルのチェスナット通りに面したオルコット家に行かないようにしたの。

キクエにしてみれば、イアンやキョウコの反対を受けてもなお自分が強行した児童相談所通いが、レイラに取り返しのつかない傷をもたらしたっていう後悔がある。

そのせいで、四歳のレイラはマミーやダディーを警戒するようになって、家から出ようとしない。他人のキョウコとなら喜んで遊びに行く。母親にとっては、とてもつらいことよ。

「キョウコが待ってると言ったら、大喜びでおでかけの用意を始めたわ」

っていう電話がキクエからかかってきたのは七月の最初の土曜日よ。

この二週間ほどで、レイラはかなり精神的に快復したってキクエは嬉しそうだった。

イアンが仕事に出かけると、すぐに絵本を読んでくれとせがんでマミーにまとわりついてくるってね。

私は、すぐにでもチェスナット通りへ車を走らせたかったけど、もうしばらく母と娘だけの時間を持ったほうがいいんじゃないかってキクエに言ったわ。

「レイラとのふたりだけの時間はいつでも作れるわ。イアンとの時間を持たせることも大事だしね。でも、レイラの遊び相手でキョウコ以上の人はいないのよ。キョウコは幼児を遊ばせる名人で、レイラが大好きな人なのよ。私に遠慮なんかしないで、すぐに来てやってよ」

そのキクエの弾んだ口調で、私はキクエもまた後悔から立ち直りつつあるとわかったの。

その日の午後はチャールズ川の畔からヨットハーバーまで歩いて、露店のアイスクリームを食べたり、イアンの友だちのヨットのなかを見せてもらったりしたわ。

三時過ぎに、そろそろ帰ろうかとレイラと手をつないで川の畔を戻ってるときに、遊歩道の向こうから男性がキクエに声をかけてきたの。三十代後半くらいの、かなり頭が薄くなりかけてるふとりぎみの男性だったわ。

それがケヴィン・マクリードだったの。

破れ穴だらけの汚いTシャツを着て、半ズボン姿で、ジョギング中だったわ。

ケヴィンはダウンタウンにあるオルコット・ユーズドカー・センターの大型車両専門店で働いてたわ。働くといっても社員じゃなくて、研修っていう名目でモントリオールからボストンへやって来てたの。

ケヴィンの家もおじいさんの時代からモントリオールで中古車ディーラーを営んでて、レイラが生まれる前の年に、アラスカでイアンと知り合って親しくなったのよ。

鮭を釣りに来る人たちが泊まるロッジで知り合ったとき、同じ中古車業者とわかって意気投合したのね。

ケヴィンはオタワ大学を卒業して地元の小さな新聞社に就職したけど、お父さんに懇願されて家業を継いだの。

マクリード・パワーカー・センターっていう会社よ。普通の乗用車は扱わない。大型トレーラーとか、トラックとか、大農園で使う種蒔き車や刈入れ車とか……。

大農園で使う車はどれもとんでもなく大きいし、一台がとても高いの。

当時、農家の経営者は、修理しながらボロボロになるまで使ってたわ。だからその中古車となると仕入れが難しい。

ケヴィンは、大農園向けの農業用の中古トラックをアメリカで仕入れて、それをカナダで売ったらどうかって考えてたから、アラスカでイアンと知り合ったのは神のお導きだって思ったのね。自分の考えをイアンに話したの。

イアンは、きみが考えてるほど簡単じゃないって言ったそうよ。

アメリカとカナダとでは、中古車の仕入れや販売のシステムが違うし、中古車の輸送に費用がかかりすぎるって。

でも、その数年後、イアンから電話がかかってきて、オルコット・ユーズドカー・センターでも農業用の中古トラックを扱うようになったから、ビジネスの勉強のために二、三年、うちで働かないかって。

そのころはケヴィンのお父さんもまだとても元気で、ボストンのオルコットさんが誘ってくれるならぜひ行けって勧めてくれたの。

それで、ケヴィンはボストンに来たのよ。

チャールズ川の東側の遊歩道で初めて私とケヴィンが逢ったときは、ケヴィンはオルコット・ユーズドカー・センターの大型車部門で勉強を始めてちょうど一年たったころだったわ。——


南カリフォルニアの強い日差しが、ガーデンチェアに坐っているケヴィン・マクリードの全身に注いでいた。

キョウコ・マクリードはずっと日本語で喋っているので、ケヴィンにはいま妻が何を話しているのかわからないはずなのに、ときおり頷いたり、弦矢を見て微笑んだりしていた。

「日陰に移ったらいかがですか？　干からびてしまいますよ」

弦矢が言うと、

「一年分の太陽を吸収してモントリオールへ帰りますよ」

ケヴィンはそう答えて立ちあがり、中庭の西端の白い柵のところへと行き、海に眺め入った。

弦矢は、キッチンへ行き、冷たいミネラルウォーターのペットボトルを三本持って、蔓バラの棚に戻り、一本をケヴィンに持って行った。

ケヴィンは、それを受け取りながら、キョウコはいまどのあたりを話しているのかと小声で訊いた。

「ケヴィンと初めて逢った日のことです。チャールズ川の畔の遊歩道で」

と弦矢は言い、蔓バラの棚の下の日陰に戻った。


——弦矢さんもいちどカナダのモントリオールで一年間暮らしてみたらいいわ。太陽が照ってるときには少しでもその光を浴びていたいって体が求める感じがわかるわよ。

……レイラはケヴィンを知ってたけど、はにかんでキクエのうしろに隠れてたわ。オルコット家では月にいちど、家の庭でバーベキュー・パーティーをやるのよ。そのときには必ずケヴィンも招待されてたから、レイラはケヴィンを知ってたのね。

少し立ち話をして、ケヴィンと別れたけど、レイラは、河畔を歩いて戻りながら、私はあのおじさんが好きなのだって言ったの。

キクエが理由を訊くと、なにかの絵本の題を口にして、そこに出て来る白熊さんに似てるからって。

その日以来、なぜか私はケヴィンと街でばったり出くわすようになったの。

私の住んでる借家とケヴィンのアパートメントとは車で十分ほどだったわ。親しく言葉を交わすようになると、ケヴィンはときどき食事に誘ってくれるようになって……。でも、〝食事友だち〟以上には進まなかった。私がそれ以上に親しくなるのを避けたから。

それから三ヶ月近くたったころ、キクエの様子が変わってきたの。口数が少なくなって、いやに元気がないのに、目だけが気味悪いほどにきつく光ってる。

休みの日には必ずレイラを外で遊ばせるために私を誘っていたのに、その誘いの電話も減ってきたの。

またレイラの成長のことで悩んでるのかと思って、十月に入るとすぐに私はチェスナット通りのキクエの家を訪ねたの。日曜日のお昼過ぎだったわ。イアンは金曜日からデトロイトに出張で、火曜日の夜に帰って来る予定だっていうから、私は夕食を作ってあげることにしたの。魚料理にしようと考えて、スーパーで買い物をして帰って来ると、レイラはお昼寝の時間で、二階の自分の部屋で寝てたわ。

「イアンとなにかあったの？」

私が訊くと、キクエは、夫婦の仲はなんの問題もないって答えたわ。

イアンは申し分のない夫だ。働き者で、穏やかで、この人は生まれてからきょうまで怒ったことがないのではないかと思うくらいだ。酒はワインを少し飲む程度。はにかみ屋で無口で、楽しみといえば魚釣りだけ。オルコット・インダストリー・グループを継いだ兄のトーマスとの仲もいい。

アメリカでも有数のモーター製造会社を、幾つかの系列会社も含めて全部引き継いだ兄への不満もまったく抱いていない。

ふさわしい人間が継いだのだから、ぼくはオルコット・ユーズドカー・センターの経営をもっと盤石にするために一生懸命働くだけだと言っている。トーマスに困ったことでも起こって、ぼくが役に立つのなら、いつでも力を貸すつもりだ、と。

私はイアンを人間として立派だと思ってきた……。

「思ってきた……？」

私はそう訊き返したの。

キクエはそれきり黙り込んだわ。

私は、イアンが浮気をしているのかしらと思って、キクエが自分から話すまではそれ以上立ち入らないことにして、夕食の準備を始めたの。

夫婦の仲はなんの問題もないっていうキクエの言葉は嘘だったのかと思いながらね。

もう落葉の季節が始まってたけど、その日はいいお天気だったわ。

下ごしらえを終えて、私はレイラを外で遊ばせてやりたくて、そろそろ起こしたらどうかってキクエに言ったの。そしたら、キクエは、イアンと別れて日本に帰るとなったら、レイラの親権はどっちのものになるのだろうって、あのオルコット家の古風な広いリビングの隅の椅子に坐って、私に訊いたの。

たまらなく寂しい、ちっぽけな姿だった。でも、目の光は烈しかった。気がふれた人のような目だったわ。

私は、イアンによほどの非がないかぎり、レイラはイアンのもとで暮らすことになるだろうって答えたわ。だって、ここはアメリカだからって。離婚訴訟の際に、親権はイアンが持つことになるのは目に見えてるってね。

そのとき、レイラが起きてきて、話はそこで終えるしかなかった。

私は、夕方、レイラを散歩に連れて行って、公園で四、五十分遊ばせてからオルコット家に帰って夕食を一緒にとって、話は中断したままで自分の家に帰ったの。

その夜、十時くらいにキクエから電話がかかって来て、話を聞いてくれって言って泣いたわ。

やっぱりイアンが浮気をしてるんだ。あんな真面目人間が浮気をしたら厄介だ。浮気で済まなくなってしまう。だから、キクエは離婚したらレイラの親権はどっちのものになるのかを案じているんだ。

私はそう思い込んで、キクエの家に行ったわ。

だけど、キクエが私に打ち明けたのは想像もしていないことだったの。

イアンがレイラに変なことをしている。私の目を盗んで、レイラの体、つまり下腹部をさわっている。あからさまにさわるのではない。それとなく、そっとさわっている。

キクエはそう言ったのよ。

私は心底びっくりしたし、すぐには信じられなかった。

最初はたぶん、私はあきれ顔でキクエを見ていたと思うわ。ああ、これがキクエの病気なんだって考えてしまったからよ。

レイラの成長の遅れを気に病んで、イアンと言い争いをしてまでも特別教室に通わせて良くない結果を招いたことが、私のなかに先入観としてあったせいよね。

キクエは、なにかに対して猜疑心《さいぎしん》を抱くと、ほかのことが見えなくなる。その猜疑心に支配されて、一種の妄想の世界へ入っていく。医者に診てもらわなくてはならないのは、ほかならぬキクエだ。

私はそう思ったけど、

「その現場を見たの？」

って訊いたわ。

キクエは、その日の日付を正確に覚えてたわ。レイラが特別教室へ通うのをやめてちょうど三ヶ月たった日の夜だった。

いつまでも寝つかないので、イアンがレイラを抱いて、二階の寝室から下のリビングに降りてきた。寝かせるために、イアンはレイラを膝に乗せて、小さな明かりだけつけて、胸と胸を合わせるようにして体を揺らしてた。

それを見て、キクエは戸締りをして二階の寝室に入った。テレビをつけて、ベッドのなかで雑誌を読み始めた。アメリカでは、子供が少々泣いても、寝る時間になったら寝室にほったらかしにしとくのよ。

イアンはなにかなだめるようなことを言って落ち着かせたら、レイラを寝室のベッドに戻して、おやすみのキスをして、すぐに夫婦の寝室に入ってくるだろうってキクエは思ったの。

でも、三十分たってもイアンとレイラは階下のリビングから上がってこない。

特別教室がレイラの心を消耗させたことへの自分の判断の誤りをひどく気に病んでたし、子煩悩なイアンにしてみれば、たまにレイラとふたりきりの時間を持ちたいのだろうって思って、キクエはそれから二十分近く待ちつづけたの。

一時間近くもリビングにいるなんて、きっとふたりとも揺り椅子で寝てしまったのだ。

そう思って、キクエは階下に降りたそうよ。

レースのカーテン越しに拡がる薄明かりのなかで、イアン愛用の揺り椅子が揺れていて、膝の上に乗ってるレイラは父親に抱かれるようにして寝てた。

キクエは足音をたてないようにそっと階段を降りて行ったから、イアンは気づかなかったのね。

「寝たの？」

ってキクエは声を殺して訊いた。

その瞬間、イアンの右手がレイラの股間から動いて背中へと素早く移動したのをキクエははっきりと見たそうなの。

あれっ？　と思ったけど、キクエもまさかと思うわよね。幼い娘にシャワーを浴びさせて、タオルで拭いてやるときに、父親の手が偶然に下腹部に触れるなんてよくあることよ。

でも、そのときイアンがレイラを抱いたまま慌てて揺り椅子から立ちあがったら、レイラのパジャマがお尻の下あたりまで下がっていたそうなの。

薄明かりのなかのイアンの手の動き。立ちあがるときの慌てぶり。レイラのパジャマの下がり具合。

キクエはなんだかとてもいやなものを感じたけど、イアンにかぎってまさかと思って、そのまま一緒に二階にあがったそうよ。

それが最初だったの。

二回目は、その二週間後。

キクエがシャワーでレイラの体を洗って、イアンがバスタオルでレイラをくるんで、寝室に連れて行った。

キクエがバスルームで体を拭いて、髪を乾かしているとき、ドライヤーが変な音を立て始めたんですって。温風も出なくなって、キクエはバスローブを着て、イアンにドライヤーを見てもらおうとレイラの寝室に行ったの。

いつもお風呂から出るとレイラは自分の寝室でキクエかイアンかに体を拭いてもらって、パジャマを着せてもらうようになってたらしいわ。

でも、その日は階下のリビングからイアンとレイラの話し声が聞こえた。

イアンは出張が多くて、週のうち三日ほどはデトロイトやマンチェスターに行ってるから、家にいるときはレイラとの時間をたくさん持ちたいのだろうってキクエは思っていたの。

マンチェスターはボストンからフリーウェイで一時間ほどだけど、キクエはイアンが仕事を終えて、夜、高速道路を運転して帰って来ることに反対したの。

事故の多くは帰り道に待ち受けているっていうのがキクエの持論だったわ。それで、イアンはその日のうちに帰りたいけど、マンチェスターのホテルに泊まることにしてたのよ。

妻の意見を尊重するとてもいいご亭主なのよ。

キクエは、二階からイアンを呼ぼうと思ったけど、レイラが神経過敏になってるから突然の大声は良くないと思い直して、バスローブ姿で階段を降りて行ったの。

イアンはリビングのカーペットに坐りこんでレイラに絵本を読んでやってた。レイラはイアンのふとももにまたがるように乗ってた。片方のふとももにね。

父と風呂上がりの幼い娘だから、どこの家でもよくある光景ね。でも、レイラはパジャマの上だけ着て、下はピンクの幼児用のパンツだった。

キクエが階段を降りて来たことに気づいたイアンは、またおかしな手の動きをしたそうなの。絵本で隠れるようにしていた右手を慌てて出してページをめくったそうよ。

こんどばかりは見逃せない一瞬だったけど、キクエはイアンとふたりきりになるときまで問い詰めないでおこうと思って、レイラが自分の寝室に行くのを待ったの。

待つうちに、キクエは、どう訊いたらいいのかわからなくなった。

「レイラの下腹部をさわってるんじゃないの？」

「あなた、四歳の自分の娘におかしなことをしてるんじゃないの？」

「偶然に触れたんじゃなくて、意図的にさわってるんじゃないの？」

そんなことを訊けるわけがない。もしそんなことを訊こうものなら、夫婦はおしまいだ。いかに温厚なイアンでも、そんな疑いを抱く妻と暮らすことはできないと考えるだろう。

キクエはそう思って、その日も黙ってた。

三回目は、この話を打ち明ける十日前。その怪しげなイアンの行動は、三回目には、現場を押さえたのと同じように明確なものだったそうよ。

明確？　具体的に言ってよ。私はそう訊いたけど、キクエは泣くばかり。さすがにそれは他人には口にできないって言ったわ。

私は、当惑というのか、困惑というのか、なんの助言もできなかったわ。

そうでしょう？　キクエの邪推だったらどうするの？　それに、どんな助言ができるかしら。答えはひとつしかないわ。

イアンと離婚してレイラを父親から離す。それ以外にどんな方法があるの？　でもそのためにはアメリカで離婚訴訟を起こして、イアンの娘への性的いたずらを証明しなければいけない。キクエの推測だけでは裁判で絶対に負けるわ。

イアンが否定しようのない確たる証拠が必要よ。レイラに証言させろっていうの？　あの繊細な四歳の女の子に、きみのお父さんはきみのどこをさわるのかと訊けっていうの？

勝とうが負けようが、イアンとの離婚は避けられない。それどころか、負けたら、レイラの親権はイアンのものになって、ふたりはこれからも父と娘として暮らしていくことになる……。

そのくらいのことは私でもわかるわ。

私は、その夜は、早急に決めつけないで、もう少し様子を見たらどうかって言うくらいしか言葉がなくて、十二時前にオルコット家から帰ったの。

でもね、家に帰り着いたころには、私はキクエの勘は当たってるんだろうって気がしてきたの。

キクエはとても頭のいい人で、忍耐強くて、自分を律することができる。そのキクエの、妻の勘、母親の勘、女の勘の三つすべてが同じ答えへと一点で結ばれていくのよ。

私は、とにかくレイラをイアンから離さなきゃいけないと思ったわ。

四歳のレイラは父親が自分になにをしているかまだ気づいていない。気づいていないうちに解決しないと、レイラに大きな傷が残る。それは一生ひきずりつづける忌まわしい傷になる。

私はそれに気づいたの。――


そこでいったん話をやめて、キョウコ・マクリードはミネラルウォーターを飲んだ。

イアンは幼い娘に暴力をふるう父親ではなかった。それは捜査資料で明らかだ。

となると、レイラ失踪が菊枝おばさんとマクリード夫妻の計画によるもので、イアンは蚊帳の外のままだったのだから、どんな荒業を使ってでも娘を父親から引き離さなければならなかった理由は、ひとつしか考えられない。

弦矢は、いまキョウコ・マクリードが明らかにしつつあることを想定してはいたが、実際にキョウコの口から聞かされると、にわかには信じがたくて、イアン・オルコットの淡い緑色がかった灰色の瞳と、百九十センチを超える長身痩軀《そうく》の穏やかな身のこなしと、決してわざとらしくない洗練された礼儀正しい言葉遣いなどを思い浮かべて、ただ無言でいるしかなかった。

話しているキョウコから目をそらして、いつのまにか視線を足元に散っている蔓バラの花びらに落としているのに気づくと、弦矢はゆるやかな風がキョウコのほうに吹いていないことを確かめて煙草に火をつけた。

それから、

「三回目もレイラが四歳のときですね」

と言った。

「ええ、四歳半くらいのときね」

「あなたがレイラをボストンのスーパーからモントリオールへ連れて行くまで、まだ一年半もあります。その一年半で、イアンの行為はエスカレートしていったんですか？」

弦矢の問いに、キョウコは首を横に振った。

「エスカレートはしなかったわ。怪しんでいるってことをキクエがそれとなくほのめかしたからよ。といっても言葉でほのめかしたんじゃないわ。態度や、表情や、目の動きなんかで、それとなくね。たぶん、それでイアンは注意深くなったんだと思うわ。それともうひとつ、キクエはベビーシッターを雇ったのよ。五十過ぎの、とても評判のいいベビーシッターで、一年ほどオルコット家でレイラの世話をしてくれたけど、腎臓が悪くなって辞めたの。レイラが五歳半のときにね。そのベビーシッターを雇ったとき、キクエはレイラのお風呂の時間を六時の夕食のあとに変えたのよ。そのベビーシッターはキクエにとっては見張り役だったの」

キョウコ・マクリードは眼鏡を外し、ハンカチでレンズを拭きながら、

「そのベビーシッターを雇うための口実に、キクエは市のコミュニティーセンターで日本人に英語を教えるボランティアを始めたわ。ボランティアで移民の人たちに英語を教えるためにベビーシッターを雇うとイアンに見せかけて、じつは目的は逆だったの」

と言った。

コミュニティーセンターか。アメリカにはほとんどどの州にも市にもある。移民大国・アメリカにはさまざまな国から人々が職を求めてやってくる。

その人たちの多くは英語の読み書きどころか、会話もできない。コミュニティーセンターでは、そんな人々にほぼ無料で英語を教える教室を開いている。このパロス・ヴァーデス半島にもあるはずだ。

二十九年前といえば、東海岸のボストンには日本の、主に精密機器を扱う企業が支社を持つようになって、日本人が増えていた時期だ。コミュニティーセンターでは、キク

エ・オルコットのような女性がボランティアで来てくれるのはありがたかったことだろう。

弦矢はそう思い、煙草を消すと、話のつづきを促すようにキョウコを見た。

――レイラが五歳になったころにね、キクエはふたりめの子を流産したの。妊娠十二週目での自然流産よ。妊娠したのかもしれない、そろそろ病院で検査してもらわないとって思ってたときに流産したのよ。レイラを連れて私の家に遊びに来たとき、キクエはそう教えてくれた。流産して二週間くらいたったときよ。気落ちしている感じはなかった。私は、ああ、イアンとの夫婦としての営みが途絶えてしまったわけじゃないんだって、いったんは安心したわ。やっぱり、キクエの思い込みだったんだ。あんな疑いを持ちつつ夫を受け入れることはできないはずだからって思ったのよ。でも、そうじゃなかった。キクエは自分が身代わりになるつもりでイアンを受け入れてたんだってわかったのは、その四、五日あとよ。

それを知ったとき、私は顔を覆って声を出さずに泣いたわ。言葉にできないほどの感情が騒いで、やるせなさで体が震えたわ。

私は、キクエはイアンと別れるべきだと思った。それ以外にどんな方法もない。キクエは地獄のなかにいたのよ。

でも、イアンが幼い娘、それも心身の成長の遅れを危惧されてる娘に、妻の目を盗んでときおりやっていることを証明できなければ、キクエは九十九パーセント、レイラを失う。いったいなんのための離婚なのかわからないっていうことになる。

裁判ということになれば、イアンは有能な弁護士を雇って、レイラの親権を得ようとするに違いないのよ。

考えてみれば、キクエがイアンの行為を初めて目撃して強い不審を抱いた夜に、キクエのイアンへの愛情は終わってたのよね。

ちょうどそのころ、私はケヴィンと恋人関係になって、一緒に暮らし始めたの。ケヴィンは私に求婚したけど、私には「夫になってからの男」っていうものへの恐怖がこびりついてしまっていて、返事を延ばしつづけたの。子供ができにくい体だという負い目もあった。

でもケヴィンは、本格的な春が来る四月の末に、私を両親に逢わせるためにモントリオールに連れて行ったわ。

ケヴィンにはふたりの妹がいた。ふたりとも結婚してて、ひとりはオタワで、ひとりはカルガリーで暮らしてた。

お父さんの祖先はスコットランドからの移民、お母さんの祖先はフランスからの移民。

おじいさんがカナダで苦労を重ねて、特殊大型車の中古車を販売する会社を興して、それをお父さんが継いで、もうじきケヴィンが跡を継ぐ。オルコット・ユーズドカー・センターでの勉強を終えたら、特殊大型車の仕入先を何社か獲得して、ケヴィンはモントリオールに帰る。帰国予定は八月の末。

だからケヴィンは私の返事を急がせたの。

「ケヴィンは子供のころからなにをするにも慎重でね。考えて考えて、さらに考えてから実行に移すのよ。ときおり間に合わないこともあるけどね」

ってお母さんは言ったわ。私はご両親に気に入られたみたいなの。

ケヴィンは、私がいちど結婚に失敗してることも、子供ができにくい体だということも両親には喋らなかったわ。

弦矢さんもよく知ってるだろうけど、ここが欧米と日本との異なる点で、親も、よほどのことがないかぎり成人した子供にあれこれと口出ししないわ。

ボストンに帰った私は、ケヴィンとのことをキクエに相談したの。あのオルコット家でね。キクエはとても喜んでくれて、レイラをあなたの娘として連れて行ってくれって言ったわ。

私は冗談だと思ってるから、

「ほんとに貰っていくわよ。私もケヴィンもレイラが大好きだし、私には子供はできないだろうしね」

って答えたの。

その日は、ケヴィンに求婚されていることとや、モントリオールの両親に逢って来たことや、結婚に踏み切れない理由なんかを話しただけでキクエと別れたの。イアンがいつもより早く帰ってきたからよ。

イアンは表まで送ってくれて、レイラをプレスクールに一年遅れで入園させることにしたんだって言ったわ。他の子と比べると、あまりにも体が小さすぎるし、言葉も遅いからって。キクエはその前にもういちど医師の診察を受けさせようと思ってるようだって。

プレスクールって日本の幼稚園だけど、一年遅らせるっていうのは小学校も一年遅れの入学になるってことよ。

他人が口出しすることじゃなかったけど、

「レイラは賢い子よ。たくさんの子供たちと交わらせるほうがいいって気がするわ」

って私は言ったの。

「ぼくもそう思うんだけど」

って言って、イアンはもっとなにか話をしたそうだった。この一年近くのキクエの微妙な変化をイアンが気づかないはずはないわ。

私は、イアンに余計なことを言いたくなかったから、急ぎの用があるふりをして自分の家に帰ったの。

あとになって、あのときイアンは私になにを言おうとしてたのかって、何度も考えたりしたわ。もしかしたら、円満な解決の糸口へとつながる話になっていたかもしれないって。

女の私には、小児性愛っていうものがどうにも理解不能なの。イアンの場合はそれも自分の娘を対象としてたのよ。あの物静かで聡明で思慮深いイアン・オルコットが。

キクエがとんでもない計画をもちかけてきたのは、私が結婚を決めて、返事をケヴィンに伝えた八月の半ばだったわ。レイラを、ケヴィンとキョウコの娘として育ててくれって。

キョウコはモントリオールでケヴィン・マクリードと結婚して新生活を始めるのを半年ほど遅らせてくれ。アメリカのパスポートを持ったままにしておいてくれ。

私はレイラのためのアメリカのパスポートを手に入れる。それは完璧な偽物だ。

まだ日は決めていないが、ボストン市内のどこか人の多いところでレイラとキョウコが逢うように仕向ける。キョウコはレイラを連れてすぐにボストン空港へ行き、カナダのどこへでもいいから飛び立ってしまう。

モントリオールへ着いたら、キョウコはケヴィン・マクリードと結婚してキョウコ・マクリードとなり、レイラはメリッサ・マクリードとなる。そしてレイラはしかるべき年齢に達したらふたりの娘としてカナダ国籍を取得する。

キョウコは、アメリカに働きに来ていたケヴィンと恋をして結婚の約束をしたが、まだ正式な夫婦になる前にレイラが生まれたのだとレイラに信じ込ませる。レイラはアメリカで生まれたのでアメリカ国籍で、生まれてからの五年間をアメリカで暮らしたのだとレイラには折に触れて語ってくれ。

計画実行の日、私は、人混みで幼い娘をだれかに連れ去られた母親を演じる。レイラとキョウコがボストン空港からカナダのどこかへと飛び立つまでの時間稼ぎをする。

レイラ・オルコットは、ケヴィン・マクリードとキョウコ・マクリードの娘のメリッサ・マクリードとしてカナダで暮らしていく。レイラの養育や教育に必要な費用は、決して疑われない方法でキョウコに送る。それはレイラが成人してからも責任を持つ……。

私は、キクエが話し始めたとき、これは本気だとわかって血の気が引いていくのを感じたわ。

キクエはここまで追い詰められてしまった。事態は、こんな犯罪に手を染めてでもレイラを守らなければならないところにまで至っている。

「冗談なんでしょう？」

って私はあえて苦笑を浮かべて訊いたわ。

キクエはきつい表情でかぶりを振って、一ヶ月ほど前からレイラが奇妙な行動をとるようになったって言ったの。

　父親が帰宅すると必ずタオルを持つようになったそうなの。そしてそのタオルを口に入れて、噛んだり舐《な》めたりする、って。

　どうしてタオルなんか持つの？　そんなものを口に入れるのはやめなさい。赤ちゃんみたいで恥ずかしいわよ。

　何回言っても、レイラはそのピンク色のタオルを離さない。寝るときもタオルを握りしめるように持ったままだ。

　たしかにレイラは父親にされていることをまだ自覚してはいない。しかし、自覚しなくても、本能的にそれが意味するものを感じていて、そこから逃げたがっている。突然にタオルを手離さなくなったのは、自分の身に起こっていることへの拒否の表現だとしか思えない。

　もう五歳になった子が突然赤ちゃん返りをしたのだ。怖さや不快感から無意識に自分を守ろうとしているのだ。そうとしか思えない。私はレイラをどうにかして助けてやりたい。でも、どんな方法も思い浮かばない。

　イアンがレイラにレイプに近い行為に及ぶのを待てというのか。イアンと離婚して、裁判でレイラの親権を得るために、私に動かぬ証拠を握る機会を虎視眈々《こしたんたん》と待てというのか。それはレイラをいけにえに使うのと同じではないか。レイラが受ける傷はあまりにも大きい。生涯を左右する傷になるのだ。

キクエは静かな口調で言ったわ。あまりに冷静で戸惑いのない口調だったから、

「完璧な偽パスポートは手に入るの？」

って私は訊いた。

キクエは私の目をまっすぐに見て、頷いたわ。すでに準備を始めてるんだって私にはわかったし、キクエの言葉どおり、それは完璧な偽物なんだとわかったの。

キクエはどこかで偽のパスポートを手に入れる方法を知ったのよ。

「イアンと話をすべきよ。腹を割ってね。キクエの妄想かもしれないのよ。もう一度冷静な目で観察する時間を持つべきよ。もしそのことでイアンと離婚しなければならなくなったとしても、裁判にすべてをゆだねるしかないわ。裁判官だって馬鹿じゃないし、日本人の妻よりも白人の夫をえこひいきするって決まってるわけじゃないわ。だって、キクエがやろうとしてることは、あまりにもリスクが高すぎる。私とケヴィンまでを犯罪に巻き込もうとしてるのよ」

私はそう言ったわ。

キクエはしばらく無言でいたけど、この計画は絶対に失敗しないって言ってから、こうつづけたの。

「私、レイラを憎み始めるかもしれないって気がしてきたの。レイラへの女としての嫉

妬が、私のなかで生まれていきそうな恐怖があるの。なんて忌まわしいことかしら。あきれるでしょう？　でもこれは本当なのよ」

私は言葉を失ったし、キクエの顔を見られなかった。でも、それは起こりうることかもしれないって気はしたわ。女でないとわからない妖気に動かされた心の乱れ……。

私は、他のどんな手伝いもいとわないけど、このキクエの頼みだけは断るしかないって言って、ボストン大学に近いカフェから出て、車でキクエを家まで送ったの。その日はひどく暑くて、レイラはベビーシッターに連れられて近くの公園に行って留守だった。

私は夕方から買い物に行くつもりだったから、キクエを家の前で降ろして、たぶんレイラが遊んでるだろう公園に歩いて行ったの。

レイラは楓《かえで》の巨木の下のベンチに腰掛けて、周りで遊んでる子供たちをなんだかしょんぼりと見てたわ。

ベビーシッターは、少し離れた場所で、オルコット家の二軒隣りの家で働いてる黒人のメイドと話し込んでた。

うなだれて、なにかひとりごとを言ってるレイラを、私は長いこと見てたわ。レイラがなんだか小さくなったような気がして、私は近づいて行ったの。さっきのキクエの言葉が甦った。レイラへの女としての嫉妬が私のなかで生まれていくのではないかって言葉がね。

そんなことがあるわけがないって、人はあきれるかもしれない。母親が五歳のレイラに嫉妬？　レイラはただただ受け身で、父親のよこしまな欲望の犠牲者ではないのか。まだなにもわかっていないないそんな幼い子に嫉妬だって？　そんなことは有り得ない。キクエという母親は異常なのだ。

きっと人はそう思うでしょう。でも、私はキクエのなかに生まれた奇妙で理不尽でおぞましい感情を否定できなくなっていったの。同時に、悲しくてたまらなくなった。レイラは近づいた私に気づいて、とても嬉しそうな笑みを満面に浮かべて、転がるようにして走って来て、体をぶつけてくるほどの勢いで抱きついたわ。私も思いっきりレイラを抱きしめて背中を撫でつづけたの。

その瞬間、私は、この子を守りたいと思った。この子を欲しいと思ったわ。私の胸の中で大切に育てたいって。「白熊さん」のケヴィンをレイラのお父さんにしてあげたいって。

そう心を決めた瞬間から、私は、レイラをどうやって自分の娘としてカナダに入国させるかについての計画よりも、カナダに行ってから必ず生じるに違いない幾つかの問題についての解決法を憑かれたように考え始めたの。

レイラは五歳よ。自分の名前も母親と父親の名前も知ってるわ。それがある日突然メリッサ・マクリードになる。いままでいちども呼ばれたことのない名前で呼ばれる。

住んだこともない家での生活が始まり、母親も父親も姿を見せなくなる。いくら大好きなキョウコとケヴィンがいても、それは自分の両親ではないのよ。レイラはキクエとイアンを慕って泣くわ。そうなると、私にもケヴィンにも手に負えなくなるでしょう。

それをどう乗り越えるのか。

私は、ベビーシッターと一緒にレイラと手をつないでオルコット家へ戻ると、とキクエの耳元で言ったわ。そして玄関横のポーチへ行って、カナダで暮らすようになってから乗り越えなければならない事柄について話し合ったの。

「私、やるわ」

キクエもすでにそのことについて考えつくありとあらゆる想定と対処法を練ってたけど、どれも決定的に有効な方法とは思えなかった。

私もキクエも五歳の自分を思い出してみた。正確に思い出せない遠い記憶を辿ると、どれも断片的な映像ばかり。それは私もキクエもすでにおとなになってるからよね。もし自分たちの両親が急死して、誰かに引き取られたら、って考えてみたりもしたわ。そんな場合に五歳の女の子が新しい両親にどう向き合うのかなんて到底わかるわけがないのよ。

そろそろレイラにシャワーを浴びさせるという時間になって、私は肝心かなめのことを考えていなかったのに気づいたの。

ケヴィンが、とんでもないと拒否したら、この計画は白紙に戻るってことをね。

まず最初にそれを考えるべきだったのに、私はレイラの母親になることに我を忘れてしまっていたのね。

そしてケヴィンがキクエの計画にまっこうから大反対するだろうってことは目に見えてたのよ。

それをキクエに話して、

「やっぱり無理よ。不可能よ」

と言ったわ。

そしたら、キクエの口から驚くような言葉が返って来たの。ケヴィンにはもう話してあるのだ、って。

私のそのときの驚きは表現のしようがないわ。たぶん私は口をぽかんとあけて、呆けたようにキクエを見てたはずよ。

レイラをケヴィンとキョウコの娘として育ててくれ。理由はキョウコが知っている。百パーセントの確率などはないという論理から言えば、レイラのアメリカ出国とカナダ入国の成功は九十九パーセントの確率だ。

少しのあいだだけレイラを預かってくれというのではない。永遠に親子になってほしいのだ。理由はキョウコから聞いてくれ。キクエは二日前にケヴィンと逢って、そう頼んだそうよ。ケヴィンが了承しなければ、私に計画を打ち明けても意味がないと判断したのね。

「ケヴィンはどう反応したの？」

私はそう訊いた。

「ケヴィンは恐ろしいほど表情を変えずに、私を見つめてた。たぶん一分ほどだったけど、私には五分にも十分にも感じられたわ。それから、本気かい？　って三回同じように訊いて、理由はキョウコから聞くよって言ってすぐにカフェから出て行ったわ。あの日の午後の飛行機でミシガンへ行って、あしたボストンに帰って来るんでしょう？」

キクエは言って、私に相談せずに先にこの計画をケヴィンに話したことを謝ったわ。ケヴィンは、ミシガン行きの飛行機に遅れそうで急いでたそうなの。ミシガン州に大型農機の中古車ディーラーがあって、そこの契約がまとまりかけてたの。ミシガン州の東からはフェリーでカナダに入れるから、仕入れた中古車の搬送に便利で、ケヴィンはこの契約にビジネスの将来を賭けてたの。

翌日の夕方にボストンに帰って来たケヴィンは、ミシガン州のディーラーとの契約がこちらの条件どおりにまとまったことを嬉しそうに報告してくれたあと、すぐにキクエと逢って話したことを私に伝えて、理由ってなんだいって訊いたわ。

私はすべてを包み隠さず話して聞かせた。

「キクエの勘は当たってると思うよ」

ケヴィンはそう言ったわ。いつもは機嫌良く微笑んでいるような顔なのに、そのときは重罪の容疑者を追い詰める検事みたいな表情で、指の先でキッチンテーブルを叩いてた。

「思い当たる節があるの？」

「イアンがレイラにそんなことをしてるところを見たわけじゃないよ。だけど、あれ？って思うときが何回かあったんだ。レイラが近くにいるときは、イアンの全身からなにかが出てる。なんだかいやなものがね。イアンがレイラを見る目にもいやなものがあるんだ。一瞬だけど、いやなものを感じるんだ。ロッドフライ家の父親と同じものだよ」

ケヴィンは、小学六年生のときに近くに住んでいた家族の話をしたわ。おばあさんと両親とふたりの娘と犬が二匹の一家で、妹のほうとケヴィンは同じクラスだったの。

善人を絵に描いたような父親なのに、母親はいつも暗かった。姉妹を叱ってばかりいた。

ある日、警官が数人来て、父親を連行した。その二日後に一家は引っ越して行った。

下の娘への父親の性的虐待にたまりかねて警察に助けを求めたのは、その家のおばあさんだったってわかったのは、それから半年ほどあとだった。母親は見て見ぬふり。

ケヴィンは、その男が嫌いだった。言葉を交わすたびに、なんともいえないいやなものを感じてたらしいの。

その男に共通したものを、レイラを見るイアンにも感じて、でもケヴィンはそれがなぜなのかわからなかったそうよ。

「ぼくがイアンに感じるいやなものの正体はそれだったのか。でも、日頃はそんなものは感じないいんだよ」

ケヴィンはそう言って、やっといつもの柔らかな表情に戻ると、

「キョウコ、どうする？」

って訊いたわ。

「どうするって、ケヴィンこそどうするの？」

「ぼくはレイラのお父さんになりたいよ。レイラみたいな可愛い子がぼくたちの娘になるんだぜ。想像するだけでもしあわせだよ」

この人は先の心配をするということがないのだろうかと思って、私は、なんだか能天気な婚約者を茫然《ぼうぜん》と見てたわ。能天気としか言いようがないでしょう?

ケヴィンは寝室に行ってネクタイを外し背広を脱いで、母校のオタワ大学のロゴがプリントしてある破れ穴だらけのTシャツと膝丈の半ズボンに着替えてきて、レイラのためにモントリオール市内の家を売って、郊外に移ろうっていうのよ。

そして、自分がいいと思う候補地を幾つかあげて、あそこは蚊が多い、あそこは木や花が少ない、あそこは近くに沼地があるから危ない、なんて言ってるの。

私は、なんだかすべてうまくいくような気がしてきて、レイラがいるモントリオールでの新しい生活を思い描いたわ。

私はケヴィンと一緒に暮らし始めてから退社してたし、ケヴィンもモントリオールへの帰国日が決まるとすぐにオルコット・ユーズドカー・センターを辞めて、ボストンを拠点にお父さんの会社の仕事に専念してたの。

ケヴィンは私を連れて八月の末にモントリオールに帰ったら、会社の役員として勤めたあと、社長になる予定だったし、ケヴィンのお父さんもそのつもりで準備をしてたわ。

でも、その予定を変えなきゃいけない。

翌日もその翌日も、私はケヴィンに何度も訊いたわ。ビジネスがうまくいったことで気が大きくなってしまって、レイラを誘拐することを安請け合いしようとしてるんじゃないのかってね。

「誘拐？　ぼくたちはレイラを誘拐するんじゃないよ。預かるんだよ。レイラの母親に頼まれて一年か二年預かるつもりでカナダに連れて行くんだ。もし警察がレイラをみつけたら、そう言えばいいさ。キクエはそのときには真実を警察に話す。いい弁護士にも依頼して、なぜ自分が偽のパスポートを使ってまでも友人夫妻に娘をカナダに連れて行ってもらい、失踪事件をでっちあげたかを正直に話すだろう。ぼくらは、キクエを助けるためにレイラを預かっただけさ」

ケヴィンは事もなげにそう言うの。

「ほんとに本気なのね？」

「ああ、本気だよ。アメリカとカナダは兄弟みたいなもんだよ。カナダの国境の係員はアメリカのパスポートで入国しようとする人間に対しては、なにかの事件で手配されてでもいないかぎりは寛容なんだ。レイラは簡単にカナダに入国できるよ」

「完璧な偽パスポートなんてあるの？」

「あるよ。金さえ払えば、どこの国のパスポートも偽造できる組織があるらしいよ。高いけどね。キクエはその仲介人を見つけたんだ。コミュニティーセンターでね。キクエの生徒で、ドミニカからの移民だそうだけど、男なのか女なのかはキクエは喋らなかったよ。ぼくも訊かなかった」

私は、モントリオールで暮らし始めてからの不安を相談したけど、ケヴィンは、そのときそのときで対応していけばいいって、さして心配してないの。

新居をどんな家にしようか。父になった自分は娘のメリッサをどう育てようか。ケヴィンが心配することはそればっかり。もうすっかりメリッサの父親になってしまっている。

そんなケヴィンを見てると、私も、なんとかなるだろうって気になってしまったの。私は、やると決心して、それをキクエに電話で伝えたわ。夕日の公園でレイラを抱きしめた日から五日後よ。

キクエは十二月二十二日に偽造パスポートを受け取るためにニューヨークに行くって言った。

私とキクエは計画を決行する二ヶ月前からは逢わないようにすることを約束しあって電話を切ったの。

その日から翌年の四月五日までは長かった。私は六回、モントリオールへ行ったわ。家探し。内装の変更。ケヴィンの両親や妹たちへの挨拶。マクリード・パワーカー・センターの手伝い……。

国際電話で、よくレイラと話したわ。レイラは電話での会話が苦手だった。電話だとすぐに言葉が出てこないの。直接顔を見ながら会話するときの半分ほどのボキャブラリーになってしまうのよ。

モントリオールの新しい家がどんなに素敵なところにあるかを、私はレイラに話して聞かせたわ。

町から車で十分も行くと、広い森があって、冬にはスケート場になる池もある。森の近くには馬術学校があって、オリンピック選手の練習が見られる。レイラも大きくなったら馬に乗れるようになろうね……。

電話の最後には、私は乗馬用のサラブレッドがどんなに優しい目をしてて、どんなに美しい体かを必ずレイラに話したわ。その馬を御する女性の騎手がどんなに素敵かもね。

家は二階建てで、南東側にレイラ、じゃなくてメリッサ・マクリードの部屋をすでに用意していたわ。

計画決行があと二ヶ月に迫ったころ、イアンのお兄さんのトーマス・オルコットが交通事故で死んだの。同乗してた女性も死んだ。

そのとき私はボストンにいたけど、お葬式には行かなかったわ。ケヴィンのお父さんの具合が悪いって口実でね。

でもそれは嘘じゃなかった。ケヴィンのお父さんは風邪をこじらせて肺炎になってしまって入院してたの。医者に重症だって言われたから、ケヴィンもイアンに電話でお悔やみを述べただけでお葬式には行けなかったわ。

トーマスが交通事故死した翌日からオルコット・インダストリー・グループは収拾がつかないほどの混乱状態に陥ったわ。

大株主の一部の不穏な動きがあからさまになる。銀行が介入画策を始める。役員たちは三つのグループに分かれて主導権争いを始める。

これをイアン・オルコットがどうまとめるのか。

オルコット・インダストリー・グループはアメリカでも有数の企業になっていたから、新聞の経済欄はあれこれ書きたてて、イアンはとりあえずリリーフとしてグループのトップに立つしかなかった。

ハゲタカとハイエナが一気にグループの肉を漁《あさ》りに群がって来たのよ。

こんな言い方は不謹慎だけど、トーマスの死とグループの混乱が、キクエの計画を成功させたのかもしれないって、いまになって思うわね。

イアンは会社の近くのホテルで暮らすようになった。家に帰る時間がないのよ。

ベビーシッターは病気で辞めてしまっていたから、キクエはチェスナット通りの家でレイラとふたりきりの生活になったことで、イアンの目を気にせずに、じっくりと時間をかけて計画の準備を整えることができたの。

三月の二十四日に、ボストンの借家にいた私にキクエからの郵便物が届いたわ。

モントリオールへの航空代金。メリッサ・ホシのパスポート。そして当日のスケジュール。

キョウコは、四月五日に、スーパーのトイレで、レイラの服を着替えさせて、すぐに店から出て、ケヴィンの運転するレンタカーでボストン空港まで行く。出国手続きをして飛行機に乗り、モントリオール空港に着いたら、そのまま家へと直行する。

ケヴィンはレンタカーを返して、夕方の便でモントリオールへ帰る。

スーパーには監視カメラがあるから、できるだけ店内では端を歩き、人混みを楯《たて》にして姿が映らないよう気をつけてくれ。

私は、トイレからいなくなった娘を捜して、うろたえてスーパーの外に出たりして時間を稼ぐ。

ふたりがスーパーから出て、少なくとも三十分以上は店員に娘がいなくなったことをしらせない。トイレへ入ってからの時間も入れると四十分ほどということになる。

スーパーの店員の連絡を受けてから警察が到着するまでは、早くて十分であろう。合わせて一時間弱、警察が空港にすぐに手を廻すかどうか、私にはわからないが、あのスーパーからボストン空港までは車で三十分だ。

モントリオール行きのエア・カナダ便の離陸に充分間に合う。

スーパーのトイレにキョウコの指紋を残さないようにしてくれ。

モントリオールでレイラがいちにちも早くメリッサ・マクリードになることを祈っている。この手紙も封筒もすぐに焼き捨ててくれ。

先日打ち合わせたとおりに、日本語での手紙も極力控えてくれ。

そういう意味のことが書いてあった。

素っ気ないといえば素っ気ない手紙だったけど、私は何度も何度も読み返したわ。ガスコンロの火でその手紙を焼きながら、キクエはなんと強い人だろうって思った。手紙のいちばん最後に、追伸として、レイラは四月五日に死ぬ、私はレイラのお墓の墓石として生きるって書いてあったからよ。その意味が、私はさっきの弦矢さんの話でやっとわかったわ。

決行の前日にケヴィンはモントリオールからやって来て、メリッサ・ホシの偽パスポートと私の本物のパスポートを見比べてから、レンタカー会社に予約の電話を入れたわ。

事は計画どおりに運んだ。スーパーは週末のセールで超満員だった。私は監視カメラがどこにあるかを見定めて、壁際を歩いてトイレに入ったわ。バッグにはレイラのために買ったデニムとセーター、子供用のキャップを入れておいたの。

レイラはキクエに言われて、トイレに走って来たわ。スーパーに行く前に、キクエは、きょうはキョウコとケヴィンが飛行機でモントリオールの家に連れて行ってくれるのよってレイラに話してあったの。逢うのは二ヶ月ぶりよ。私はレイラと一緒にトイレのブースに入って、モントリオールは寒いからと言って、ワンピースを脱がせてデニムとセーターに着替えさせてから、髪を野球帽のなかにまとめて、レイラと手をつないで人混みのなかに出たの。ピンク色のタオルは持たせておいた。

レイラは私とスーパーの出入口へと歩きながらマミーを捜したわ。たぶん、目が合ったのね。持ってたタオルをマミーに向かって振ったのよ。私は、ケヴィンが待ってるわよって言って、急いでスーパーから出たわ。

車の運転席で待ってたケヴィンを見ると、レイラは大喜びでむしゃぶりついていったの。

道が混むのを心配したけど、三十五分でボストン空港に着いたわ。搭乗手続きをして、出国のパスポート・チェックも問題なく通過して、もう搭乗が始まっていたエア・カナダ機に乗ったときには、私とレイラがスーパーから出て四十五分がたってた。

早く飛んで、早く飛んでって、私は頭に響くほどの心臓の音を感じながら心のなかで言いつづけた。

ケヴィンがいないってレイラが大きな声で言ったときは慌てたわ。仕事があるからあとから来るのよってなだめてると、飛行機は滑走路を走り始めたの。モントリオール空港の入国審査では、私は膝が震えて倒れるんじゃないかって思ったわ。

係官が、レイラの帽子をぬがせるようにって私に言って、パスポートの写真とレイラの顔を見比べながら、

「レッドソックスのファンかい?」

ってレイラに訊いたときは血の気が引いていくのがわかった。

意味もわからないのにレイラが笑顔で大きく頷いて、係官は笑いながら入国スタンプ

を捺してくれた。二十七年前の空港とパスポートだからできたことね。タクシーに乗って、行先を告げたときも、私の膝の震えは止まらなかった。レイラは家に着くまでずっと私の膝に乗って、しがみつくような格好で寝てたわ。——

弦矢は、さらに話をつづけようとしているキョウコ・マクリードを制して腕時計を見た。

キョウコはもう二時間以上も喋っていることになると考えて、

「お疲れになったでしょう。聞いているぼくも心臓がどきどきして足が震えそうな気がしました。きょうはこのへんにしませんか？」

と言った。

いつのまにかガーデンチェアを北側棟の長いひさしが作る陰のところに移動させて、そこで弦矢とキョウコが話しているのを柔和な表情で見入っていたケヴィンは、話が終わったと思ったらしく、蔓バラの棚の下に歩いて来て、

「なにもかもうまくいったのは、メリッサが素直な賢い子だったからですよ。メリッサの優しさに、私たち夫婦もサマンサも助けられて、きょうまで仲良く暮らしてきたんです」

と言った。

キョウコは笑みをケヴィンに注ぎ、

「これからモントリオールで暮らすようになってからのメリッサのことに話が移ろうとしてるのよ」

と言った。

「えっ？　まだそんなところなのかい？」

ケヴィンは肩をすくめ、首や両腕を廻したり、腰を前後に折ったりして、

「二週間くらいは大変でした」

と言った。

そして、選手交代といった身振りをしてキョウコの坐っていたデッキチェアに腰を降ろした。キョウコは中庭を歩いて広間につづく大きな扉の向こうへと消えた。

「お疲れだろうから、つづきはあしたにしませんかってミセス・キョウコに言ってたところだったんです。レイラはメリッサ・ホシとして無事に怪しまれずにモントリオールの家に着きましたからね」

と弦矢は言った。

「二日もたつと、メリッサは、マミーとダディーを恋しがって、ボストンに帰るって駄々をこね始めました。当然ですよね。私たちは、ここがメリッサの本当のおうちなんだ、私たちがメリッサの本当のマミーとダディーなんだって言いつづけたんです。でも、

六歳になったばかりの子が、そんなことで納得はしません。だけど、メリッサは本当に私たちを好きだったんです。キョウコとケヴィンをね。いろんな事情があって、私たち夫婦はイアンとキクエにメリッサを育ててもらってたんだけど、やっと親子三人で暮らせるようになって嬉しいよ。私とキョウコのその言葉を、なんだかわけがわからないって表情で聞いてました。私たちはその嘘をつき通しました」

キョウコが帰って来て、さっきまでケヴィンが坐っていたガーデンチェアに腰を降ろしたが、すぐに北側の花畑の散策を始めた。

ケヴィンは話をつづけた。

「いまから思うと、メリッサは、確かに同じ六歳になったばかりの子よりも発育が遅れてました。これは一緒に暮らすようになってわかったんです。精神的には四歳の半ばくらいだったかもしれません。でも、体だけじゃなくて精神的な成長も遅れてたことがさいわいしたんです。周期的にキクエやイアンを恋しがって泣いたりもしましたが、少しずつメリッサと呼ばれることにも違和感を抱かなくなり、私たちの子供になっていったんです。私の両親や妹たちには、私たち夫婦にはたぶん子供ができないだろうから、子供を育てられない夫婦の子を養女にしたと言いました。両親も妹たちも、メリッサを私たちの子として接してくれました。そんなころ、思いがけないことが起こりました。キョウコが妊娠していることがわかったんです。メリッサがモントリオールで暮らすようになって二ヶ月目です。私もキョウコもびっくりしました。医者の診断を疑ったくらいです。キョウコはアメリカの専門医から子供を産みにくい体だって言われてました。産みにくいという言い方でしたが、つまりは産めない体だと言われたのとおんなじようなものですからね」

「その子がサマンサですね？」

と弦矢は言った。

「そうです。レイラの六つ歳下の妹です」

「六つ？」

「ええ、七つじゃないんです」

計算が合わないではないかと弦矢が考えていると、

「偽造パスポートでは、メリッサの誕生日は一九八一年五月十日になってました。キクエがそうしたのか、偽造パスポートを作った人が間違えたのか、そこのところはわからないままです」

ケヴィンは肩をすくめながら言った。

「ということは、ボストンからモントリオールへ行ったときは、パスポート上ではメリッサはまだ五歳になってなかったってことですね？」

「そうです。その後のメリッサにはとても有効な間違いになりました。私たちは、メリッサが同学年にあたる子たちと心身ともに並び合うまで就学を遅らせることができたんです」

「キクエはそこまで計算してたんでしょうか？」

「わかりません」

ケヴィンは少し考え込んでから、

「キョウコのお腹のなかにいる妹にサマンサって名をつけたのはメリッサなんです」

と言って微笑んだ。

メリッサに定期的に訪れるキクエとイアンへの思慕は、キョウコの妊娠と、ケヴィンが百二十冊もの幼児用の本を毎夜読み聞かせることによって次第に頻度が減っていった。

メリッサは大きくなっていくキョウコのお腹をさわりたがって、サマンサの誕生を楽しみに待ちつづけたのだ。

サマンサが生まれたころには、メリッサはキョウコとケヴィンをマミー、ダディーと自然に呼ぶようになっていた。

自分よりも小さな者、弱い者が誕生したことで、メリッサのなかに眠っていた特質が目を醒ましたのだと思う。

ケヴィンはそう言って、またなにか考えにひたった。

「特質って？」

と弦矢は訊いた。

海からの風が冷たくなっていた。盛りを過ぎたジャカランダの花がケヴィンの近くに落ちた。

「セワヤキ」

とケヴィンは日本語で言った。

「キョウコに教えてもらったんです。メリッサはセワヤキだって。サマンサが泣いたら、まず自分が世話をする。お乳の時間をつねにキョウコにしらせる。まるで自分がいないとこの小さな赤ん坊は死んでしまうとでも思ってるみたいでした。サミーは、メリッサをマクリード家の本当の娘にするために生まれてくれたような子ですよ」

弦矢は二階のベランダにぎっしりと並んでいる鉢植えのガーベラを見つめた。体中の余計な力がすべて抜けていくのを感じた。

「メリッサは、彼女の本当の歳が十二歳のときには、同じ十二歳の子たちよりも背が高くなっていましたし、学校の成績もクラスでトップの五人に入っていました。幼いころの言葉の遅れはいったいなんだったんだって思うくらいによく喋る子になっていたんです」

弦矢は自然に笑みが浮かんで、

「よかったですね」

とケヴィンに言った。

もうこれで充分だと思った。同時に、弦矢は、この大きな幸福感のなかにひとりでひたりたくなってきた。

「ホテルにお送りします。あのホテルの敷地内にはいろんなレストランがありますし、スパもあるし、プールもあります。食事はルームサービスで楽しんでくださってもいいです。ご自由になさってください。思いっきり贅沢をしてください」

弦矢はそう言って、いったん広間に行き、家の窓やドアを閉めると、菊枝おばさんの四輪駆動車でキョウコとケヴィンをテラニア・リゾートへ送った。

自分のスマートフォンの電話番号をメモに書き、チェックインの手続きを終えたマクリード夫妻と握手を交わし、抱き合って、弦矢はスパへとつづく階段を降りて行きかけた。

すると、荷物を部屋に運んでおいてくれと係員に頼み、ケヴィンは弦矢のあとを追って来て、

「近いうちに私たちはメリッサに真実を話すつもりです」

と言った。

夕日の当たるテラスのソファには誰もいなかったので、弦矢とケヴィン・マクリードはそこに並んで坐った。

「勿論、イアンが幼い彼女にしていたかもしれないことは絶対に喋りません。ですが、メリッサ・マクリードの本当の名も、生年月日も、本当の両親の名も教えなければなりません。それを隠しつづけることは、メリッサという人間への冒瀆《ぼうとく》ですからね。ではなぜレイラ・ヨーコ・オルコットが私たちの娘になったのかといういきさつを、メリッサが納得できるように作りあげなくてはならないんです。その作り話を考えるのはとても難しくて、これまで延ばし延ばしにしてきたんです。でも、メリッサは本当は三十三歳です。頭のいい、強くて清潔な心を持つおとなです。私たちはモントリオールに帰る前に、オタワ行きの飛行機に乗って、メリッサに逢って話をすることに決めました」

ケヴィンの隣りにキョウコが坐った。

マクリード夫妻の考えはもっともではあったが、弦矢には、はたしてそうすることが正しいのかどうかはわからなかった。

自分が意見を差し挟むことは避けるべきだという思いがあった。

二十七年前にメリッサ・マクリードという幼い女の子を育て始めて、「そのときそのときで対応」して、やがて平和な家庭で父と母となったキョウコとケヴィンは熟慮に熟慮を重ねて、数日後には、オタワでメリッサに嘘を交えた真実を明かそうとしているのだ。

しかし、それはどうしても明かさなければならないことなのだろうか。

弦矢は視線を足元に落として考え込んだ。

「どんな人間も、自分が何者かを知らなくてはなりません。父がどんな人だったのか。母がどんな人だったのか。それが不明のままでは、人間は依《よ》って立つ大切ななにかを持たないまま生涯を終えなければなりません。私の祖先はスコットランドの北から海を渡ってカナダにやって来ました。北米大陸に移住してからのマクリード家は苦難の歴史を重ねて今日があるんです。そしてその苦難の歴史はいま私の誇りになっています。オルコット家の祖先は、二百年近い昔に凋落《ちょうらく》せざるを得なかったイギリスの貴族です。当時のイギリスの政治的内紛の犠牲になったからです。優秀な家系で、子孫の多くは機械工学に優れた能力を発揮しました。その結実がイアンの父・チャールズです。キクエにも同じように一族の長い歴史があるはずです。仮に誇りとする歴史を持たなくても、メリッサは自分という人間の背後に連綿とつづくものを知らなくてはなりません」

弦矢はそのケヴィンの言わんとしているところを理解したが、自分の意見は述べなかった。

何度もかすかに頷き返して、そっと肩をすくめ、弦矢はキョウコに訊いた。

「四万十川沿いに住んでいる瀬戸口さんというのはどういう人なんですか？　キクエへのメールにありましたね。瀬戸口さんによろしくって。叔母は四万十川への旅を、いちばん楽しみにしてたんです」

「瀬戸口秀忠《ひでただ》さんね……。いまは四万十川の中流域にある江川崎って町にある実家の旅館を継いでるんです。弦矢さんのお父さんの親友よ。高校もおんなじ、大学もおんなじ。弦矢さんのお父さんがキクエと瀬戸口さんを引き合わせたようなもんだったの。イアンが日本に来なかったら、ふたりは結婚してたはずよ。結婚式をいつにするかは決まってなかったそうだけど、正式に婚約してたから。でも、キクエはイアンに惹かれてしまったのよ。これぱっかりは仕方がないわね。弦矢さんのお父さんは怒ったなんてもんじゃなかったそうよ。『欲まみれの売女《ばいた》』ってののしって、それ以来、口をきかなくなったってキクエが言ってたわ。瀬戸口さんは勤めてた会社を辞めてから、アメリカへの旅の途中でボストンのキクエを訪ねて来たの。瀬戸口さんにもうわだかまりはなかったみたい。だけど、キクエはふたりきりで逢うのを避けて、私を一緒に連れて、瀬戸口さんが泊まってるホテルに行ったわ。レイラも連れてね。イアンに疑惑を抱く一ヶ月ほど前よ。とても素敵な人だったわ。瀬戸口さんも別の女性と結婚してた。でも、五年前に先立たれたの。江川崎へ行くってことを知って、私はもしかしたらもしかするんじゃないかって気がして……。だからメールで瀬戸口さんのことを書いたのよ。ひやかし半分でね」

空からは青い色が消えてしまって、目をあけていられないほどの夕日も黒ずんできた。

「キクエは、モントリオールに行ってからのメリッサのことを考えに考えてたんだと思うわ」

とキョウコ・マクリードは言った。

「偽造パスポートを送って来たとき、段ボール箱もひとついっしょだったの。なにが入ってたと思う？　レイラの生まれてからの写真よ。一歳のときのも、二歳のときのも、三歳、四歳のときのも。レイラひとりで写ってる写真に混じって、三、四歳になると、私と写ってるのもあるし、ケヴィンとふたりで写ってるのもあったわ。それだけじゃない。レイラが気にいってるお風呂道具や浴槽に浮かべるプラスチックのアヒルとかもね」

キョウコは笑みを浮かべたまま、しばらく黙っていた。

二十七年前、あなたやケヴィンが案じるほど時間は切羽詰まってはいなかったんですよ。ルーカス・バウアーという間抜けな警部補がレイラ失踪のあと、他の事件の手柄に浮かれて、どたばたと失敗を重ねてくれたんです。褒めてやりたいくらいの失敗をね。

弦矢はそう教えたかったが、モントリオールの新しい家の浴槽に浮かんでいるレイラお気に入りのおもちゃ類が色鮮やかな映像となって頭のなかで揺れ始めて、そのお陰で口を閉ざしていることができた。

「キクエは、オルコット家でレイラが使ってた日用品で、なくなってもイアンが怪しまないものを慎重に選んだのね。その段ボール箱は、ケヴィンが夕方の便でモントリオールに持って来たの。あの段ボール箱の中身が、その後のメリッサにどれほど役に立ったことか……」

　とキョウコは言った。

　弦矢は、夫妻と別れ、スパの前を歩いて海辺への坂道を下った。

　ジョギングをする人の姿はなかった。

「欲まみれの売女か。よくもそんなことを自分の妹に言えるな」

　久しぶりに父の顔を思い浮かべて、弦矢は遊歩道のベンチに坐った。体を動かしたかったが、岸に打ちつける波のしぶきを浴びているほうが楽しそうな気がした。

　マクリード夫妻はあまり詳しくは語らなかったが、メリッサのなかからボストンの母親や父親の面影が消えるまでには、新しい父と母になるためのさまざまな工夫と忍耐と知恵が必要だったであろうと弦矢は思った。

　メリッサへの深い愛情がなければ、到底成し遂げることはできなかったはずだが、それでもメリッサのなかからボストンの家や近くの公園やチャールズ川の畔や、キクエやイアンの残像は、そう簡単には消えるはずがないのだ。

　それをどうやって乗り越えていったのか。

　おそらくその過程を語るだけで、マクリード夫妻には何週間も必要かもしれない。

　弦矢はそう考えて、波しぶきが大きくなってきた遊歩道を東へと歩いて、テラニア・

リゾートの駐車場とゴルフコースとのあいだに出た。

海を眼前にして、自分ひとりの時間にひたりたかったが、波の音も、しぶきも、いまの弦矢にはわずらわしかったのだ。

落ちつける場所は、やはりオルコット家の花畑以外になかった。

もうじきダニエル・ヤマダがあの広大な中庭すべてを花園に変える。菊枝おばさんが花々の種類もその配置も考え抜いて設計した花園は、工事が終わった時点ではまだ未完成なのだ。そのあと何年もかけて人の手と心で作りあげていくのだ。

工事は五月二十日から始まる。きょうは五月十四日。工事用の重機や道具類は十八日に中庭に運び込むとダニーが言っていたことを思い出し、弦矢は十九日に日本に帰ることに決めた。

すぐに飛行機のチケットを予約しなければならないと考えて、弦矢はテラニア・リゾートの敷地内から出て、パロス・ヴァーデス通りへと車を走らせた。

マクリード夫妻に訊き忘れたことがたくさんあると思った。

そのなかで最も重要なことは、菊枝おばさんが、レイラが生きていることをイアンに最後まで隠しつづけたのかどうかだった。もうあと数日の命とわかったとき、菊枝おばさんはレイラがメリッサ・マクリードとして元気に生きていることをイアンに話したのではないのかという気がしてならなかったのだ。

モルヒネで苦しみから逃れられてはいても、イアンの精神は、もはやキクエという妻の二十六年前の犯罪行為が十全には理解できない状態だったかもしれない。にもかかわらず、菊枝おばさんは死の床にあるイアンに真実を明かしたのではないだろうか。真実を知りたかったのは、菊枝おばさんも同じだったのではないのか。イアン、あなたがこっそり幼いレイラにしていたことを、もう正直に私に話してもいいのよ。私の妄想だったの？　それともあなたは自分の指や手でレイラの……。

弦矢はオルコット家へとつながる広い私道で車を停めた。それを俺が知ったからとてなんになろう。もう終わったことなのだ。

そう自分に心のなかで言い聞かせながらも、弦矢は車をUターンさせてテラニア・リゾートへと戻った。

もう七時半を廻っている。マクリード夫妻はやっとくつろいで、幾つかあるレストランのどこかで食事を始めているかもしれない。

そう思いながら、弦矢はフロントの電話で部屋番号を押した。

キョウコが出た。

「どうしても訊いておきたいことが二、三あるんです」

弦矢の言葉に、キョウコは部屋に来てはいかがかと言った。弦矢も、そのほうがいいような気がした。

「お邪魔じゃなければ」

「衣類を部屋の箪笥に入れ始めてたんです。素晴らしい景色に見惚れて、部屋に入るなり、私もケヴィンもバルコニーに坐って、ぼおっと景色に眺め入ってしまって」

曲がりくねった廊下を進み、やっと夫妻の部屋の前に辿り着くと、ケヴィンがドアをあけて待っていてくれた。

海に面したバルコニーに出て、椅子に腰掛けると、弦矢は訊きたいことを訊いた。

「キクエはイアンに最後の最後が近づいたら、メリッサ・マクリードのことをすべて明かすつもりだったわ。でも、言わなかったの」

とキョウコは答えた。

「言えなかったんでしょうか、言わなかったんでしょうか」

「言わなかったってeメールには書いてあったわ」

「菊枝おばさんはメリッサの大学の卒業式には行ったんですか？」

弦矢のもうひとつの質問に、

「来たわ。会場の遠くから双眼鏡でメリッサをずっと見てたそうよ。だけどそれもボストンに帰ってからメールで教えてくれたから、私はモントリオールでキクエに再会することはできなかったの。私とキクエとは、二十七年前のあの日からいちども逢わなかったのよ」

と言った。

「イアンへの疑念は、結局は、闇のなかのままになったんですね」

「疑念だけでは、あそこまでのことはできないわ。愛する人への勘は、外れないものよ。私が感嘆するのは、キクエがイアンと夫婦でありつづけたことね」

キョウコは、野鳥の寝ぼけた鳴き声が聞こえてくる建物のひさしを見つめつづけた。ケヴィンは目の前のバルコニーの柵を見ているのか、太平洋の上にかかった月を見ているのかわからない視線で、重い金属製の椅子に無言で坐っていた。

「私たち夫婦は、メリッサという子が欲しかった。ただそれだけよ。それが結果としてメリッサを守ることになったけど、なにかの見返りを求めたんじゃないわ。キクエの計画を聞いて、じゃあそうしようって私たちがすぐに乗ったと思う？　私もケヴィンも人生を賭けたのよ。あのころのメリッサは、いまにも壊れそうで、いまにもどこか遠くへ消えて行ってしまいそうで、とても可愛くて、私とケヴィンをとても好いてくれて、それをまっすぐに全身であらわしてくれて……。私たちはどんなにイアンという男を憎んだか……」

弦矢は何度も頷くことでキョウコの感情が激していくのを抑えようとした。

「遺産は、時期が来るまでぼくが預かっておきます。菊枝おばさんがメリッサに残したものなんですからね」

弦矢は笑顔で言って、マクリード夫妻の部屋を辞した。

ロビーまで送ってくれたキョウコは、イアンとキクエのお墓参りに行きたいと日本語で言った。

「あしたの午前中はいかがですか。車で三十分ほどのところです。ホテルまでお迎えにあがりますよ」

「じゃあ、十時にホテルの玄関でお待ちしています」

そう言ってから、きょうオルコット家の庭の奥の花畑に行ってびっくりしたとキョウコはつづけた。

「なにがです?」

「ボストンとこちらでは気候が違うから、花の種類も違うけど、花畑のレイアウトがボストンの庭のとおんなじだったの。弦矢さんもボストンの家は知ってるでしょう? 気がつかなかった?」

庭の花々のレイアウトなど覚えていなかったので、弦矢は無言で首を横に振った。

「キクエは、イアンを疑いだしてから、レイラがなかなか寝ない夜は、庭の花畑に抱いて行ったの。そして必ず、こう言ったそうよ。どんなに怖いことや悲しいことが起こっても、マミーが絶対に助けてあげるから、レイラはただ安心してたらいいのよ、って。それからキクエは、レイラがどんなに賢くて、どんなに優しくて、どんなにみんなに可愛がられる子かを何度も何度も言い聞かせたんだって。おとなになったら、背も伸びて、みんなが振り返るくらいきれいになるわ。そうなるようにこのお花畑にお願いしましょうね。花にも草にも木にも心があるのよ、それを忘れちゃいけないのよ。レイラの心と、花や草や木の心とはお話ができるのよ。花も草も木も喋らないけど、心で喋ってくれるの。レイラもいつか花や草や木と話ができるようになるわ。そしたら、たくさんの人たちの心もわかるようになるのよ……」

そこでキョウコは、弦矢と並んでホテルの駐車場へとゆっくり歩を運び、

「キクエが言ったとおりになったわ。レイラは、キクエが言ったとおりの女性になったの。レイラはいつも草花に話しかけて、サミーや友だちに笑われてるわ。キクエの言葉が、レイラの奥深くに刻みつけられてたのね。でも私は、ランチョ・パロス・ヴァーデスのオルコット家の花畑を見るまで、そのことを忘れてたわ。ボストンの家の夜の庭でキクエがレイラに語ってたという言葉をね。すっかり忘れてしまってた」

と言って、中指の先で涙をぬぐった。

建物の北側の、大きな灰皿が置いてある喫煙ゾーンのところで弦矢はキョウコと別れた。

弦矢がオルコット家に帰り着くと同時に、中庭のスプリンクラーが作動して、回転しながら芝生に落ちていく水音が聞こえた。

きのう炊いて残っていたご飯を冷蔵庫から出し、電子レンジで温めながら、弦矢はビールを飲んだ。

知りたいことはまだたくさんあったが、そのどれもがケヴィンとキョウコには答えられそうにないものばかりだった。

なぜ菊枝おばさんは小畑弦矢という甥っ子に、メリッサについての手の込んだヒントをこのオルコット家のあちこちに秘匿しつつ残していったのか。

菊枝おばさんは誰にも言わなかったが、持病の狭心症は軽症ではなく、ときに命の危険を感じるほどに進んでいて、それを自覚していたのかもしれない。

俺は、マクリード夫妻に嘘をついたが、あの嘘は、当たらずとも遠からずだったのかもしれない。

菊枝おばさんは、日本一周の旅を終えて東京に帰って来たら、小畑弦矢という甥っ子にメリッサのことを示唆するつもりだったのかもしれない。

すべての真実を打ち明けはしないが、ヒントだけは伝えておく。

なぜなら、菊枝おばさんは二十七年間も怯えつづけてきたのだ。

自分の罪に怯えたのではない。メリッサを守り、マクリード夫妻を守るために絶え間ない怯えにさいなまれてきたのだ。

なにをきっかけとしてレイラ・ヨーコ・オルコット失踪事件の再捜査が始まるかわか

らないという怯えだ。

菊枝おばさんにとっては、自分が逮捕されてこれからの人生を刑務所ですごすのはたいしたことではなかった。

だが、マクリード夫妻も同罪となって逮捕され、そのことでメリッサがじつの父親にされていたことを知ってしまう。菊枝おばさんが怯えたのはそれだ。

弦矢は、ラップに包んであるご飯を電子レンジから取り出し、ビールをらっぱ飲みしながら、菊枝おばさんが作ったレンズ豆のトマトソース煮を鍋で温めた。

「なにもかも全部、ニコの読みどおりじゃねえか。二十七年前にニコライ・ベロヤルスキーっていうウクライナ系アメリカ人がシナリオを書いてたんじゃないのか？」

キッチンの天井を上目づかいに見ながら、弦矢はそうつぶやいて苦笑した。

弦矢は食事を終えると、二階の寝室で服を脱ぎ、下着のパンツ姿になって裸足で中庭に出た。スプリンクラーは自動で止まっていたが、芝生に撒かれた水は弦矢の足首までを濡らした。

弦矢は芝生にあお向けになり、星空を見た。そして、俺はたったの二十日間ほどで、大金持ちの生活に疲れたと本気で思った。

――レイラはいつも草花に話しかけて、サミーや友だちに笑われてるわ。キクエの言葉が、レイラの奥深くに刻みつけられてたのね。――

キョウコ・マクリードの言葉が甦った。

菊枝おばさんはまだうんと若いとき、祖母の「草花たちには心がある」というおとぎ話のような言葉を小馬鹿にしたようにあしらったそうだが、それが真実だと思い知る一種の境地へと至る出来事に遭遇した。

きっとそれは、イアンのレイラへの不審な振る舞いに苦しんでいる菊枝おばさんに舞い降りた心の不思議であったのであろう。

弦矢はなんの根拠もなくそう確信することができた。

十時だった。花畑でひそやかなささやきが始まるころだなと弦矢は思い、服を着るために濡れた芝生から起きあがった。アンダーパンツ一枚の姿では草花たちに失礼だという気がした。

二階の寝室で髪を拭き、トレーナーとジーンズに着替えて階下に降りて、弦矢はキッチンできょう二本目の煙草を吸っているうちにニコと話がしたくなってきた。

ニコは、俺がマクリード夫妻とどんな話をしたのかを決して自分からは訊こうとしないだろうし、あるいは俺が話を始めても途中で遮るかもしれない。それでもなお俺はニコに話したい。

ニコが夜の十時に寝てしまうことはあるまい。ウオッカ・ライムをがぶ飲みして酔いつぶれている可能性はあるが。

弦矢はそう思いながらニコライ・ベロセルスキーに電話をかけた。太くて静かなニコの声が聞こえると、

「Everything is illuminated.」

弦矢は昔観た映画の題名をゆっくりと口にした。

——すべては明らかにされた。——

「そうか、俺の大ホームランは帳消しになったんじゃないんだな」

とニコは言った。

「帳消しになるどころか、永遠不滅の大ホームランとして、ニコライ・ベロセルスキーの歴史に残るよ。なにもかも、ニコの推理どおりだったよ」

「俺のきょうの仕事の成果をボスに報告したいんだ。まだマクリード夫妻と話をしてるかもしれないと思って、電話をかけようかどうか迷っててね。いまからそっちへ行くぜ」

ニコの言葉に、

「酔ってないだろうな」

と弦矢は訊いた。

「一滴も飲んでないよ。ウオッカとライム持参で行くからグラスを冷やしといてくれよ」

ニコは三日前から弦矢を「ボス」と呼ぶようになっていたので、

「ぼくはゲンて呼ばれるほうがいいんだけどなあ」

と弦矢は言った。

するとニコは、

「メリッサの件は落着だ。ボス、いまからは仕事一筋で生きてもらうぜ」

と言って電話を切った。

「俺の相棒のために、ちゃんとウオッカを買って冷凍庫に入れてあるんだよ。ライムも十個あるしな」

弦矢はそうひとりごとを言って、リビングのテレビの前に坐った。

三十分ほどでやって来たニコは、玄関に立ったまま、灯台に行かないかと誘った。背広にネクタイ姿だった。

「灯台？」

「ああ、すぐそこだよ。ランチョ・パロス・ヴァーデス市にあるヴィセンテ岬だ」

「灯台を見ながらウオッカ・ライムを飲むのかい？」

「飲むのはここに帰って来てからだよ。いちゃついてるカップルを狙って、チンピラたちが来やがるから、パトカーがしょっちゅう巡回してるんだ」

ビールの仄かな酔いは醒めていたので、弦矢が四輪駆動車を運転して行くことにした。

ニコが灯台が好きだというのは本当だったんだなと思い、弦矢は車をパロス・ヴァーデス通りの西へと走らせた。

「ゲン、会社を興すのを急げよ。ゲンヤ・オバタのグリーンカードを早急に手にいれるんだ。移民関係の事案に強い弁護士がいるよ。スーザンよりも仕事が早い」

パトカーがやって来たのでスピードを落として、弦矢は、十九日に日本に帰るつもりなのだと言った。

「なんのために十九日に帰らなきゃいけないんだよ」

「だって、誰もいなくなったオルコット家の事後処理について両親に報告しないと。ロサンゼルスに来てから、ぼくはいちども親父に連絡してないんだ。勿論、遺産のこともメリッサのことも話さないさ」

「いちど日本に帰らなきゃいけないのはわかるけど、もう一週間遅らせろよ」

そう言って、ニコは理由を説明した。トーランスの工場の契約、野菜農家との契約、若い夫婦が始めた養鶏農家との契約等々、ニコは手帳を見ながら事細かに説明したあと、

「凄腕のスープ職人を見つけたんだ。ニューヨークのフランス料理店でスープ部門を二十二年間も任されてたフランス系のじいさんだ。女房がガンにかかって、その看病のために引退したんだけど、女房はことしの二月に死んだ。やっと最近、また働きたいって気になってきたんだ。いくらキクエのレシピが完璧だといっても、俺たちど素人にそのとおりに作れるわけはないんだぜ。技術指導の専門家が顧問として絶対に必要だ。そのじいさんが、あしたオルコット家に来るんだ」

「えっ？　ニューヨークから？」

「キクエのスープを三種類持って行って、味見をしてもらったよ。いい味だって褒めてたよ。感心してたぜ。とくにブロードとブイヨンを褒めてたよ。このふたつのスープはすべての基本だけど、これがいちばん難しいんだって」

「ニコはいつニューヨークに行ったんだ？」

「おとといの最終の便で行って、きょうの夕方に帰って来たんだ。ボスに断りもなく勝手なことをして申し訳ないけど、ゲンはきょうはそれどころじゃないだろうって思って、無断でニューヨークへ行ったんだよ」

灯台そのものは見えなかったが、ゆっくりと回転を繰り返すライトの余光がパロス・ヴァーデス通りから分かれて西へと延びる道を仄かに明るくさせたり暗闇にさせたりしていた。

灯台のある岬を通り過ぎて、道をしばらく行くと、「ヴィセンテ岬」という表示があり、海へのなだらかな傾斜のなかに作られた公園の前に出た。

「ここからのヴィセンテ灯台がいいんだ」

とニコは言った。

弦矢は公園の駐車場に車を停めて、ニコと一緒に芝生や巨大なキノコに見える木の下を歩いて断崖の前に設置された柵のところへと行った。

五百メートルほど左に、海に向かって突き出たわずかな土地と呼んだほうがよさそうな岬があり、そこに立つ小さな灯台の黒い輪郭が見えていた。

公園には弦矢とニコ以外はだれもいないようだった。

「もしそのフランス人がどうしても会社に必要だとなったら、このパロス・ヴァーデス半島のどこかに家を借りてあげなきゃいけないなぁ」

弦矢は言った。

「本人もそのつもりだよ」

「歳はいくつだい？」

「七十だ。娘ふたりに息子ひとり。孫が五人。フランス人といってもアメリカ国籍だ。ちょっと気難しいけど、人柄は保証するよ」

東側の遠い海上から赤い点があらわれた。

ロングビーチへと航行しているいつものタンカーだなと弦矢は思った。

「メリッサがマクリード家の子供になりきるまでのキョウコとケヴィンの苦労は言葉にはできないだろうな」

ニコの言葉に、弦矢はキクエ・オルコットが用意した段ボール箱の中身を教えた。そして、ボストンの家の庭に作った花畑でキクエがレイラにいつも話していた言葉も伝えた。

「メリッサが寝る前に、ケヴィンが毎晩読んで聞かせた全部で百二十冊の幼児用の本が、いまでもマクリード家の本棚に並んでるそうだよ」

灯台のライトは陸側に強烈な光を浴びせないためになにかで遮られているようだった。光は夜の海を航行する船員にだけ届けばいいのだ。陸に住む人にはわずらわしいだけだ。弦矢はそう思い、回転を繰り返すライトを無言でながめつづけた。

「キクエは凄い精神力だよ。感服するしかない。いつ発覚するかもしれないっていう不安や恐怖と二十七年間も渡り合って生きたんだぜ。俺には、モントリオール大学の卒業式の会場でメリッサ・マクリードの晴れ姿を双眼鏡で見つめつづけてるキクエがすぐそこにいるような気がするよ」

ニコは言って、海とも空ともつかない一点を指差した。

背後で足音が聞こえ、懐中電灯の光が揺れたので、弦矢は振り返った。パトカーが道に停まっていて、警官がふたり、腰の拳銃に手を添えながらやって来た。

「ニコだってわかったけど、ひとりじゃなかったからな」

と中年の警官は言った。

「かみさんと一緒だなんて珍しいから、とうとう思い出のヴィセンテ岬で別れ話ですよって、こいつが言うんだよ」

警官はもうひとりの若い相棒のほうを振り返りながら、手を拳銃から離した。

「かみさん？」

弦矢は小声でニコに訊いた。

警官は、あたりを巡回してからパトカーに乗って去って行った。

なんだか機嫌が悪そうな顔でニコは煙草をくわえた。

「いまの警官、かみさんって言ったよね。ニコ、奥さんがいるのかい？」

弦矢はきょう三本目の煙草に火をつけて、そう訊いた。煙は西へと流れた。

「女房がいたらおかしいのかよ」

「おかしくはないけど……」

「じゃあ、なんでそんなに驚くんだよ」

弦矢は柵の向こうの断崖に放り投げられそうな気がしたのに笑いを止めることができなかった。

「このヴィセンテ岬の灯台には奥さんとの思い出があるんだな。どんな思い出なのか、ちょっとだけ話す気はないかい？」

「あの馬鹿、余計なこと言いやがって」

「あっ、ボスにはもっと紳士的な言葉を使ってもらいたいね」

ニコライ・ベロセルスキーはライターの火をつけたが、風ですぐに消えた。

弦矢はターボ式の自分のライターで火をつけてやった。

タンカーの赤い点が一キロほど沖を通りすぎてから、

「女房が喜んでるよ」

とニコは言った。

「ぼくたちのスープ屋を全米一の会社に育てようぜ。貪欲な金儲けとは無縁だ。働いてくれてる社員たちがしあわせを築いていける会社にしていこうぜ。それがぼくたちの会社のコンセプトだって奥さんに言っといてくれよ」

弦矢はそう言ってニコと握手を交わし、車を停めてあるところへと歩きだした。

オルコット家に帰り着くと、今夜は遅くなりすぎたからと言って、ニコはウオッカ・ライムを飲まずに帰って行ったが、自分の車に乗る前に、妻はトーランス市にあるバーガー屋で働いていると教えてくれた。

あしたは、十時にマクリード夫妻を迎えに行き、墓参りを終えたら、ふたりをホテルに送ったあと、スーザンと相談のうえで、グリーンカード取得手続きにコネと経験のある弁護士とも逢わなければならない。

ニコがフランス人のスープ職人をオルコット家に連れてきたら、菊枝おばさんのパソコンに保存されているスープのレシピをプリントしたものを渡す。試作開始だ。

そうだ、ロザンヌ・ペレスも工場にスカウトしたい。彼女も優秀な人材だ。

植物園の事務所で働いているアマンダという女性にも逢わなければならない。菊枝おばさんとアマンダにはスープ屋についての何等かの約束があるかもしれないのだ。

さあ、動きだすぞ。ビヴァリーヒルズのスープ屋は評判ほどにはうまくなかった。ニコは、これがいま西海岸でいちばん人気のあるスープだぜと小馬鹿にしたように言ったが、まったくそのとおりだ。菊枝おばさんのスープとは雲泥の差だ。格が違うのだ。

弦矢は、そう考えながらシャワーを浴び、夜中の二時まで待って、オルコット家の北側の奥の花畑に行った。

建物の上部に設けた木の棚にノウゼンカズラの花が咲き始めていた。一週間前には小さな蕾が垂れ下がっているばかりだったのだ。

葵とも桔梗ともつかない花々も咲いていた。地面に植えられたガーベラが最も元気そうだった。今夜は特別にきれいだなと弦矢は思った。

弦矢は足音を忍ばせながら、小道を歩きに歩いて、草花たちに感謝の言葉をささやきつづけた。俺は、人間にすらこれほどの心を込めて礼を言ったことはないと思った。

やがて歩くのに疲れて、弦矢は花畑の小道に腰を降ろした。坐るのに頃合の太い根があったのだ。それはノウゼンカズラの根だった。

こんなに太いのは、元々ここに生えていたからだろう。菊枝おばさんが引っ越してから植えたのではない。

弦矢はそう思い、スマートフォンでノウゼンカズラの英語名を調べた。そのとき、十一時過ぎにジェシカから電話がかかっていたことに気づいた。あとでメールを送っておこうと弦矢は思った。自分の気持ちを伝える大事なメールになるはずだった。

アメリカのノウゼンカズラは学名が「Ｃａｍｐｓｉｓ　ｒａｄｉｃａｎｓ」となっている。

祖母がこの花を好きだったのだ。ノウゼンカズラの花々のトンネルを作りたいと小さな庭から裏木戸までの三メートルほどの細道に支柱を立てて、そこに何本もの針金を渡した。

夏中、濃いオレンジ色の花が針金から垂れ下がって、歩くときは屈まなければならなかったが、その美しさは覚えている。

祖母が死んだとき、庭が狭くなりすぎたからと父が支柱と針金を取り払ったので、いつのまにか枯れてしまった。

弦矢は、自分の記憶に残っている小畑家のノウゼンカズラよりも色濃くて花弁も大きいオルコット家のそれを長いこと見つめた。

それから、中庭の芝生の上に二十七年前の、三十六歳の菊枝おばさんを置いた。弦矢にはその容姿がはっきりと見えた。

菊枝おばさんは丈の長いギャザースカートを穿いて、両膝を立てて坐っていた。弦矢がしばらく見つめているうちに、どこからか幼いレイラが走って来て、マミーに抱きついた。菊枝おばさんはころころと笑い声をあげて、レイラと一緒に芝生で転げまわった。月明かりがふたりの体を金色に縁取った。

　レイラはマミーに抱擁を求め、おもいっきり甘えてから花畑へと走って、花々を胸に抱えられるだけ抱えて小犬のような走り方で戻って行くと、それをマミーに降り注いだ。

解説――受け継ぐ未来

中江有里

よい小説は自然に非日常へ誘ってくれる。読み手は何の縁もなかった舞台へ連れて来られて、いつのまにかその小説の当事者となっている。

たとえば親族が亡くなって、莫大《ばくだい》な遺産の相続人となったら……わたしならどうするだろう。ラッキーだと喜ぶのか、いきなりのことに戸惑うのか、そのどちらでもないのか。

以前、突然まとまった金額を相続することになったせいで、揉《も》めてしまった人々を見たことがある。遺産さえなければ仲良く暮らせていたのに……大きなお金は人を変え、人生も変えるのだと怖くなった。

本書の主人公・小畑弦矢《おばたげんや》はUSC（南カルフォルニア大学）の大学院でMBAを取得し、帰国後に日本で就職したが少し前に会社を辞め、今はボストン勤務を条件にオファーがあった会社の採用待ちの身だ。

夫のイアン・オルコットをすい臓がんで一年前に亡くした叔母の菊枝《きくえ》・オルコットは旅行で日本滞在中、修善寺《しゅぜんじ》の温泉で突然亡くなった。緊急連絡先とされていたのが甥《おい》の弦矢。駆けつけた彼が菊枝の遺体を引き取った後、もう一つの連絡先だったモーリー＆スタントン法律事務所に連絡すると「ロサンゼルスに来てもらわないといけない」と言われ、菊枝の遺骨を持って渡米する。そこで自分が約三千二百万ドルと菊枝の家と土地（日本円で総額四十億を超える）の遺産の相続人であることを知った。

採用待ちの身に突如として莫大な財産が手に入る……まさに夢のような話だ。

ところが叔父イアン・オルコットと菊枝夫妻が残したのは財産だけでない。それは弦矢と同い年のいとこ、レイラを巡る真実だ。

レイラは六歳の時に病死したと聞かされていたのだが、実は誘拐されて行方不明になっていた。弁護士のスーザン・モーリーが保管していた遺言書の草案、最終的に削除されてしまった部分には、レイラが見つかったら弦矢に残した遺産の七十パーセントをレイラに与えてほしいとあった。

日本でも攫《さら》われたり、事件に巻き込まれたりして行方不明になる人、あるいは自分の意思で失踪する人が年に八万人はいるというが、アメリカは国土の広さと人口の規模が違う。捜そうとしてもおそらく手が足りないだろう。

そこで行方知れずになった子どもの親たちはスーパーの牛乳パック、新聞のチラシに我が子の写真を載せて、情報提供を求める。オルコット夫妻もレイラを手を尽くして捜したが、これまで見つからなかった。

ここで弦矢に二つの問題が立ちはだかる。

このまま遺産を受け取っていいのか、レイラの行方を捜して遺産の七十パーセントを渡さなくていいのか――これまで菊枝は弦矢にレイラの事情について話したことはない。この世から菊枝がいなくなるのと入れ替わるようにレイラの存在が浮かび上がってきている。

菊枝のからくり箱、隠された手紙、そして広大な庭に植えられた草花たち……弦矢は亡き菊枝の思いに導かれるように、レイラの行方を捜し始めるが、ことはそううまくいかない。レイラ不在の二十七年の月日はそれほどに長かった。

これまで見つからなかったのだから、わざわざ捜さなければすべて弦矢のものになるのだが、遺産を手に入れた自分が有頂天になって傲慢になるのを想像し、レイラのことが頭によぎってしまうのが弦矢という人をあらわしている。そして彼がアメリカで出会った人々も、弦矢の言動に心を開いていくようだ。

弦矢はクレバーでありながらどこか抜けたところがあって、アンバランスなところが魅力だ。根の善良さが出てしまう愛すべきキャラクターとなっている。キャラで言えば、弦矢が依頼し、レイラを捜すことになる私立探偵ニコライ・ベロセルスキーもいい。

先の先を読んで行動するニコの言動に弦矢は助けられもするが、弦矢の情熱もニコの心を動かす。互いが刺激を与えあっている。

そして設定だけを聞けば非現実的にも思えるほど素晴らしいランチョ・パロス・ヴァーデスは実在する高級住宅地だ。

ネットで画像検索したランチョ・パロス・ヴァーデスは海を望む広大な土地に緩やかなカーブを描く道路が張り巡らされ、なだらかな丘は緑に覆われている。自然を存分に感じられるけれど、人が暮らしやすいように手が入れられた地だ。

ここに建つオルコット家には落ち着いた調度品、マホガニーの木材が使われた扉、トルコから取り寄せたという石材を敷き詰めた床。弦矢がスーザンに案内されていると、まるで自分もそこにいる気分になってきてしまう。

何といっても圧倒的なのは、広い中庭だろう。家よりも広く（弦矢が歩いて概算したところ）約九百十坪はある。オルコット夫妻がここに越してきた時から庭師のダニエル・ヤマダに管理は任されており、庭というよりも「庭園」と呼ぶ方がふさわしい気がする。

オルコット家に滞在中の弦矢は、度々この庭に出ては思索を深めるが、レイラの行方を探るとともに、弦矢は自身のこれまでを振り返り、行く末を案じる。そこに差し込まれる一文が印象深い。

「花や草たちは、喋りだす日もあれば、無言の日もあった」

なんとも不思議な場面だ。日本から遠く離れたアメリカの西海岸の豪邸の広大な庭で、弦矢はひとり草花に語りかけ、レイラの無事を祈るのだ。

空や海を見る時、あるいは草花を愛《め》でる時、何の構えもいらないことに気が付く。草花は自分を見透かしはしないし、余計なことは何も言わない。だから素の自分でいられるのだろう。

それだけ生きることは過酷なのだとも思う。誰もが突然の変化や不安に脅かされ、さまざまな荒波をかき分けて必死に生きている。人は揺れ動かずにいられないから、どんな時も変わらず咲く花やぽっかりと浮かぶ月に慰められるのだ。

本書の庭に話を戻すと、菊枝の庭はあくまで人工的な産物ではある。でも人が庭を造ること自体が、植物に何か託したい思いがあるということではないか。そこに咲く草花たちは、どの庭であろうと根付きさえすれば生きる。そして言葉ではなく、その姿で生きることを体現する。それが菊枝の慰めとなっていたように思う。

これ以上物語について書くのは、真相に触れてしまいそうなので避けるが、わたし自身は中盤で、ある結末は予想できた。でも読み進めながらその予想はある意味当たっていたものの、いかに浅はかなものであるかとわかって赤面した。

真相の奥にあるのは、人間が依《よ》って立つ大切ななにかだ。

その部分に触れた文章で、思わずわたしはこらえきれなくなった。自分はその大切なにかがわからないままだと気づいたからだ。

よい小説は自然と物語の当事者であることができるが、同時に読む自分を俯瞰《ふかん》して眺めることもできる。そのことで掬《すく》われもするが、絶望に突き落とされもする。

わたしは絶望しながらも、良いことを教えてもらったんだ、とふと嬉《うれ》しく思った。今は無理でも、いつかそれを捜せばいい。


本書は単行本発売時、著者初のミステリーと言われたが、解き明かされるのは人の心だろう。また舞台となるランチョ・パロス・ヴァーデスの風景が醸し出す空気は物語を包み込む。

もう一つ、触れたいのは菊枝の作るスープだ。「鶏ブイヨン」「野菜ブイヨン」「牛テールスープ」……一人前ずつ、ステンレスの缶に詰められたスープから弦矢はあることを思いつく。

このスープは病気になった夫のために作られた、とあるが、材料、作り方にもこだわったスープからはあらゆる可能性が見えてくる。作った菊枝はもういないが、弦矢はスープを味わい、やがて自分の人生へと繋《つな》げていく。

彼が菊枝から真に相続、受け継いだのはこのスープと、スープから見出《みいだ》した未来なのかもしれない。その未来には、ニコライ・ベロセルスキーも一緒だ。このコンビが本書で終わるのはもったいない。

大きなお金は人生を変える。そして大きな夢は人を幸福へと導くのだろう。

（なかえ・ゆり　女優／作家）

本書はフィクションであり、実在の個人・団体等とは無関係であることをお断りいたします。

本作品は、学芸通信社の配信により、
四国新聞、山陰中央新報、苫小牧民報、神戸新聞、山陽新聞、
佐賀新聞、東奥日報、山梨日日新聞、南日本新聞、大分合同新聞、
東海愛知新聞、上越タイムス、宇部日報、桐生タイムスの各紙に、
二〇一四年三月〜二〇一六年八月の期間、順次掲載したものです。

本書は、二〇一六年十二月、集英社より刊行されました。

集英社文庫　目録（日本文学）

水上勉　働くことと生きること
水谷竹秀　日本を捨てた男たち フィリピンに生きる「困窮邦人」
水谷竹秀　だから、居場所が欲しかった。 バンコク、コールセンターで働く日本人
水野宗徳　さよなら、アルマ 戦場に送られた犬の物語
未須本有生　ファースト・エンジン
水森サトリ　でかい月だな
三田誠広　いちご同盟
三田誠広　春のソナタ
三田誠広　永遠の放課後
道尾秀介　光媒の花
道尾秀介　鏡の花
三津田信三　怪談のテープ起こし
美奈川護　ギンカムロ
美奈川護　弾丸スタントヒーローズ
美奈川護　はしたかの鈴 法師陰陽師異聞
湊かなえ　白ゆき姫殺人事件

湊かなえ　ユートピア
宮尾登美子　影絵
宮尾登美子　朱夏(上)(下)
宮尾登美子　天涯の花
宮尾登美子　岩伍覚え書
宮木あや子　雨の塔
宮木あや子　太陽の庭
宮城公博　外道クライマー
宮城谷昌光　青雲はるかに(上)(下)
宮子あずさ　看護婦だからできること
宮子あずさ　看護婦だからできることII
宮子あずさ　老親《ろうしん》の看《み》かた、私の老い方
宮子あずさ　ナースな言葉 こっそり教える看護の極意
宮子あずさ　ナース主義！
宮子あずさ　卵の腕まくり 看護婦だからできることIII
宮沢賢治　銀河鉄道の夜

宮沢賢治　注文の多い料理店
宮下奈都　太陽のパスタ、豆のスープ
宮下奈都　窓の向こうのガーシュウィン
宮田珠己　ジェットコースターにもほどがある
宮田珠己　だいたい四国八十八ヶ所
宮部みゆき　地下街の雨
宮部みゆき　R．P．G．
宮部みゆき　ここはボツコニアン 1
宮部みゆき　ここはボツコニアン 2 魔王がいた街
宮部みゆき　ここはボツコニアン 3 二軍三国志
宮部みゆき　ここはボツコニアン 4 ほらホラHorrorの村
宮部みゆき　ここはボツコニアン 5 FINAL ためらいの迷宮
宮本輝　焚火の終わり(上)(下)
宮本輝　海岸列車(上)(下)
宮本輝　水のかたち(上)(下)
宮本輝　いのちの姿 完全版

集英社文庫　目録（日本文学）

集英社文庫　目録（日本文学）

集英社文庫　目録（日本文学）

矢口敦子　海より深く
矢口敦子　炎より熱く
矢口史靖　小説 ロボジー
薬丸岳　友罪
八坂裕子　幸運の99%は話し方できまる！
八坂裕子　言い返す力 夫・姑・あの人に
安田依央　たぶらかし
安田依央　終活ファッションショー
柳澤桂子　愛をこめ いのち見つめて
柳澤桂子　生命《いのち》の不思議
柳澤桂子　ヒトゲノムとあなた
柳澤桂子　すべてのいのちが愛《いと》おしい 生命科学者から孫へのメッセージ
柳澤桂子　永遠のなかに生きる
柳田国男　遠野物語
矢野隆　蛇衆
矢野隆　慶長風雲録
矢野隆　斗《と》棋《ぎ》
山内マリコ　パリ行ったことないの
山内マリコ　あのこは貴族
山川方夫　夏の葬列
山川方夫　安南の王子
山口百恵　蒼い時
山崎宇子　ラブ×ドック
山崎ナオコーラ　「『ジューシー』ってなんですか？」
山田詠美　メイク・ミー・シック
山田詠美　熱帯安楽椅子
山田詠美　色彩の息子
山田詠美　ラビット病
山田かまち　17歳のポケット
山田吉彦　ONE PIECE勝利学
山中伸弥 畑中正一　iPS細胞ができた！ ひろがる人類の夢
山前譲・編　文豪の探偵小説
山前譲・編　文豪のミステリー小説
山本一力　銭売り賽《さい》蔵《ぞう》
山本一力　戌《いぬ》亥《い》の追風《おいて》
山本兼一　雷神の筒
山本兼一　ジパング島発見記
山本兼一　命もいらず名もいらず(上)幕末篇
山本兼一　命もいらず名もいらず(下)明治篇
山本兼一　修羅走る 関ヶ原
山本文緒　あなたには帰る家がある
山本文緒　ぼくのパジャマでおやすみ
山本文緒　おひさまのブランケット
山本文緒　シュガーレス・ラヴ
山本文緒　まぶしくて見えない
山本文緒　落花流水
山本幸久　笑う招き猫
山本幸久　はなうた日和

集英社文庫

草花《くさばな》たちの静《しず》かな誓《ちか》い

2020年1月25日　第1刷　　定価はカバーに表示してあります。
2020年6月6日　第5刷

著　者　宮本《みやもと》　輝《てる》

発行者　徳永　真

発行所　株式会社　集英社
東京都千代田区一ツ橋2-5-10　〒101-8050
電話　【編集部】03-3230-6095
【読者係】03-3230-6080
【販売部】03-3230-6393（書店専用）

印　刷　大日本印刷株式会社

製　本　大日本印刷株式会社

フォーマットデザイン　アリヤマデザインストア　　マークデザイン　居山浩二

ISBN978-4-08-744065-2 C0193